生命的力量

费必胜 著

浙江工商大学出版社 | 杭州
ZHEJIANG GONGSHANG UNIVERSITY PRESS

图书在版编目(CIP)数据

生命的力量 / 费必胜著. —杭州：浙江工商大学
出版社，2019.5(2019.6 重印)
　　ISBN 978-7-5178-3193-8

　　Ⅰ. ①生… Ⅱ. ①费… Ⅲ. ①报告文学－中国－当代
Ⅳ. ①I25

中国版本图书馆 CIP 数据核字(2019)第 071733 号

生命的力量
SHENGMING DE LILIANG

费必胜　著

责任编辑	唐慧慧　谭娟娟
封面设计	林朦朦
封面题字	雷鸣东
责任印制	包建辉
出版发行	浙江工商大学出版社
	(杭州市教工路 198 号　邮政编码 310012)
	(E-mail:zjgsupress@163.com)
	(网址:http://www.zjgsupress.com)
	电话:0571-88904980,88831806(传真)
排　版	杭州朝曦图文设计有限公司
印　刷	杭州宏雅印刷有限公司
开　本	880mm×1230mm　1/32
插　页	0.125
印　张	11.625
字　数	231 千
版 印 次	2019 年 5 月第 1 版　2019 年 6 月第 2 次印刷
书　号	ISBN 978-7-5178-3193-8
定　价	42.00 元

浙藏两省区主要领导接见浙江省第八批援藏干部人才合影留念

2018年8月1日

浙藏两省区主要领导接见浙江省第八批援藏干部人才

俯瞰那曲(易健敏 摄)

作者所居住的那曲浙江公寓

作者捐献散文诗歌集《生命的姿态》稿酬(1)

作者捐献散文诗歌集《生命的姿态》稿酬(2)

作者捐献散文诗歌集《生命的姿态》稿酬（3）

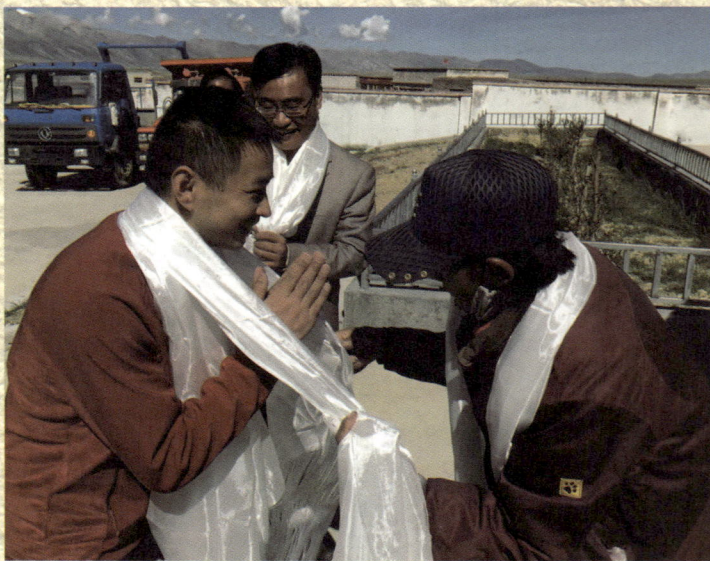

接受藏族同胞的祝福

序：世界屋脊上的浙江力量

岁月渐行渐远。当必胜同志将反映浙江省第八批援藏干部人才的纪实文学作品《生命的力量》呈送我审阅时，72名同志牢记组织重托，主动融入那曲，忘我牺牲奉献、不辱人生使命的援藏事迹，如同一幅幅栩栩如生、激情四溢的生命景象，一一雀跃在眼前，令我百感交集、感慨万千。

本不宜作序，但作为浙江省第八批援藏指挥长，带领全体援藏干部人才在雪域高原奋战了1000多个日日夜夜，该为这段时光，该为与我共历高原艰难环境的援藏兄弟，该为我们付诸感情、流下血汗的那曲，写下内心真切的感受。

习近平总书记指出："在高原上工作，最稀缺的是氧气，最宝贵的是精神。"众所周知，那曲作为全球海拔最高的城市，自然条件和生活环境极其恶劣。艰苦岁月里，浙江省第八批援藏干部人才克服常人难以想象的困难，将"红船精神""浙江精神""老西藏精神""两路精神""新那曲精神"与"忠诚、团结、坚韧、奉献、干净、有为"的第八批援藏精神有机融合，在"世界屋脊的屋脊"和"生命禁区的禁区","艰苦不怕吃苦,缺氧不缺精神",以坚定的信念、顽强的作风、过硬的行动,勠力同心,在高原上写宗旨,在宗旨中写堡垒,在堡垒中写先锋,在先锋中写党性,塑造了浙江党员的形象,展示了浙江铁军的风貌。

爱因斯坦说:"雄心壮志或单纯的责任感不会产生任何真正有价值的东西,只有对于人类和对于客观事物的热爱与献身精神,才能产生真正有价值的东西。"浙江省第八批援藏干部人才视那曲为第二故乡,视那曲人民为血缘至亲,以满腔的热忱献身那曲、建设那曲、发展那曲,以坚强的意志抗衡高反、抗击严寒、鏖战高原,以真情的投入与各族干部和群众手握手、心贴心、肩并肩地助推那曲打赢脱贫攻坚战,全面建设小康社会,高起点、高标准、高质量、高效率完成了浙江省委、省政府赋予的重任,在羌塘草原洒下了 5600 万浙江人民寄予的大爱,用青春、用血汗、用才智谱写了一曲曲动人心弦的援藏之歌,续写了之江大地与雪域高原的深情厚谊。

2018 年 8 月,浙江省委书记车俊看望浙江省第八批援藏干部人才时说:"人生最美好的事情,是付出有收获。"从 2016 年开始,浙江省第八批援藏干部人才放下尽父亲、尽丈夫、尽孝子的责任,以对党和祖国的忠诚之情、对西藏和那曲的援助之情、对浙江后方支持的感恩之情,背井离乡,扎根高原,勇于挑战,矢志奋斗,创下了历届在藏率、在岗率最高的纪录,创造了无愧于组织、无愧于人民群众的不平凡的业绩,诠释了"进藏为什么、援藏做什么、离藏留什么"的人生真谛。这世上,有一种苦难叫磨炼,有一种付出叫情怀,有一种牺牲叫成全,有一种海拔叫境界,有一种收获叫党和人民满意。这就是浙江省第八批援藏干部人才用3年付出向人生岁月、向那曲人民、向伟大祖国呈现的赤子之心。

生命的美好由无数个温情的片段组成。必胜同志作为浙江省第八批对口援藏工作的亲历者和见证者,以文章的形式真实地再现了每一名援藏干部人才倾情、倾智、倾力的辛勤付出,再现了每一名援藏干部人才积极、昂扬、向上的精神风貌,再现了每一名援藏干部人才无怨、无悔、无私的人生品质。林林总总、点点滴滴,记录了铭心刻骨的春秋,诠释了别具意义的人生。沿着必胜同志的笔墨行走,看到大家的辛勤付出,我由衷地为大家立足岗位、勇挑重任的担当精神点赞,为大家艰辛备尝、忠诚履职的人生情怀而感动,为大家与藏族干部群众贴心相待、并肩战斗的藏汉情谊喝彩。我的世界因每一位同志的存在而更加精彩,浙江省第八批对口援藏工作因每一位同志的付出而更加瞩目。

3年时光,对于苍茫宇宙来说,只是短暂的一瞬,并无特殊意义。而对于我们每一名援藏干部人才,那些同呼吸、共拼搏、齐奋进的日子,每一寸时光、每一个细节,都历历在目。每一份付出、每一个未来,都值得期望。逝者如斯夫,不舍昼夜。流水般的日子需要以某种形式,将难忘的时光定格成特定的标志,进而展示出特殊的意义和价值。我想,这就是必胜同志书写《生命的力量》希望达到的目的。我愿意成全必胜同志的心愿,为他用心血和情智凝成的作品作序,并愿这段凝聚着我们珍贵回忆的援藏经历,能成为更多人的精神特质和生命力量。

浙江省第八批援藏指挥长

那曲市委副书记(正厅级) 陈　澄

自序一：岁月流逝　人生有痕

所有的人都会死，我讴歌的这样一群人最终也会死，但他们活出了人生的价值和生命的意义。

那曲——西藏自治区那曲市，相信很多人都不知道这座中国最年轻的海拔最高的城市，不知道它被称为"世界屋脊的屋脊"和"生命禁区的禁区"，不知道这里高寒缺氧、低压干燥、气候恶劣、棵树不生、环境艰苦。对于这些，这群人之前也不甚了解。自 2016 年 7 月 20 日，他们踏上雪域高原，用青春、用血汗、用生命融入这片土地，人生便有了一段刻骨铭心的记忆和同这片土地难以切割的联系。

我是这群人中的一员——浙江省第八批援藏干部人才队伍中的一员。援友们经历的所有艰难岁月，我都经历了。在他们的援藏工作，我耳闻目睹。他们的深层次的精神世界里，我们血肉相连。在那曲的 3 年时间，我们共历苦难、共历生死，有着比血还浓的命脉关系。我愿意用文字一一呈现援友们付出艰辛、倾注心血，用满腔热忱、用坚实行动谱写的感人至深的援藏故事。

一个人活着,总希望给这个世界留下难以磨灭的印记。就像我们写日记一样,就像我们拍照片一样,但这些都是留给自己的,都是人生平凡的部分。其实,我们所经历的大部分时光都是平凡的,只有无私奉献,让更多人受益的时光,才是人生中不平凡的部分。浙江省第八批援藏干部人才,舍弃常人所拥有的,放弃常人所享受的,忍受常人难以忍受的,日复一日,与孤寂的时间对阵,与恶劣的环境抗衡,在雪域高原忘我无私、倾情倾力地执行对口援藏工作,奉献的日子就是各自人生不平凡的部分,就是值得由他人书写、供世人讴歌的部分。

一段用生命无怨无悔奉献的岁月和一个倾力奋斗的地方都是难忘的,即便远离了那片时空,生命的部分也永远遗留在那里,这就是一个人不应该被这个世界抹去的印记。文字是记录和呈现的方式,作为援藏的亲历者和见证者,我有资格书写身边每一位援友的对口援藏工作,作为一名作家,我更有责任和使命呈现援友们充满正能量的生活。书中的每一个人都有情怀、有担当、有作为,都有向上、向善、向美的鲜为人知的独特故事,都可亲可敬,值得我牺牲休息和陪伴家人的时间去书写,并自费出版。我觉得这是一件极其有意义的事情,这既是对援友们过往岁月和事迹的留存,也是对他们人生价值和生命意义的弘扬。我希望通过这样一种广为传播的方式,以文学的形式,向世人呈现不一样的人生、不一样的境界,以此,希望激励和启迪更多的人。

岁月嬗变。那曲,已经埋藏了太多的时光。从 1995 年至今,浙江省委、省政府先后派出 8 批援藏干部人才到这片土地上执行对口援藏任务。浙江路、浙江中学、浙江小区……注入浙江元素的建设项目在那曲随处可见。属于浙江省第八批援藏干部人才的苦乐与伤痛,包括我们引以为豪的人生理想和为之奋斗的部分,最终也会埋没在这里。在无限的时空面前,我们微如尘埃,我们的付出在浩大的历史长河里也显得微不足道。但我们的人生岁月在这片土地上真实地存在过,"忠诚、团结、坚韧、奉献、干净、有为"的第八批援藏精神真实地存在过,风云激荡的奋斗历程真实地存在过,我希望将每一个人的援藏经历一一亮相,并结集珍藏,永远地与我们的人生相伴,与滚滚向前的岁月相伴。

　　生命之河潺潺流淌,当我们回望人生时,记住的一定是苦难中坚强的日子,沉淀给内心的一定是担责而行、迎难而上、行有所获的时光。撰文是储存记忆最好的方法,借着文字,我们业已融入生命、深入骨髓的依恋才有归处。那些恢宏的援藏过往,才能得以恒久地、不朽地存在。我们用生命书写的援藏篇章和人生情义,是不应该被时光淹没的生命印记。即便相隔天涯,彼此共有的岁月仍聚拢在《生命的力量》中,那曲仍是我们难忘的人生驿站和苦乐根源。尽管时光飞逝,但感情永远存在,文字永远鲜活。当我们拂去尘埃,再次捧读这段援藏历史的时候,我相信,字里行间,总能唤醒留存在我们内心深处的细细碎碎的往昔,让我们和过而不返的时光重新接轨,然后细数光景,将孕育在内心深处的人和事深情地缅怀与细细地重温,然后靠忆想再现人和事本真的模样。即便有一天我们归为尘土了,但文字是一份永恒的存在。我希望所有援友的付出和付出背后的意义,能让我们的亲人、让我们的朋友、让每一位熟悉和不熟悉我们的人知晓,并通过文字,产生某种心灵连接,感知每一个或显或隐的、不屈不挠的生命存在的价值和意义。

巴尔扎克曾说:"精神生活与肉体生活一样,有呼也有吸。灵魂要吸收另一颗灵魂的感情来充实自己,然后以更丰富的感情送回给人家。人与人之间要没有这点美妙的关系,心就没有了生机。"我希望每一位援友的工作生活和精神世界,能真实地再现在文字里,以感动这个时代、这个世界。书写《生命的力量》的过程,也是我与喧嚣阻隔、与尘世疏离的日子。所有休息的时间,每一个深夜,我都反锁房门,让自己从变动不居的生活状态抽离,然后以一种超然的意境,去到自己的心魂所在和援友们经历的时光所在,用心血和情智,将倾听到的、目睹到的、感知到的,复苏成具体的意象,直至提炼出属于每一个援友个性特点的纪实蓝本。书写他人的人生轨迹,感受他人的责任担当,触摸他人的理想追求,诠释他人的人生意义,是灵魂感知和淬炼的过程,是精神寻找和洗礼的过程,也是力量汲取和成长的过程。在灵魂的归依处,我仿佛又见到一个个刚毅的汉子,一份份坚韧的力量,一座座人生的丰碑。

凝结浙江省第八批援藏干部人才经历的《生命的力量》,承载了我们的灵魂与信仰,记录了我们的苦难与辉煌,展现了我们生命中的付出与希望。时间里,它就如同生命的船只,负载着我们奉献给雪域高原的时光,周而复始地流转在岁月里,不断抵达新的时代,呈现该有的意义。

自序二：生命中的爱与力量

闲来无事的时候，我总爱在纸上写两个词，一个是"人生"，一个是"必胜"。

在我的生活里，两者息息相关，矢志不渝地呼唤着内心的渴念，牵引着生命的时光，在一程又一程山水之间、一场又一场征途之中，翻腾交织，滚滚向前，激荡并迸发出不竭的力量。

每一个向上的生命，或显或隐，都有一种无法阻挡的力量依存于体内。凭借这股力量，我们的生命才会有勇气做出不同于常人的选择，才敢于进入险境，征服苦难，向着更好的方向行进。2016 年 6 月，我主动报名援藏的消息传出后，家人和亲友都劝我不要去。浙江省科技厅里关系好的同事告诉我，1995 年 5 月，厅计财处处长张家明援藏后，积劳成疾，不幸英年早逝。我知道所有的劝阻都是好意，但我怕过一眼见死的人生。一个人的成长、发展和视野一样，有区域的局限。人只有放下既得利益，做有意义的事情，才是真正地活着，才能遇见更美的自己。

人生在世，草木一秋。每一个生命，都有着成长、蜕变和渐进的过程。在雪域高原，在树木难生的那曲，恶劣的自然环境带给我的感观上的痛苦与身体上的伤损，刻骨铭心。但自己选择的路，只能独自承受，并义无反顾、一往无前地走下去。我一向认为，人生的苦难磨炼人、考验人，同时也成就人。哲学上有个说辞："一切的根源在于自我。"就如《黄金时代》中所说的："我不能选择怎么生，怎么死，但我能决定怎么爱，怎么活。"在充满未知的恶劣的自然环境面前，我只是恒河一沙，我无力改变客观世界，但可以掌控自身意识，让生命的力量向内生长，自我完善。同时，让生命的力量向外延展，为遥远而笃定的理想努力前行，以期让为之奋斗的这片土地变得更好。刚到那曲市科技局上班时，局里的门窗、桌椅、沙发、电脑等破旧不堪，暖气管子、电线、网线乱七八糟地裸露在外面。单位连食堂都没有，干部职工中午用餐要么回家，要么点外卖。公车倒挡位是坏的，倒车只能靠有坡度的地方滑行，还经常出故障。履新后，我多方协调资金，解决了这些问题，让变动不居的生活有了崭新的模样。

行进的光阴，忠实地记录着人生的爱与恨、苦与痛、收获与回报。援藏的时光里，凡是超越自我的无私行为，都有价值，都有意义，都是生命中稳固而坚实的力量。带着真情援藏，我翻雪山、过草原，先后调研了有 4.5 个浙江省大的那曲市所有的县（区），慰问了所有的驻村点，结对帮扶了 4 户藏族家庭，慰问贫困群众 46600 元，慰问贫困学生 2000 元，长期结对资助了 1

名贫困学生。我用撰写《生命的姿态》所得的 36000 元稿酬,资助了长期结对的 6 名贫困学生。牧区的藏族同胞和我语言不通,孩子的汉语词汇量也极其有限,但他们颤抖的双手是语言,感动的热泪是语言,真切的拥抱是语言,敬献的哈达是语言。爱,是通译万语的信息,是至为宝贵的礼物,是生命力量的源头。在那一双双闪烁着感激且幸福的光芒的眼睛里,我看到了自己,也看到他人的人生正生长出新的意义。我深信,人性中一些善的根底,被激发之后,必定会带来一种能量上的转化、蜕变和更新,会形成更多的善的契约。

爱和力量一样,通连泱泱众生,联系万事万物,是没有边际的大境界,是人类共有的精神宇宙。在艰难的岁月里,我也同样收受着无数的爱。是这些温暖和力量的给予,让我的努力有了方向,有了收获,更有了意义。自我援藏后,浙江省科技厅党组先后在那曲实施了"浙江科技大市场那曲分市场""那曲高寒地区温室蔬菜智慧管控及栽培新技术研究与示范""抗氧化营养素对高原地区早起年龄性白内障的防治"等项目 3 个,在杭州为那曲科技系统举办了"青藏地区科技管理创新人才培训""科技大市场培训""科技兴藏人才培养工程"等培训班 3 期,为那曲市人民医院捐赠了白内障超声乳化治疗仪和远程医疗系统,为牧区开展了"白内障免费复明手术"等科技援藏惠民活动 2 次,让 120 名白内障患者重见了光明。周国辉、高鹰忠、曹新安、章一文等领导先后来西藏开展对口支援工作,并以实际的援藏举措,给我、给那曲科技系统、给那曲人民留下了美好的印记。

在艰难严酷的援藏岁月里，每一份爱、每一份力量，于我而言，都深念难忘。感谢浙江省科协党组对援藏工作的鼎力支持，在副主席陆锦和原副巡视员黄国范的细心关怀下，省科协出钱、出物、出力为嘉黎县初级中学和小学各建了 1 个科技馆，出钱修缮了那曲科普宣传大屏，连续 3 年在杭州为那曲市科协系统开展科普能力提升班，这一份科技力量的援助，对那曲科技宣传普及工作而言，是一份恒久存在的力量。

一次援藏行，终身援藏情。我理解，这情，既是对挥洒了血汗、倾注了情感的雪域高原的真挚感情，也是援藏期间对外界给予的关心帮助的真情感念。援藏期间，我与西藏自治区科技厅的领导和同志们结下了深厚的工作情谊，赤来旺杰厅长对我工作上的支持和生活上的关心，让我感觉到亲切和温暖。3 年时间，他对我的援藏工作有求必应，双湖县支柱产业"卤虫卵研究开发项目"能够收获成果，藏药秘方甘露血散标准化研究等一大批科技项目能够获批，既是对我工作的大力支持，也为那曲科技创新事业开启了希望和成功的大门。

人与人之间有着一种缘分的牵连，有些人遇上了，他们就成了命运的一部分，并会在某次机缘的触发下，给生命带来不一样的东西。因为援藏，我认识了西藏自治区科协主席李秀珍、巡视员张金文、副主席杜恩社、副巡视员巴琼等领导，在我为那曲科协项目奔走的日子里，他们对艰苦地区的人民厚爱有加，那曲获批的科技工作者之家、科普大篷车、中学科技馆等一大批建设项目,会带着他们的人情温暖,成为那曲科协事业不灭的光亮。

　　人这一生,凡事尽力而为,总会有意外的收获。通过协调辽宁省科协,那曲市 11 个县(区)的人民群众有了《西藏高原双语科普百事通系列读本》,极大丰富了那曲各地的科普资源,拓宽了藏族群众获取科学知识的渠道。

　　时间是塑造一切奇迹的力量。一个人的付出,当下或许见效甚微,随着时间的推移,一定会在岁月里显现出该有的能量,成为人生引以为豪的部分。我期待浙江省第八批科技对口援藏工作,在未来的日子,会像花儿一样次第开放,在岁月里张扬出该有的蓬勃和热烈。有许许多多人关切的那曲科技创新工作,也一定会生发出海阔天空的美好景象。

　　3 年援藏光阴,我为那曲科技创新工作所尽的只是绵薄之力,但组织却给了我太多的荣誉,我连续 3 年被评为那曲市优秀公务员、那曲市科技局优秀公务员,连续 2 次荣立三等功。生命历程中,所有的欢愉与悲痛,都如写在雪上的字,一定会在时光里慢慢消融。唯有生命中收受的关爱与恩情,会在岁月里沉淀,会让内心愈加深刻,并随同时光滚滚向前,成为人生永恒的力量。我不是一个特别有才华的人,我为没有足够的文字驾驭能力,不能详尽地释放内心深处所有的感动和爱的细节而懊恼。往后余生,唯有以感恩的心态,有力量地穿行在岁月里,把信念之歌、使命之歌、奉献之歌写在每一个走过的日子里,以回报众望,回馈这个时代。

目 录

第一辑 羌塘草原的援藏铁军

那曲市，地处西藏北部，位于唐古拉山脉、念青唐古拉山脉和冈底斯山脉之间，总面积 36074 平方千米，是全国海拔最高、面积最大的地级市。在市直单位，浙江省第八批援藏干部人才先后共 33 人，牢记组织重托，真情融入那曲，矢志艰苦奋斗，忘我牺牲奉献，以坚定的信念、坚强的意志、坚实的行动，塑造了共产党员形象，展示了浙江铁军风貌。

一个有温度的援藏领路人

陈 澄

在当下这个时代，很多人都觉得理想、信仰等词汇过于虚空，但对陈澄来说，这是有血有肉、充满激情的大词，没有一定家国情怀的人，体察不到这些词汇的境界。

"那曲市区棵树不长，环境极其恶劣。习近平总书记强调：'在高原上工作，最稀缺的是氧气，最宝贵的是精神。'这就要求我们援藏干部人才要用精神的力量去战胜客观条件的困难……"2016 年 7 月 19 日晚，浙江省委组织部欢送浙江省全体援派干部人才，陈澄代表援藏指挥部登台表态，充满激情的脱稿演讲，深深地感染了在场的每一位同志。从容淡定、真诚温和的气场，也让全体援派干部人才认识了这位英俊洒脱、才华横溢的指挥长。

人生有很多东西是由内心创造的。陈澄的一言一行、一颦一笑，总能让人感受到深邃的思想、坚韧的内心。那曲离天最近，人与人的心也最近，援藏期间，每当有援藏干部人才生病住院，陈澄总在第一时间赶到病房，送上水果、送上问候，在细节处给人以平和、熨帖和无限的暖意。浙江省委、省政府高度重视援藏干部人才的身体健康，在拉萨给每名同志购买了轮休房。为将省领导关爱措施落到实处，落到援藏干部人才的心坎上，陈澄从房屋购买、内部装修到家电家具、供氧设备配备等，一一把关，催促进度，使全体援藏干部人才在较短时间内拥有了温馨舒适的家。

"作为浙江省第八批援藏指挥长，我有责任、有义务带领、管理和照顾好每一位援藏干部人才，让他们安心在雪域高原，矢志艰苦奋斗，以此，让这片土地上的各族人民群众生活得更好。"援藏期间，陈澄带着浙江省委、省政府的重托，怀着对那曲人民的深情厚谊，以建设那曲、发展那曲、稳定那曲为己任，严冬腊月，不顾严重的高原反应，不顾风大雪寒、路途艰险，连续3年整月下基层蹲点，诚心实意地以智慧、以爱心、以激情投身那曲建设。在他身体力行、忘我投入的工作下，浙江省对口支援工作以及他分工负责的全面深化改革、组团式援藏、宣传思想、外事、招商引资、脱贫攻坚等各项工作，成绩斐然，有关工作得到浙江、西藏两省（区）党政主要领导的批示和那曲市委、市政府的肯定。

时间是伟大的见证者。3 年援藏时间,在历史长河中不过是短暂的瞬间,但对于亲历者陈澄、对于那曲、对于受惠的百姓,却有着非同寻常的意义。为了能让更多群众创收,让那曲干部群众吃上新鲜的蔬菜,陈澄领导策划并推动的一个产业援藏扶贫项目出现了——在海拔 4500 米的高原上建设百亩连栋温室大棚,这个项目作为浙江产业援藏精准扶贫示范基地,共投入资金 6000 多万元,建成之后将是世界上海拔最高的连栋温室基地,它不仅能给那曲带来丰富的蔬菜瓜果,还可带动当地 800 名贫困人口脱贫。产业援藏方面,浙江省在那曲迈开了坚实的步伐:连续 3 年组织那曲市相关单位和企业免费参加浙江省农博会,组织 3 家浙江企业参加第四届藏博会,组织那曲企业参加杭州西博会、中国(宁波)食品博览会、温州农博会等展会,打响了那曲农畜产品品牌。全国肉酥行业龙头老大浙江唯新实业有限公司与那曲羌塘牧业有限公司成立合资公司,重点开发那曲农牧产品,订单总额达 1.25 亿元。浙江省最大的连锁超市世纪联华超市与那曲市达成 1.39 亿元的购销协议,那曲农畜产品展销专柜遍布连锁网点。通过招商引资,吸引外来商家在那曲注资 1 亿元成立西藏天湖实业公司,进一步拓宽了那曲农畜产品销售渠道。浙江有关企业与那曲达成总金额 6000 余万元的电子商务、光伏发电等项目合作意向……在生命禁区,一项项令人瞩目的产业援藏佳绩和那些在高原反应中牵线搭桥、沟通信息,在崎岖山路上奔走呼吁、衔接项目,以及一边吊水一边工作的许多个日子,都是融入陈澄生命难以忘却的记忆。

习近平总书记说:"伟大梦想不是等得来、喊得来的,而是拼出来、干出来的。"西藏是全国唯一的省级集中连片贫困地区,那曲又是全区脱贫攻坚三大主战场之一,而且那曲高寒缺氧,年有效施工期只有 5 个月,脱贫攻坚工作举步维艰。在这样的状况下,陈澄克服常人难以想象的困难,缺氧不缺精神,艰苦不降标准,带着责任,带着感情,带着队伍,以苦干实干的精神抓项目,以创新务实的理念谋发展,谱写了一曲曲动人的对口援藏之歌。2018 年底,浙江省第八批援藏项目共实施 46 个,完成投资 4.78 亿元。年度援藏项目开工率、竣工率、投资完成率屡创新高。援藏,对陈澄来说,是一腔无所畏惧的勇气,一场无坚不摧的修行,一生无法磨灭的深情。他多次组织那曲招商团赴浙江考察,共引进 17 家企业落户那曲,8 家企业已经完成注册登记,9 家企业已经完成工商核名,注册资金累计超 3 亿元。在此基础上,陈澄团结带领浙江省第八批援藏干部人才共协调落实计划外援藏资金 1.27 亿元,为那曲经济、社会发展加油助力,赢得了广大藏族干部群众的由衷赞誉。

梁启超说得好:"人生须知负责任的苦处,才知道尽责任的乐趣。"自踏上雪域高原,高寒缺氧低压对生命每时每刻的侵蚀,让陈澄内心拥有的不是恐惧、不是退缩,更多的是强烈的责任、是肩负的使命。他希望将浙江省委、省政府真切的援藏情和 5600 万浙江人民深厚的民族情谊,洒在羌塘高原上,以此改变更多人的命运。2016 年 11 月 24 日,陈澄向 5 位援藏教师家属代表献上洁白的哈达,感谢她们在教育援藏工作背后的付出。从 2016 年开始,浙江省先后选派了 2 批共 90 位优秀教师进驻拉萨那曲高级中学开展"组织式"教育援藏工作,受援学校连续 2 年高考上线率保持 99%。"十三五"期间,浙江省累计投入教育援藏资金计 3.1 亿元,实施了那曲浙江中学教职工周转房等项目建设,极大地改善了那曲市学校办学条件,为那曲教育工作注入了强劲活力。援藏期间,陈澄始终坚持以习近平总书记治边稳藏的重要论述和新时代党中央治藏方略为根本准则,以改善民生为出发点和落脚点,指派专人协调 2 批共 60 名浙江 B 超医生进藏支援,为那曲市近 17 万名干部职工、师生、农牧民开展包虫病筛查,并捐赠了 20 多台总价值 500 余万元的彩超机。"组团式"教育援藏和包虫病筛查工作,受到浙江省委书记车俊、常务副省长冯飞、副省长成岳冲等省领导的批示肯定。

在今天这个世界上,有的人之所以伟大,一定是因为他付出了常人不能付出的东西,让他人或社会获益,并引起更多的精神共鸣,感召更多的力量融汇。援藏期间,陈澄指定专人协调组织了 3 场定向招聘活动,让 174 名西藏籍高中毕业生进入浙江企业工作,7 名高校毕业生进入浙江事业单位,11 人进入浙江公务员队伍,50 名浙江高校毕业生进入那曲市行政事业单位就职。提及浙江省第八批援藏工作,陈澄说:"可圈可点的援藏成绩太多了,我们通过签订'浙藏携手奔小康村企结对帮扶协议',助推那曲打好脱贫攻坚战,进展顺利,成果可喜。我们还助推对口支援的比如县在全市第一个脱贫摘帽,助推色尼区、嘉黎县成功创建'国家义务教育均衡发展区',助推色尼区成功创建西藏自治区包虫病综合防治示范区,助推嘉黎县入选

'全国文明城市提名城市';我们创建了医疗援藏的'比如模式',指导那曲县级医院实现多项手术零突破……成绩的取得,不是哪一个人的功劳,主要得益于浙江、西藏两地党委、政府的高度重视和真切关怀,得益于两地组织部门、对口支援部门的直接指导和具体关心,得益于全国第八批援藏工作队总领队郭强同志和那曲市委、市政府的大力支持,得益于浙江省第八批援藏干部人才的共同努力。"

"忠诚、团结、坚韧、奉献、干净、有为"是陈澄组织凝练的第八批援藏精神。3年时间,陈澄带领的浙江省第八批援藏干部人才用生命书写热忱,用使命诠释担当。团结一心、坚韧不拔,扎根那曲,奉献那曲,争做忠诚、干净、有为的援藏干部,谱写了对口援藏工作的绚丽篇章。杭州、嘉兴援藏工作组在色尼区打造了在西藏硬件设施一流的杭嘉中学,实施了商业混凝土、人力资源开发、热山泉水、藏药加工种植、青稞糌粑加工等产业援藏项目,并建立运营"红船引航"众创空间、贫困群众就业孵化基地、奶源质量检测实验室、香贸乡商贸服务中心等;宁波、绍兴援藏工作组支援比如县建成人民医院综合大楼、巴贡小康示范村、县第二小学、县第二幼儿园、茶曲乡温泉度假村、县民俗手工业产业园、藏式家具加工等援藏项目;温州、台州援藏工作组建成投用浙江路、嘉黎县人民医院综合住院大楼、麦地卡小康示范村、林堤小康示范村、重点乡镇小学供暖工程、尼屋藏香猪基地、神山藏药厂、创业大楼等援建项目,打造了西藏拉日现代商贸创业园,建设了创业大厦、商贸中心,创建了电子商务进农村示范县,组建了现代商贸业投资发展公司,成立了回乡大学生创业基地，培育了 30 余家农牧民合作组织，引进百润投资、嘉华广场、大央泱等 5 家企业落户该县。一项项建设，用文字表述看似枯燥、乏味，但每一份投入，都倾注了陈澄和麾下援藏兄弟的心血，都是浙江改变那曲的一份力量。现如今，注入浙江元素的建设项目在那曲随处可见，浙江印记已经渗入藏族生活的深层肌理。

"古来青史谁不见，今见功名胜古人。"3 年援藏时光，陈澄带领的浙江省第八批援藏团队创造了历届最高的在藏率、在那率、在岗率，他们用 1000 多个日日夜夜，不畏艰难，无私奉献，在雪域高原创造了无愧于组织、无愧于人民群众的不平凡的业绩，被浙江和西藏两地组织部领导誉为"浙江铁军"。

"援藏，并有所收获，是我一生的荣光。"陈澄说，"诺贝尔文学奖获得者萧伯纳说：'人生不是一支短暂的蜡烛，而是一支由我们暂时拿着的火炬，我们一定要把它燃烧得十分光明耀眼，然后交给下一代。'这很适合我对祖国、对人民忠诚的内心表达。"

人生的意义，是自己赋予的

杜震宇

随着光阴的流逝，生活中很多人、很多事会慢慢尘封，直至淡忘，但特殊时期，一些特殊岗位上的人，会永远跟随岁月的翻涌，成为记忆中永不消散的一部分。

浙江省第八批援藏干部人才中，杜震宇任那曲市委组织部副部长、浙江省援藏指挥部干部人才组组长。他的工作和每一名援藏的同志都有交集。今后的岁月，不光是我，其他援藏的干部人才应该也不会忘记这位温和、宽厚、富有责任心的兄弟。

记忆不会老去。2016 年 7 月 24 日，那曲市委、市政府大院内雀跃欢腾，一条条洁白的哈达在风中翻飞的场景,每一位援藏干部人才都不会忘记。这一天,浙江省第八批援藏干部人才入那曲履职,初次踏进羌塘草原,藏族同胞载歌载舞欢迎我们到来。杜震宇受领藏族同胞热情的歌舞和敬献的哈达,也收受到了一份沉甸甸的责任。

我一直觉得,杜震宇履职的岗位不好做,是个尴尬的角色。3年援藏时间,他既要履行组织部的职责,又要履行指挥部的职责,既是管理的角色,又是服务的角色。把握好工作尺度,是一门艺术。而首要的,是先接受高原反应的挑战和考核。在这个关卡,初入高原的每一名同志都很艰难,杜震宇也不好受。那阵子,消瘦的他眼圈深陷,脸色惨白,本来就稀疏的头发变得更加稀疏。每一名援友都可以去说高原反应的痛苦,他却只能强颜欢笑,像个没事人一样,跑前跑后,关切和关注着每一位同志的身体健康和心理感受,为全体援藏兄弟做好各项生活后勤保障。

平均海拔4500米的那曲,气压极低,待久了,会让人感到胸闷气短,心脏极其压抑、疼痛,会诱发各种心脏疾病。逢双休日,很多援友会到海拔相对低一点的拉萨休整2天,但杜震宇很少请假休整,常常和大家说说笑笑,装出一副若无其事的样子。我理解他,他是希望稳定军心,给大家做出榜样。杜震宇很喜欢《定风波》里的"此心安处是吾乡",他是把那曲浙江公寓当家了。每年,杜震宇都最后一个离藏,一直保持着较高的在藏率、在岗率。一个人只有找到安放身心的方式与位置,才能确定自身的定位和工作的方式,并从中得到一份长久的快乐。

荀子《劝学》说:"无冥冥之志者,无昭昭之明;无惛惛之事者,无赫赫之功。"要立志做前人没做过的事,走前人没走过的路,只有克服艰难,付出努力,才能通向光明,建立功业。艰苦环境里,杜震宇希望通过自己力所能及的努力付出,助推那曲经济社会发展。2017年10月29日,在杜震宇的组织协调下,浙江省大成建设集团等企业来到西藏,针对那曲籍高校毕业生举办了专场招聘会,千名高校毕业生参与角逐,共有399名那曲籍高校毕业生,与浙江企业达成了意向协议;2018年7月29日,浙江省建设投资集团等50家企事业单位再次拿出就业岗位,针对那曲籍高校毕业生举办专场招聘会,在杜震宇的组织协调下,那曲学生和市民共2000余人进场应聘,现场达成就业意向174人,有3名大学生直接被浙江企业录用;2018年10月16日,正在杭州出差的杜震宇又匆匆忙忙赶回拉萨,协助浙江省11个地市事业单位,开展那曲高校毕业生专场招聘会。从零海拔到高海拔匆忙上下最伤身体,但杜震宇觉得很值得,他认为拓宽西藏籍高校毕业生就业渠道,推动就业援藏,是重大政治使命,能够承担这样一份责任,是一件有价值和有意义的事情。

基士爵士(Sir Arthur Keith)说:"如果人们的信念跟我的一样,认尘世是唯一的天堂,那么他们必将更竭尽全力把这个世界造成天堂。"杜震宇有着同样的信念,2017年10月15日22时许,2名衣着单薄、受冻挨饿多日的温州籍农民工,来那曲讨薪未果,身上的钱已经用光了,无奈之下,他们来到浙江省援藏指挥部寻求帮助。杜震宇在接待的当晚,给了2名讨薪民工酒店住宿费用和一些食品，第二天，发动浙江省援藏干部人才为讨薪民工捐款，给他们筹足了回温州的车票和吃住费用。生活中，一些细小的事物，可以看出一个人的品质和灵魂，也决定着一个团队的精神和力量。进藏以来，杜震宇认真关心援藏干部人才，在采购分体式制氧机，更新那曲阳光大棚绿化，改善那曲公寓伙食和住宿条件，开展高原指标体检，购买桌球等娱乐设施方面发挥了积极的作用。与此同时，杜震宇严格执行考勤制度，确保了浙江省第八批援藏干部人才在藏率和在岗率始终排在全国援藏省份领先位置，在浙江省历届援藏队伍中也是最高的一批，给浙江省援藏干部人才队伍赢得"援藏铁军"的称号。

人的生命，其实并无意义，意义都是各自赋予的。

男儿柔情

吴斌峰

我认识吴斌峰，是先知道他的名字，知道他材料写得很棒。

有共同兴趣爱好的人，必定投缘。2016年6月19日，援藏培训。到了之江饭店会场，我先找到吴斌峰的席卡，将名字和人做了"对号入座"。他是我想象中的温和、真诚、质朴的样子。

我和吴斌峰有语言上的交流，是在进藏后入住西藏大厦时。吴斌峰找到我说，到那曲后，会分"一办三组"，希望我能加入他所负责的办公室。我满口答应。这是我内心的声音，是灵魂的靠近和志同道合的随行。

"有一种高度叫海拔 4500 米,有一种温度叫零下 42 摄氏度,有一种距离叫离家 8000 里,有一种稀缺叫空气含氧量仅为海平面的 58%……"进那曲的当天,吴斌峰很诗情地描述了那曲的环境,发到援藏工作群后,成了经典之作,很多人做了转发引用。

吴斌峰和我一样不善言辞,他的才华体现在文字上。进藏不久,《浙江日报》发表了一封他写给儿子的信,标题是《八千里路牵与念》,我只看第一段,泪就流出来了。他是这样写的:"小铁,爸爸所在的这个地方叫那曲,你一定要记住这个地名,因为这个地方是爸爸离开你和妈妈最远最远的地方,也是你见不到爸爸时间最长最长的地方,而且只有在这个地方时,爸爸才最想你、最想你……"我想,每一个亲历援藏工作的人,都会有如此深的对孩子的爱意和牵念,都会被这段煽情的文字催出泪水来。

知道那曲的人,都知道那曲高寒缺氧、低压干燥、地广人稀,市区棵树不长,被称为"世界屋脊的屋脊"和"生命禁区的禁区"。每一个毅然决然报名援藏的人,所付出的,既有身体健康的牺牲,也有家庭责任的牺牲。

我一直觉得,一个人要想获得他人尊重,不在于外表,不在于才华,而在于他有没有奉献精神,有没有一颗设身处地为他人着想的慈悲的心。吴斌峰有。一次,西藏自治区科技厅向浙江省科技厅发函,说党组书记王平计划到浙江考察。我当时正好在浙江省科技厅汇报科技援藏项目,请假结束的时间到王平前来考察的时间,有几天空当,西藏自治区科技厅和那曲市科技局的领导都希望我陪同王平考察后一同回藏。我向省援藏指挥部领导续假，等了 2 天，后来因为王平请假未获批，我也就回藏了。省援藏指挥部领导误以为是西藏自治区科技厅厅长赤来旺杰欲到浙江考察，两人遇上，赤来旺杰说没这事。指挥部领导批评了我。第二天晚上，援藏指挥部召开阶段性援藏总结工作会议，指挥长表扬了我所做的科技援藏工作，我知道，材料是吴斌峰汇总的。人在难处，最能检验出周围朋友的人格品质，吴斌峰的为人是我内心所认知的样子。吴斌峰援藏，职务是那曲市委副秘书长、省援藏指挥部办公室主任，主要负责联系市委副书记陈澄同志展开有关工作和市委办公室受援工作，后来我有很多为难的事情找他，他都二话不说地帮助协调。

前不久，浙江省委组织部的微信自媒体平台"共产党员"发表了吴斌峰写的援藏手记《选择援藏便只顾风雨兼程》，文中提及那曲的环境恶劣，表明了他毫不畏惧、绝不退缩的援藏态度。我想，吴斌峰的无畏和一往无前，来自他的内心情怀，来自他对工作的极致追求。援藏期间，吴斌峰不仅主持省援藏指挥部繁杂的办公室工作，还承担了指挥部文字材料起草任务。他起草材料，不是精品不罢手，常常通宵写作。他起草的信息和公文，多次获得浙江、西藏两省区主要领导批示。吴斌峰还牵头策划组织了浙江省援藏网上线仪式，指挥部近 200 篇稿子被新华社、腾讯网、《浙江日报》、浙江在线、《西藏日报》、《援藏》等中央和省级媒体宣传报道。

人一生的精力是有限的，某一方面的投入，必将带来对其他方面的舍弃。援藏期间，吴斌峰面临了多次艰难的选择，

2016 年他的外婆去世,2017 年他的妻子生二孩,2018 年他因肺炎、间歇性心绞痛频发 2 次住院治疗,并查出"中度阻塞性通气功能障碍",等等。每一次吴斌峰都没有退却,都选择了坚守那曲,他是在藏率、在岗率最高的浙江省第八批援藏干部人才之一。人类,往往会对承受苦痛和磨难的人表示同情,对战胜苦痛和磨难的人表示敬意。吴斌峰,就是一个让我充满敬意的汉子。我深为认同他所说的,援藏是一场艰险苦旅,更是一种人生历练;是一腔家国情怀,更是一份责任担当;是一次心灵洗礼,更是一轮积德修行。

以我的成长经历,我一直认为,一个人的付出是有回报的。在吴斌峰身上,有些已经到来,2016 年、2017 年,吴斌峰连续 2 年年度考核优秀,先后 2 次在受援单位获评优秀共产党员。还有些美好,相信正在光临他的途中。

文人侠风

俞奉庆

人生最好的生活方式是，一边磨砺一边成长，一边耕耘一边收获。援藏期间的俞奉庆就是这样。

浙江省第八批援藏干部人才中，俞奉庆是我敬佩的人。这不只是因为他曾就读过北京大学、复旦大学两所名校，不只是因为他工作出色，更多的是因为他为人处事的姿态。

人这一生，面临两个世界，一个是我们所处的纷杂的世界，另一个是我们坚守的内心的世界。生存是一个人在现实生活中无法回避的问题，在和人、事打交道的过程中，俞奉庆把尺度把控得恰到好处，始终以真实的自我接人待物，是那种知世故而不世故的人。向内，俞奉庆则大量地阅读书籍，在浩瀚的知识海洋里寻求精神的力量和灵魂的安顿，构建独属他自己的不染纤尘的心灵空间。一个人内在的素质决定了外在的修养，俞奉庆日常的思绪、言谈、情感，宁静、踏实、深邃的本性，或许就来源于此。

人所具有的特质是什么？两个字来说，就是人格，一个人的人格形成由许许多多个生活的细节构成，在年深月久生活的沉淀和打磨下，俞奉庆活出了正直、真诚、有情义、有担当的模样。这样一种优秀的品质，是由内向外的呈现，会散发出无穷的魅力。对俞奉庆的认同，不只是我的感观理解，也是援友们的共同想法。援友们都乐意和俞奉庆相处，这就是其人格魅力的体现。

金庸先生辞世那天，俞奉庆在微信朋友圈发了这样一段悼念的话："金庸的小说，我反复读过多次。每个人都有纵横江湖、行侠仗义的梦，感谢查良镛先生给我们带来了精彩的武侠江湖，故事里的那些爱恨情仇，那些风云叱咤，那些家国情怀，'侠之大者，为国为民'，让人遐想，让人崇拜。金先生一路走好！"文字，是一个人内心的语言，从中可见俞奉庆内在的情怀。作为血性男儿，谁都有兼济天下的理想，俞奉庆更甚。进藏后，俞奉庆任那曲市发展和改革委员会副主任、浙江援藏指挥部项目规划建设组组长。履职伊始，他便做了规划，组织编制了那曲市"十三五"规划《纲要》，并以《纲要》和年度计划为抓手，推动援藏项目实施工作。他说："浙江援藏资金将主要体现在教育、卫生、医疗等民生工程上。"在他这一任,他要确保把钱花在刀刃上,让那曲人民切实得到利益。

那曲气候环境恶劣,年有效施工期仅为5个月,这成为长期制约项目建设的"拦路虎"。为顺利推进年度计划实施,俞奉庆多次率领指挥部项目组和地区发改委受援办有关同志赴各县,实地考察援藏项目实施情况,加大项目实施督查力度,确保了建设进度和施工质量,浙江援藏项目开工率和投资完成率创了近年来新高。

那曲恶劣的环境,对每一名身处其间的人来说,都是痛苦的,都有着刻骨铭心的切身体会,这也是制约那曲经济发展的瓶颈。上任后,俞奉庆充分利用资源,积极争取计划外援藏工作资金,着力改善那曲市发改委办公条件,并先后3次组织那曲市发改委干部赴浙江学习充电,借鉴浙江在深化改革、优化服务等方面的经验做法,提升那曲市发改委干部队伍综合素质和业务能力。

2017年11月,对浙江省全体援藏干部人才来说,是一个极其开心的月份,从这个月开始,大家正式入住拉萨浙江公寓,有了一个属于自己的休整安居的地方。一份份快乐的背后,凝聚着俞奉庆一点一滴的心血。从2017年3月拉萨浙江公寓正式启动装修工作开始,俞奉庆每天泡在工地上,从选材、选家电,到每一个装修的细节,一一过问,细细把关,确保了工程质量。拉萨浙江公寓启用后,俞奉庆又具体负责公寓食堂和日常管理工作,全力保障援藏干部人才的生活条件,得到大家一致认可。

在做好本职工作的同时,俞奉庆还是一名优秀的宣传员。2017年10月,浙江省第八批援藏指挥部与浙江在线合作开通浙江援藏网,俞奉庆具体负责通联工作,每天积极组织稿件,并及时修改传送刊发,全力保障浙江援藏网正常运营。同时,他协调记者深入各县采风,开展系统专题报道,进一步扩大了浙江援藏网的影响力;在此基础上,对接中央和省级媒体,大力宣传浙江援藏成就,展示浙江援藏铁军风采。在那曲市招商引资方面,俞奉庆更是不遗余力,成功引进冷链物流项目正式在那曲注册,并协调浙江企业向那曲地委行署和有关部门捐献价值合计50万元的4台大型健康体检仪,牵线浙江永安资本有限公司、杭州天使布衣慈善援助会分别向色尼区和比如县小学捐赠文具、衣服等爱心物资。

我觉得,衡量一个人是否成功主要看那个人如何做人做事,俞奉庆这两方面都做得出色。风起于青萍之末,我相信,未来,俞奉庆的人生道路会走得更好!

人生该有的特质

汤建新

　　落笔写汤建新，我的内心是平静的，仿佛要写的是自己一样。

　　人与人相处最好的方式，是敞开心扉。可能和汤建新相处时间过多的缘故，我俩交流从来不隐瞒什么，也不互相设防，只遵循自己的内心。口无遮拦，也丝毫不会觉得对方会生气。有时就是不说话，流露微笑，都觉得彼此轻松愉悦。这是一颗心对另一颗心的高度认同和欣赏。在成年人的世界里，只有世界观、人生观、价值观相同的人，相处的时候，才会如此舒坦。

　　我们所处的每一个时间节点，都会遇上

不同的人，有些人仅能在这个时间节点上，陪你走一程，有些人则可以相伴余生。和汤建新的友情，是情义相投和时间沉淀给出的答案，经得起岁月磨洗和功利扰攘。

我相信"相由心生"一说，汤建新做人的特质，是写在脸上的正直、善良、直率、质朴。一个人只有收敛了内心的名与利，放下过多的身外负载，才会呈现出如此清明的质地。"物随心转，境由心造。"在很大程度上，这决定着汤建新的生活状态和发展轨迹，他适合在财政系统工作。

但丁说："人不能像走兽那样活着，应该追求知识和美德。"生活中，汤建新做到了知识、美德和善行的合一。从事财政工作时，汤建新极其投入，他在自治区党校参加自治区财税金融培训时，我去看望过他，陪他住了一晚。聊到学习问题，他用高斯说过的"给我最大快乐的，不是已懂的知识，而是不断地学习；不是已有的东西，而是不断地获取；不是已达到的高度，而是继续不断地攀登"解答了我对他参加培训的疑惑。那阵子，汤建新认真地学习了社会主义市场经济、法律法规、行政管理以及金融的相关知识，通过学习不断改善自身的知识结构。汤建新不仅自己学，还注重通过传、帮、带，提高那曲市财政局机关干部的业务能力，并先后2次组织那曲市财政系统的同志赴浙江开展为期2个月的学习培训和挂职锻炼，有效地提升了大家的知识水平和业务技能。

马尔克斯曾说过："没有新的经验和事物的介入，经验和记忆本身也许根本不会向我们显示它的意义。"汤建新到那曲市财政局履职后，充分发挥自身优势，在那曲市财政系统推行使用电子票据,有效提高了财政票据管理水平。一个人也好,一个地区也好,发展的核心是转化或者蜕变,转化或蜕变是一种能量上的更新,这样一种外在经验带来的更新,也是援藏工作的意义所在。

"对口支援那曲,每天唤醒我的,不是梦想,而是责任。"汤建新是一个工作细致认真的人,他说:"一个人人生的使命,往往受工作性质支配。做财政工作,由不得我有一丝一毫的马虎。"到那曲履新后,汤建新迅速组织力量对 11 个县(区)财政票据进行逐一检查,对发现的问题要求现场整改。他通过检查不仅了解和掌握了各县、各单位的票据管理和使用情况,而且将检查工作与财务管理制度学习、业务技能的提高、制度规范的完善等紧密结合起来,做到边检查、边学习、边整改规范,进一步规范了财政票据使用管理。

工作中,汤建新结合近年来非税收入管理情况和财政票据检查中发现的问题,对非税收入进行了全面梳理、分析,提出了非税收入管理办法修改意见建议。在他的坚持下,那曲市各项非税收入得到及时足额入库。

我们走过春、度过秋,在这段行走的时光里,浙江省第八批援藏干部人才的日常生活和环境,离不开资金的保障。在援藏指挥部,汤建新任产业发展与资金管理组组长,按照职责,他既全程监督、认真审核把关援藏资金使用,又以人为本,出谋划策,确保资金用好用足。在人生悲喜和人情温凉汇聚而成的时光里,我们不应该忽略每一份默默付出的力量。

周国平在《灵魂只能独行》里说:"真正的成熟,应当是独特个性的形成。"汤建新从不敷衍、苟且自己的生命，如果用一幅画去描述他，我会用朴素的线条、夸张的棱角，去展示他的尊严与美感。这是汤建新内心呈现出来的，一直未曾改变的模样。

人生有涯 情义无价

金卫亮

2016 年 7 月 20 日，是浙江省第八批援藏干部人才启程的日子，是全体援藏干部人才用尽一生时光，都无法从记忆里淡忘的日子。

我怎么也忘不了这样的一个画面：晨，55 名援藏干部人才与亲友挥手道别，湖州市经济开发区管委会副主任金卫亮与妻子和幼小的双胞胎儿子惜别转身之后，泪水夺眶而出。这一幕在我的脑海里一直挥之不去。或许，我和金卫亮内心都明白，从我们转身这一刻起，未来 3 年时间，我们将上不能尽孝父母，下不能教育子女，将在平均海拔 4500 米的雪域高原,在未来难以预料的日子里,背负着人生的责任和男儿的使命,背负着亲人漫长的思念和厚重的深情,克服所有艰难与困苦,进入另外一番崭新的人生追寻和价值建造当中。金卫亮流下的泪水,是一个热血汉子对亲人的不舍和对家庭责任缺失的愧疚。

在西藏拉萨培训休整期间,金卫亮同我们分享了他双胞胎儿子写的作文。哥哥写道:"爸爸去援藏了,出发时,我们去送他。看得出爸爸非常舍不得我们,我们也舍不得爸爸。但这是没有办法的事情,因为这是爸爸的工作。我们和爸爸约定,爸爸在西藏好好工作,我们在家里好好学习,争取在三年后我们都是最棒的……"弟弟写道:"……爸爸上车后,我看到爸爸、妈妈和哥哥都流下了不舍的眼泪,我没哭,我要坚强。我怕我哭了,爸爸心里会更难过……"孩子的作文,轻易地击中了我们援藏干部人才纤细、敏感、柔软的内心,并变成一种催人前行的力量。生活由无数个细节构建而成,这样一种细节,是生之所需的亲情力量的支持与深情寄予的堆积。

在柏拉图看来,人的内心都住着精灵,就像注定的天命,会给人生指出前行的方向。在亲情和奉献、小家与大家的抉择面前,金卫亮毫不犹豫地选择了后者,在羌塘草原贡献自己的宝贵年华和聪明才智。金卫亮对口支援的单位是那曲市扶贫办,任扶贫办党组成员、副主任和脱贫攻坚指挥部产业脱贫组副组长。上任后,金卫亮迅速转变角色,以忘我的工作状态,在援藏和脱贫攻坚岗位上发挥优势,建功立业,先后争取计划外援藏资金 400 余万元,用于市扶贫建设;并发挥懂经济、会管理等特长，审核各类产业项目，督查脱贫攻坚项目进展，对那曲市脱贫攻坚工作起到了很大的促进作用。因为金卫亮工作出色、经验丰富，他很快从浙江、辽宁援藏干部人才中脱颖而出，进入那曲市委、市政府和浙江援藏指挥部领导的视线，被任命为那曲市羌塘牧业开发有限公司法人代表、总经理。

新的任命，需要以全新的生命姿态，给其注入全新的发展模式。就像与时间、与高原反应、与艰难困苦对抗一样，以努力、以奋进的方式待之，必将获得人生的改变和生命的不朽。金卫亮是一个有思想的人，上任后，他按照那曲市委、市政府提出的"抓两头促中间"的牧业产业发展总体思路，很快确立了以"一个平台、两个依托、六个环节"为具体抓手，投入资金约15亿元，采取"公司＋园区＋合作社＋牧户"的发展新模式，开展了从源头到产品的牧业全产业链建设，为农牧民脱贫致富发挥了积极的作用。

艰难的环境，最能体现人的本质，人之坚强、人之脆弱、人之善恶，在时间和现实的考验下，一切都会展露无遗。金卫亮是一个有心胸、有胆识、有魄力、有情怀的人，在汇聚人生苦难与温凉的援藏时日里，金卫亮善于用乐观、幽默的方法去化解，用淡定、诗意的心态去面对，写下了许多表达生存感受与奋斗历程的诗句，如："从业廿余载，栖身十几处。今重上高原，努力不辜负。悠悠羌塘情，漫漫援藏路。藏汉一家亲，共富是归宿。""江南绿，藏北白，牧草黄，登高眺远方，此乡亦故乡。""进藏逾一载，减重廿余斤。唯恐归浙日，无人可识君。"……当然，这不是金卫亮最大的亮色，他直率的性格、磊落的为人和情义的力量,黏合了所有共历苦难的援藏兄弟。有他在的场合,就有笑声欢语,就有把苦言欢的豪情。

一天,和他散步时,我说:"这 3 年,哪怕人生无成,但结识一帮共历苦难及生死的兄弟,也是命运的恩赐和人生的财富。"这是他带给我的感慨,是彼时、当下及余生不渝的心境。

一个改变无数孩子命运的人

周晓东

人与人之间的缘分，是一种说不清道不明的东西。人的体内有相近的属性，总能在不经意之间遇上，并产生投缘的感觉。

2016年浙江省第八批援藏干部人才队伍中，我和周晓东同属军转干部，有共同的娘家——南京军区第12集团军。

2016年7月20日，从拉萨贡嘎机场乘车前往拉萨西藏大厦的大巴上，我和周晓东坐并排，得知彼此都是军转干部，都曾在南京军区第12集团军工作过，在部队时都从事过新闻工作，转业后都在各自的厅办公室工作，一下子拉近了感情的距离。

有共同经历的人，再次共同经历艰难的岁月，会有许多共同的话题、共同的感受。我俩在那曲住的公寓相邻，在患难与共的年月里，我俩只要在一起，总有着说不完的话题。这和周晓东的为人有关，他的面慈心善，能够给人以足够的信赖，凡身边有人遇到困难，他都热心地出手相助。援藏以来，他帮助5名援藏教师申报了浙江和西藏省级课题，与杨小龙同志共同完成了西藏自治区那曲市首个国家级教学成果奖近6万字的课题材料。

说到周晓东，不得不谈浙江首次开展的"组团式"教育援藏工作。这是一项崭新的智力援藏模式，完全是摸着石头过河，无任何经验和规律可循。周晓东接手这项工作后，没有丝毫的畏难情绪和退缩。他用了很长的时间调研，牵头拟定了《那曲地区"组团式"教育人才援藏实施方案》《那曲地区关于加快教育改革发展的实施意见》，确立了"以项目援藏为基础，智力援藏为重点，资金援藏为辅助"的教育援藏工作思路，得到了各方各级领导的认可。

2016年8月16日，"组团式"教育援藏工作正式启动，浙江省45名援藏教师踏进雪域高原，来到拉萨那曲高级中学，开展为期3年2轮的支教工作。自此，周晓东多了一份牵挂，进入了在那曲与拉萨往来奔波的状态。

"援藏教师响应省委、省政府号召，背井离乡支援西藏教育工作。他们中有的孩子刚出生，有的父母生病卧床，可以说每一个家庭都有各种各样的实际困难。作为教育厅援藏干部，负责此项工作就是要力所能及地照顾好他们，让他们轻装上阵，这样也能有效确保拉萨那曲高级中学的学生们学有所获。"周晓东说。

思路决定出路。45 名援藏教师到位以后,周晓东组织成立了浙江援藏教师临时党支部,并经常性地组织开展党课和学习活动。据统计,援藏教师累计举办教育讲座 130 余场,开展"传帮带·走基层"系列送教活动 7 次,编写浙江"组团式"教育援藏工作简报 75 期,有关经验做法在新华社、《浙江日报》、《西藏日报》、西藏电视台等新闻媒体报道。受援的拉萨那曲高级中学在 2017 年基础上,2018 年上线率继续保持 99%,本科率达到 68%,其中文科本科率 73.5%,又创历史新高。浙江省委书记车俊、常务副省长冯飞、副省长成岳冲、那曲地区地委书记松吉扎西均对"组团式"教育援藏工作做出批示,给予高度肯定。自治区原副主席房灵敏、教育工委书记普布次仁、教育厅厅长杜建功对浙江教育援藏工作给予好评。

让·保罗·萨特说:"对于过去我无能为力,但我永远可以改变未来。"周晓东希望尽己所能,改变那曲的教育模式,改变孩子们未来的命运。为了深入推进教育援藏工作,他一有时间,就去办公室、基教处、师资科等科室探讨交流,研究教育援藏途径和对策,确定了在师资培养、信息化建设、教科研工作、学历教育、实验室建设、初高中学生委培等方面的对口援藏思路。在周晓东的努力下,那曲市每年选派 20 名优秀教师到浙江培训 1 年,协调市本级以及色尼区、比如县、嘉黎县 300 余名中小学幼儿园校长、党员骨干和学科骨干赴浙江培训,均取得较好效果;协调浙江省教育厅教研室与那曲市教体局结对,引进杭州师范大学、杭州外国语学校、杭州源清中学等 50 余所大中院校实施帮扶；落实 60 名免费师范生培养工作；从浙江省教育厅直属单位和社会各界筹措资金，帮助那曲市教体局和中小学校改善办公条件，资助贫困学生。

　　和周晓东朝夕相处的日子，我可以感受到他工作的价值和意义。

人生最好的态度是乐观

沙洋

人生无处不兄弟。这是我在结识沙洋之后，从内心蹦出来的一句话。

人这一生，不管在哪里，总会遇上投缘的人。沙洋是浙江省第八批援藏干部人才中，我唯一的江苏老乡。因为地域关系，我们玩在一起，并在艰难的岁月里彼此帮扶、互相照应，相处久了，自然成了好兄弟。一程山水，有些感情一朝入心，便是无形之中的契约，会伴随一生。

援藏岁月里，沙洋的生活和工作异常艰难。他对口支援的单位是那曲市住房和城乡建设局。刚到那曲时，每名援友都有不同程度的高原反应,各单位分别给援友们备了氧气瓶,以备不时之需。沙洋的单位没配,高原反应严重时,他会借我的氧气瓶吸上几口。时间久了,他身体很多器官缺氧,特别是肠胃消化功能衰退,致使发生肠梗阻,体液和电解质丧失,脱水严重,双唇起血疱,结了一层厚厚的痂,让人看了特别心酸。

沙洋是一个乐观的人,在这样的状态下,他丝毫没有怨言,每天依旧以微笑面对疼痛,以积极的姿态接受生命中各种人为的刁难。一个优秀的人身上,往往具备逆流而上的勇气,并在体内相应地滋生出抗打击能力。人生所有的选择与行为,都是内在力量与外在局限的博弈。沙洋就是在这样的状态下,在各种不顺中,适应了高原环境,成就了成长力量。

每个人的内在都有一个强大的自我,都不会屈服于宿命,向现实妥协,会尽最大的努力突破层层束缚,去追求自己的目标。沙洋是一个坚强的人,现实给予他很多的磨难,但他从来没皱过一次眉,没叫过一声苦,泰然生活,全心地抓好分管的设计院和规划科的各项工作,尽心尽责地完成局党委书记和局长交办的各项任务。

在与命运素面相对的日子里,生命不只是一个概念,而且意味着痛彻心扉的磨砺和举步维艰的成长过程。在这样的环境下,没有乐观意志的人,是很难支撑生命行走的。沙洋觉得,既然进入这样的环境,没有多余的人生选择,不如抬头挺胸走得精彩一些,高标准做好想做的事情。沙洋是一个工作能力极强的人,到那曲履新后,他借鉴浙江经验,指导巴青县、比如县做好了特色小镇的申报工作;组织完成了那曲生态长廊、人工湖、扶贫物流园等一系列项目的规划设计审查工作；赴色尼区、嘉黎县、比如县等地，对援藏项目工程进度、质量安全等方面进行督导检查。一个乐观的人，在快乐的氛围里，可以把苦难的时光缩短，使人生在实干的途中迸发出无穷的乐趣。

麦基说："人的一生正如他天天心中所想的那样，你怎么想，怎么期待，就有怎样的人生。"我一直觉得，人在身处穷途末路，命悬一线之时，如果不放弃努力，终会峰回路转，出现命运的转机。沙洋就是典型的例子，因为其工作出色，材料功夫过硬，他被自治区住房和城乡建设厅领导看中，抽调到厅里帮助工作半年。那阵子，沙洋依旧是一个忙碌的人，先后赴林芝、山南、阿里等地，帮助完成了阿里塔尔钦国际旅游小镇规划、边境小康村建设规划等工作。在拉萨帮助工作期间，他还帮助完成了浙江拉萨公寓的装修等相关事宜，确保了浙江省援藏干部人才在 2017 年 10 月顺利入住。

"我不去想是否能够成功，既然选择了远方，便只顾风雨兼程。"沙洋常用汪国真诗中的一段话勉励自己，风雨兼程，忙碌在建设美丽西藏的征程中。十九大后，西藏自治区对"乡村振兴"精神非常重视，经沙洋对接协调，浙江省住建厅与西藏自治区住建厅、那曲市政府建立战略合作关系。沙洋先后 2 次陪同自治区人居环境考察组和那曲人居环境考察组考察了安吉、余杭、桐庐、金华、云和、龙泉等地的美丽乡村示范点；同时，落实援藏资金 300 万元，落实若干个省级规划单位对那曲市色尼区、安多县、班戈县等地的特色乡村示范点进行的规划编制工作，协助进藏规划编制团队现场调研与收集资料。

一个人经历痛楚的过程，也是确认自我的过程。我相信，生命中，所有看似糟糕的事情，都是命运的恩赐，会是人生进入另外一个阶段的转机，继而让自己得到一种由里及表、内外兼修的能量。我相信，沙洋的余生一定会更加精彩！

乐观的大个子

徐耀雪

　　从踏进雪域高原起，就进入了一场战争，一场人与自然、自我与自我的战争。这场战争为期3年，在援藏任务未结束之前，尽管数次磨难降临到浙江省司法厅援派干部徐耀雪身上，但他从未退却，用磨砺、定力、奉献等词激励自己，他相信时间的力量，相信自己的毅力。

　　徐耀雪块头较大，如果他不开口讲话，一般人肯定会误以为他是北方人。虽然不是北方人，但他的性格却是典型的北方人性格，质朴、宽厚、耿直、真诚。一个人由表及里，可以从5个层次对其进行评价，外表、能力、性格、品格、心性。徐耀雪是那种可以从外表一直看到内心的人，他外在呈现的样子，就是他灵魂的模样。

见到徐耀雪第一眼，我就在心里暗想，块头大的人，在高海拔地区应该耗氧也大。否则，徐耀雪一张方方正正的大脸，不会每天潮红着。事实上，大致也被我猜中了。援藏 1 年有余的时候，我和他去做 B 超检查，医生说他的心脏因为对氧气的需求量大，已经肥大，处于临界点。

徐耀雪是一个乐观的人，这个消息丝毫没有影响到他的心情和斗志，他每天依旧以忘我的精神状态奋战于雪域高原。在他的努力下，司法对口支援工作成效卓然。2016 年11 月，徐耀雪经过多方协调，成功促成援受双方签署《浙江省司法行政系统对口援助西藏那曲市司法行政工作合作备忘录》，有效建立了对口援藏工作的长效机制；成功构建了杭州、嘉兴市司法局结对色尼区司法局，宁波、绍兴市司法局结对比如县司法局，温州、台州市司法局结对嘉黎县司法局"2对 1"的结对帮扶模式，实现了由司法厅单独支援向全系统组团支援的提升；在此基础上，完成了《浙江省司法行政系统对口援助那曲市司法行政工作框架协议》，促成了浙江省监狱管理局与西藏自治区监狱管理局签订支援协议，嘉兴市司法局对口支援那曲市色尼区司法行政事项合作框架协议签署，增强了援藏工作合力。

徐耀雪是一个有苦独自咽，有难自己扛的人。我和他在那曲的宿舍离得不远，上下楼都要经过他的房间。每次进他房间，都见桌子上、沙发上、地上堆着一堆中药、西药、藏药，他在一边工作一边调理已出现问题的肝脏、肠胃、血压……

让·保罗·萨特说："如果试图改变一些东西，首先应该接受许多东西。"徐耀雪能够坦然接受自己身体出现的各种病痛，他觉得对于一个勇毅前行的人来说，小病小灾并不重要，重要的是只要自己多尽一份力量，就可以改变一些人或者更多人的命运。援藏期间，针对那曲司法行政经费保障不到位，各项建设项目很难列入援藏资金总盘子的状况，徐耀雪积极争取计划外援藏资金120万元，用于那曲司法建设。在此基础上，徐耀雪积极动用各方资源，先后3次组织那曲司法骨干赴浙江开展业务培训。为加快推进那曲市公共法律服务中心建设工作，2018年6月，经与台州市司法局协调，徐耀雪又选派了2名那曲市司法局的干部赴台州市公共法律服务中心进行跟班学习。一系列的举措，有力提升了西藏司法行政系统的"造血"功能，培养了一批带不走的干部人才。

就在徐耀雪乐此不疲开展工作，促进藏汉融合，推动那曲司法建设的时候，一次下乡途中，因为路况的缘故，车辆发生侧翻，致使他腰椎严重错位。发生车祸后，徐耀雪谁也没有告诉，仍然坚持上班下班，直到疼痛难忍才去医院治疗。尚在恢复期，他又一次回到工作岗位，组织采购新办公楼办公设备，协调智力援藏，开展司法行政信息化建设等相关工作。

在艰难环境里生存的人，常会思考生命和生活的意义。徐耀雪用《射雕英雄传》中的话告诉我："凡人有生有死，生固欣然，死亦天命。"我知道徐耀雪想要表达的意思。在现实生活中，有些人会关心生命的长度，有些人会关心怎么生存，有些人会关心怎么生活。徐耀雪是一个追求生命深度的人,他希望通过自己的努力,能为自己、为家人、为这个社会,带来真正有价值、有意义的东西。他的乐观,源于生命有了寄托!

一个默默做事的人

俞继业

　　一个人所从事的职业，会不同程度地在其身上打下烙印，并透过言行神情呈现出相应的职业和精神特质。这是我和俞继业相处时的感受。

　　俞继业，原先在衢州市市场监督管理局工作，援藏后，担任那曲市审计局党组成员、副局长。他身上所具有的是非善恶泾渭分明的性格，是长期职业打磨和岁月沉淀后形成的。

　　俞继业一开始给我的印象，是他性格相对内向，如同那曲的土地，沉默、稳重、厚实。援藏半年后，全体援藏干部回浙江休假，我去衢州时受到了他的热情接待。自此,彼此有了更深的交集,并能互敞心扉,谈军事,谈往事,谈对人对事的看法,谈真实的内心。俞继业展示给我的为人品质,依旧如沉默的土地,只默默地做事,从不追求他人爱慕的声名显赫。

援藏的时日,虽然极为艰难,但有些援友,如同一束光,可以照进生命,给内心带来真切的温暖和共同奋进的能量。人与人在一起,除了表象的交往之外,内在的生命其实也在做潜在的交流。和俞继业相处的每一刻,都是充满正能量的,他身上所特有的精神气质,默默地影响了我,影响了更多的人。

俞继业援藏的道路和那曲的环境一样艰难。那曲市 11 个县(区)均无审计局,审计力量技术也极其薄弱。俞继业对口支援的任务,一切需要从零起步,从基础薄弱的环节抓起。

俞继业刚到那曲市审计局工作时,局里全体干部职工连个吃饭的食堂都没有,中午下班要么回家自己烧,要么叫外卖,在高寒缺氧的环境下是个很大的问题。建食堂,是全局同志梦寐以求的心愿,但资金来源一直难以落实。为此,俞继业积极争取计划外援藏资金 255 万元,并亲力亲为履行项目建设程序,落实工程招投标规定,管理监督工程建设质量,督促施工企业加快工程进度。经过 1 年多的努力,2017 年 10 月底,食堂建成交付使用,解决了局里干部职工的日常就餐问题,改善了局里的生活后勤设施条件,获得了全体干部职工的广泛赞誉。

"要想改变那曲审计薄弱的现状。靠一己之力肯定不行,必须拓宽援藏渠道,运用'浙江模式',依靠浙江力量,推动那曲审计工作创新发展。"俞继业对审计对口支援工作有着清晰的规划和目标。

在制度改革上，俞继业组织起草了《那曲地区关于完善审计制度若干重大问题意见的实施意见》，筹备召开了那曲地区首次审计工作会议，提出并建立审计要情信息专报、审计对象分行业分领域数据库、领导干部离任交接办法等制度，探索开展审计对象分级分类管理，完善机关内部各项管理制度，着力破解审计任务重与审计力量薄弱的矛盾。目前，那曲下辖11个县（区）全部成立了审计局，每个县审计局均落实了3名以上行政编制人员，11名县审计局长均已配备到位。

在对口支援上，俞继业积极争取衢州市委、市政府和市审计局的支持，充分发挥浙江在全国审计制度改革中先行先试和审计工作走在前列的优势，协调促成衢州市审计局与那曲市审计局签订了西藏自治区审计系统首份对口支援友好合作协议，双方通过建立定期沟通交流机制、干部培训提升机制、审计质量提升机制、信息资源共享机制、组织领导保障机制等5个方面的有效机制，促进了那曲审计系统能力和水平的提升。这一做法得到了西藏自治区审计厅主要领导的批示肯定，要求转各地市审计局学习借鉴。

在智力援藏上，俞继业积极协调邀请内地审计专家到那曲进行现场审计指导，传授审计经验，帮助解决问题，提升审计质量；加强新进审计人员业务培训，采用请进来与走出去相结合的方式，通过专题授课、现场教学、跟班实习等培训审计干部3批共38人次，帮助提高审计干部的业务素质。

在精准扶贫上，俞继业牢记援藏干部使命，深入索县赤多乡库巴村和若宗卡村蹲点调研，与村"两委"和当地农牧民共商扶贫措施，为村合作组织解决扶贫资金 2 万元，与库巴村 2 户贫困户共 13 人结成帮扶对子，捐赠慰问金额 8000 元，并与藏族困难学生结对，累计资助学费 6000 元；主动对接教育和医疗援藏团队，促使衢州市援派的团队圆满完成了包虫病筛查防治等工作任务。

那曲市人大常委会副主任、原审计局党组书记索朗央金给予了俞继业高度评价，她说："俞继业同志在援藏期间，始终牢记和践行'援藏一任，造福一方'的神圣使命，以更加坚定的举措、更加优良的作风，倾情、倾力、倾智，为那曲地区审计事业的发展做出了贡献，树立了我们党员干部身边的学习榜样。"《教父》中有这么一句话："伟大的人不是生下来就伟大的，而是在成长过程中显示其伟大的。"俞继业援藏 3 年期间的付出，于他自己来说，或许只是尽了应尽的责任和贡献，但累积在每一个受惠者心中的定是丰碑，否则索朗央金不会对他有如此高的评价！

快乐的人做快乐的事

姚乐

一个人要做出援藏决定，需要足够的勇气才行。姚乐援藏时，他的妻子正好怀孕5个月，每天挺着大肚子，又要照顾老人，又要照顾上幼儿园的女儿。他背上行囊，踏上雪域高原，内心所下的决心和背负的愧疚，比我们每一名援藏干部人才都要大得多。

但姚乐还是听从组织安排，义无反顾地来了，来到了这片低压低氧、棵树不生的藏北草原。

"孔繁森的先进事迹对我的影响是巨大的，我觉得作为一名党培养的干部，活着不能只想着自己。"姚乐以保尔·柯察金的"一个人的生命应当这样度过：当他回首往事的时候，他不因虚度年华而悔恨，也不因碌碌无为而羞愧"阐述了自己援藏的动因，并借以激励人生。

一个人内心有爱，有牵挂，有信仰，有光明，无论面临多大的困难险阻，终会怀有深情，砥砺前行，进入自己想要的人生状态。

姚乐是一个意志坚强的人。在那曲工作期间，他因为高原反应严重，几次差点倒在工作岗位上。还有一次上班途中，他突发高原反应，驾驶员把他背进急诊室抢救，方才得以脱险。但他从不言苦，轻伤不下火线，依旧每天快乐地战斗在援藏一线。

姚乐履职的单位是那曲市卫生和计划生育委员会，任党组成员、副主任。他分管中心血站工作，从零起步，带领当地工作人员开展筹建工作。经过 1 年多时间的努力，2017 年 9 月 26 日中心血站正式揭牌启用，为那曲市医疗临床用血提供了有力保障。针对那曲市医疗卫生信息化建设相对薄弱的现状，他积极协调计划外援藏工作经费 90 万元，大力推进那曲市医疗卫生应急信息化项目建设。

包虫病在那曲肆意横行，为有效开展包虫病防治工作，姚乐受领任务，先后组织协调 2 批 60 名浙江省 B 超专家赴那曲开展包虫病筛查工作，共为那曲市近 17 万干部职工、师生、农牧民进行了包虫病筛查。此项工作获得浙江省委书记车俊、常务副省长冯飞、副省长成岳冲等省领导和那曲市党政主要领导批示肯定，收到当地干部群众锦旗 30 余面。因为工作出色，

2017年，姚乐被西藏自治区评为"民族团结进步模范个人"。

根据西藏自治区卫计委《关于切实加强精神卫生受援工作的通知要求》精神，2017年8月，姚乐按照那曲市卫计委主要领导的指示，用不到2周的时间，协调浙江省市两级医院6名精神病专科医生进藏，奔赴那曲11个县（区）开展精神病患筛查确诊工作，共为977名疑似病患进行筛查，确诊854人，并对精神病患者家属提出诊治意见。

根据国家卫生健康委员会《关于支持西藏自治区开展2018年放射卫生工作的通知》要求，2018年7月，姚乐积极协调浙江省卫计委对口办，选派放射卫生专家先后2次赴那曲开展放射卫生工作，有效提升了那曲市医疗卫生机构放射防护水平。

人才是推动那曲建设的根本。2017年12月，根据自治区卫计委的统一安排，姚乐赴成都开展区外专项引进卫生专业技术人员面试工作，为那曲引进临床、公卫、护理、药学等专业技术人员28名；2018年6月至7月，姚乐带队赴山东、四川等地，为那曲引进急需紧缺型医疗卫生专业人才40余名。在姚乐的积极协调下，绍兴市上虞人民医院和瑞安市人民医院分别派出医疗团队赴那曲市比如县和色尼区开展为期2个月的对口帮扶，此项工作得到了全国第八批援藏总领队郭强同志的高度评价。

闲时，姚乐喜欢听歌，是一个内心时时充满快乐的人，他也乐于把快乐分享给每一名援友。2018年3月10日，我们迎来了新一批援藏人才，在他们到达之前，姚乐细心地给每名同志准备了应对高原反应的特效药——高原康，还把自己买来的保护心脏的辅酶 Q10 给每人分了一份。在那曲浙江公寓大棚内，有一排桌子，饭前饭后，援友们喜欢围圈坐着闲聊拉话，姚乐时不时地会给大家买来瓜子，连饭后用的牙线棒也准备了一大堆放在桌上，供大家使用。

　　我一直觉得，一个人做人比做事更重要。在援藏岁月里，姚乐以真诚的为人，赢得众兄弟之心。与姚乐的相逢，是我一生的收获和美好！

『牦牛』局长，牛！

占金荣

"我只担心一件事，就是怕我配不上我所受的苦难。"这是占金荣日记里引用陀思妥耶夫斯基的一句话。

苦难是试金石，面对苦难的态度，最能体现出一个人的内在品质和外在价值。到达那曲的第二天，占金荣不慎患上重感冒，幸亏及时送治，才得以恢复。面对领导和同事们的担心，占金荣乐观地说："既来之，则安之，没有适应不了的环境，只有适应不了的心态。"

根据组织安排，占金荣任那曲市农牧局党组成员、副局长，分管产业发展、脱贫攻坚和农牧产品质量安全等工作。走上崭新的岗位，占金荣给自己定下了清晰的工作方向：依托那曲独特的畜牧产业资源和浙江产业优势、市场优势和技术优势有机结合，做好"引进来""走出去"和"就地创业创新"3篇文章，从技术、智力和资金上帮助农牧民发家致富。

在那曲，占金荣最喜欢做的事情就是向同事们、牧民朋友们"吹吹牛"。他的目标是把那曲的牦牛、藏香猪"吹"到浙江去，把浙江的先进技术和理念"吹"到那曲来。

为了"吹"好这个牛，占金荣每天像打了鸡血似的，援藏伊始，就一口气跑遍了那曲市11个县（区）。他希望争分夺秒，为那曲群众多办点实事。即便后来患上冠心病，他仍然保持着强劲的工作势头。3年来，在他的牵头协调下，浙江唯新实业股份有限公司、浙江大央泱牧业有限公司、宁海前童玉泉园农庄有限公司等3家企业先后来到那曲投资牧业开发，注册资金共计2.25亿元。

很多在别人眼里看来不可思议的事情，占金荣做成了。藏香猪肉在全国各地非常畅销，但是把种猪源引进到浙江可以说是天方夜谭，死亡率达90%以上。但占金荣不信邪，在充分论证、保障措施周全的基础上，首批75头藏香种猪历时5天5夜、行程9000多千米，于2017年5月12日顺利抵达浙江大央泱牧场，这标志着那曲藏香猪引种工作首战告捷，也为今后藏香猪产业入浙积累了经验。据悉，浙江大央泱牧业开发公司在那曲注册成立西藏大央泱牧业有限责任公司，共投资7500万元，在那曲从事藏香猪、牦牛等优质畜产品养殖加工经营，在嘉黎县尼屋乡投资建设规模 300 头能繁母猪的仔猪繁育场,将带动 2000 户 4000 多人脱贫。

为了让浙江的群众品尝到雪域高原更多的特色产品,占金荣先后 2 年组织协调那曲地区相关企业参展浙江农博会,组织浙江企业参加那曲畜产品展销会。在他的协调下,浙江唯新实业股份有限公司、浙江世纪联华华商集团与那曲相关企业签订了 2.46 亿元(2018 年)的购销协议。其中,唯新实业与那曲羌塘牧业合资成立那曲羌塘唯新食品有限公司,开发生产的高端牦牛肉松、高端藏香猪肉制品、那曲牦牛肉酥、肉丸已经批量投放市场,那曲冰鲜牦牛肉已在世纪联华 20 多个门店上架销售。占金荣先后策划的那曲牦牛肉上市品鉴会、"舌尖上的那曲"那曲商品推荐会和"情满羌塘有味那曲"推介会,让那曲牦牛在吴越大地名声大作。这也是那曲牦牛第一次走出西藏。占金荣是那曲牦牛走出西藏的开拓者,他"牦牛局长"的称号就是这样得来的。

在浙江百姓享受雪域高原各类美食的时候,少有人知道占金荣殚精竭虑地付出了大量心血。为企业协调屠宰证、防疫条件合格证,规范企业出厂报告,免费为企业申报第三方检测,以及商定运输方式和运输路线,等等,每一个环节,占金荣都操碎了心。

"吃到新鲜蔬菜难,吃到那曲原生态的蔬菜更难!"这是那曲干部群众的心里话。占金荣是一个不畏艰难的人,为了让那曲的群众吃上原生态的蔬菜,形成蔬菜产业,根据援藏指挥部的安排,他先后 10 多次组织专家组调研论证,拿出"浙江省产业精准扶贫示范基地——百亩连栋温室"的可研规划,目前,投资 6700 万元的百亩连栋温室大棚已开工建设,它的建成将带动 200 多名牧民脱贫。

英雄的产生来自强大的内心,来自对从事职业的执着追求,也来自对弱势群体的悲悯情怀。2016 年,占金荣一到那曲市农牧局就深入调研农牧局脱贫挂钩村建档立卡户的实际情况,与同事们研究制订出台了《那曲地区农牧局结对帮扶工作方案》,并用 3 年时间,深入开展了技术扶贫、智力扶贫和产业扶贫工作:根据扶贫联系点的实际需求,占金荣组建农牧业技术专家服务队到那曲,开展畜牧业生产技术和人工种草技术等菜单式培训。培训期间共发放误工补贴 12 万余元,户均增收 600 元,牧民群众积极性高涨,共开展 6 期培训,2700 多人次学到了技术。他帮助联系点规划设计蔬菜生产基地,总投资 700 万元,从援藏资金中挤出 10 万元支持比如县做好前期规划设计工作,目前蔬菜生产基地的规划科研和初步设计已经完成;2016 年至 2017 年,他争取了 15 万元援藏资金,帮扶慰问 41 户贫困家庭共 166 人。同时,他组织开展送医送药活动,免费诊治 480 余人次,免费送去价值 16000 余元的药品;以建档立卡困难家庭学生为重点,发起并筹措 30 万元资金,设立"那曲地区农牧局圆梦助学基金",资助对口帮扶建档立卡贫困户的在校生;共资助建档立卡户的学生 218 名,发放助学金 16.39 万元;发起并筹措 30 万元资金建立了"之江圆梦助学金",支出资金 14.96 万元,共资助贫困学生 693 人次,奖励优秀教师 42 人次。比如县白嘎乡欧泽村贫困户布松家是占金荣的对口联系户,家里有 5 个孩子,在占金荣的开导下,布松学会了种草技术,实现年增收 5000 多元,于 2017 年顺利脱贫。5 个孩子中,4 个上学的孩子得到了"那曲农牧局圆梦助学基金"的关爱,切实减轻了家庭经济负担。

从美丽的东海之滨到羌塘草原,占金荣同志用躬行与真情诠释了一个优秀共产党员生命的厚度。2016 年、2017 年、2018 年,占金荣连续 3 年被评为那曲市优秀公务员,荣立三等功 1 次,被评为 2016—2017 年度那曲市农牧系统优秀共产党员,提名首届"感动那曲人物",获 2017 年度西藏自治区农牧系统农产品质量安全先进个人。2017 年 7 月,那曲市农牧局党组做出向占金荣同志学习的决定;2017 年 10 月 17 日,《西藏日报》长篇报道占金荣援藏先进事迹并配发评论员文章。2018 年 8 月,经那曲市委和浙江省援藏指挥部推荐,报西藏自治区党委宣传部、党委组织部审查批准同意,中央电视台派出摄制组对占金荣同志援藏扶贫的故事进行全程拍摄,很好地诠释了一名新时代共产党人高尚的情操和为民的情怀。

余建平
激情人生

　　援藏,如果抱着镀金的心理,会有说不完的委屈;如果抱着书写人生华章的宏愿,浑身就会有使不完的劲。在"生命禁区的禁区"那曲,在余建平身上,我始终能感受到一股昂扬向上的激情和无穷无尽的力量。

　　当下的时代,凡努力前行的人,都无比艰难。援藏,无疑是人生中最难走的一段路。在最为痛苦的援藏之初,在人体适应高原环境的日子里,在艰难的生存面前,每一名援友都有着不同的际遇和状态。但在余建平的脸上,每天依旧可以看到乐呵呵的笑容。这和他的性格有关,余建平是一个乐观、直爽、果敢、坚毅、大度、没有城府的人，在有限的选择之下，即便日子再艰难，他也能找到生命本该有的淡定和从容，活得多姿多彩。

我有着20多年的军旅经历，喜欢余建平身上军人一般的性格和作风。人只有不以功利为目的，遵从内心的真实，真性情地活着，才能活出内在的精神价值，才是没有虚度的人生。

余建平对口支援的单位是那曲市国资委，担任党委委员、副主任，分管办公室、统计评价科（考核分配科）及招商引资、项目建设等工作。追随坚定的人生理念，一到那曲，余建平便进入了一种忙碌且忘我的工作状态。办公室作为国资委机关的运行中枢，承担着服务决策、牵头抓总和协调各科的重要职责，受领工作分工后，余建平常把材料带回公寓批改，在他手把手的帮带下，浙江国资监管、国企改革中的好作风、好经验和好做法得到有效灌输，机关干部的业务能力与水平得到有效提升。

余建平的身上，总洋溢着雄姿英发的气息，举手投足之间，总有股激情澎湃的豪情，这是他面对苦难的态度。他的性格养成和精神塑造，与他的人生态度有关。援藏时日里，余建平的血压不断攀升，远远高于安全值，是浙江全体援藏干部人才中血压最高的人。受血压影响，他的眼压也高得惊人，稍有不慎，极容易导致失盲。但余建平毫不退缩，在人体极限中奋力拼搏，忘我战斗。

援藏岁月带给每个人的生活都是不易的，恶劣环境下各种不可控的风险无处不在。没有乐观的战斗意志，很难战胜高原反应，战胜自然环境，战胜自我心理。余建平认为，人生的苦乐是自我选择的结果,既然选择了,苦乐就成了生命中的一部分,就应不抗拒、不逃避,在人生各种迎面而来的挑战中创造属于自己的生命价值。到那曲履新后,在浙江省国资委党委和领导的鼎力支持下,他积极争取 300 万元计划外援藏资金,改善那曲市国资委机关办公设施,解决那曲市国资国企改革发展中的一些历史遗留难题,尽最大努力帮助索县 3 个强基惠民扶贫村 800 多个村民精准脱贫。在此基础上,余建平动用各方资源,积极组织那曲市属有关企业与物产中大集团、浙江省旅游集团、浙江省农发集团、浙江省盐业集团、浙江产权交易所进行对接、洽谈与合作,推动打造普陀山至布达拉旅游专线,促使西藏圣水牌矿泉水成功进入浙旅集团旗下宾馆饭店进行试用,积极推动那曲市国资委与浙江产权交易所共建"阳光工程"交易平台,为那曲市国有企业改革发展提供无偿服务。

余建平工作能力极强,针对那曲市属国有企业发展基础差、规模体量小、主业不突出、基本无盈利等特点,他执笔形成《那曲市国资系统改革发展调研报告和下一步工作意见》,按照加强服务、分类监管、做实做大的思路,推动市政府成立纳木错投资公司、城市建设投资公司、羌塘牧业公司、扶贫开发公司和公共交通公司,推动了城市快速发展,促进了优势资源产业化,方便了企业居民的生产生活;将江源公司整体转入羌塘牧业公司,加快形成"羌塘牧业"品牌;推动城投公司整合重组唐盛公司和那曲饭店,大大增加了城投公司可开发土地面积,为那曲饭店重现辉煌创造条件;支持雄巴拉曲神水藏药公司做大做强,在第一轮改制的基础上,该公司进行了股份制改造,现已进入上市辅导培育期,那曲市将拥有第一家自己的上市企业。通过国有企业改革重组,那曲市国有经济快速发展。截至2018年10月,那曲市国资委监管企业资产总额达到88.43亿元,比2016年同期增长40倍;所有者权益6亿元,比2016年同期增长12倍;实现利润总额3000余万元。

2016年8月,余建平因为工作出色,进入那曲市委、市政府领导的视线,开始兼任那曲市羌塘牧业公司监事会主席,主持监事会日常工作,上任后,协助羌塘牧业公司主要领导与浙江唯新食品公司合作,很快将那曲牦牛肉打入杭州市场。余建平还深度参与了央企入藏、雄巴拉曲公司上市、市烟草公司上划、藏北公司股权争议、唐盛公司合同纠纷、综合市场商户拖欠租金等系列专项工作。

一个人活在世上,不以个人名利为目的,带动更多人有价值地活着,才是最有意义的活法。余建平进藏前,从省国资委财务监督评价处副调研员调整为副处长,因此缘故,进藏后,连续2次干部提拔,他都没能进入范围。但他没有丝毫泄气,依然以奋进的姿态面对人生,以进取的状态构建更大的力量体系。先后2次协调浙江省国资委拿出500个就业岗位,专项招聘那曲籍应届高校毕业生,得到了西藏各界的普遍赞誉;针对那曲国有企业人才匮乏、管理薄弱和方向不明的实际,余建平聚集发力,在加强培训、更新知识和提升管理上下功夫,围绕企业改革、财务监督、考核分配、公司治理、企业党建和防范风险等专题,先后组织3批30人次赴浙江省国资国企系统学习考察、交流座谈,开展专项培训,不断开拓那曲国资国企系统干部职工的视野;先后 3 次邀请浙江省国资国企代表团赴那曲走访调研、帮扶慰问,为双方合作共赢打下良好基础。

我曾经看过这样一句话:"遇到同样的问题,为什么有些人成长了,有些人垮掉了,核心原因在于人的内在力量。"我想,余建平乐观坚毅的性格和积极进取的人生状态,应该是他内心力量使然。

在坚守中诠释英雄主义的汉子

殷克华

　　这是一个沉默的汉子，是我想用"英雄"等大词书写的援藏警察。

　　下笔写殷克华的时候，我特地查了一下"英雄"的词条。释义为：本领高强、勇武过人的人；具有英雄品质的人；无私忘我，不辞艰险，为人民利益而英勇奋斗，令人敬佩的人。3条解释，都适用于概括从事援藏工作的殷克华。

　　殷克华是我最先知道的浙江省第八批援藏干部人才，也是颇有缘分的援友。2016年7月19日，浙江省委组织部组织全体援藏干部人才培训，殷克华的座位在我正前方，一天的培训时间，放着"殷克华"席卡的空座位特别醒目。7月20日，进藏第一天，我们恰好同住一个标间。他告诉我，入藏前，妻子患癌，刚动过手术。进藏前，他要把家庭方方面面的事情都料理妥当，才能安心入藏。一个心中有爱、肩负责任的人，就是英雄。

"援疆3年，现在又援藏3年，妻子给了我太多的关心和支持，而我的内心只有无数的遗憾……"听着殷克华的诉说，让人在心生敬仰的同时，满心酸楚。殷克华是一个沉默的人，是一个坚忍的人，是一个有故事的人。2002年至2005年，他曾响应组织号召，援助新疆和田地区。3年时间，他参与侦破了多起暴力恐怖案件，组织抓获了3名在和田潜藏多年的命案逃犯，并侦破了和田历史上金额最大的盗窃案。因工作成绩突出，他先后2次荣立三等功，获评优秀援和干部。

殷克华说："选择警察这个行业，就意味着奉献和付出。"2016年7月24日，殷克华随浙江援藏队伍进驻世界上海拔最高的行政区——那曲，从那一天起，他就把根深深地扎进了雪域高原，日复一日地克服恶劣的气候和艰苦的条件，克服高原反应和种种困难，真情、真心、真切融入那曲，把浙江省公安系统的先进理念和经验做法引进到那曲公安系统，尽心竭力地推动那曲公安事业科学发展。

援藏，是一场与自然搏斗、与身体博弈的战争。在这场艰难的战争中，殷克华扮演的是一个英雄的角色。2年多时间，他先后参与了多起大案要案侦办工作。无论案件多么艰难，殷克华出马，总能从现场、从物证上、从众多头绪中找出蛛丝马迹。2016年6月14日,尼玛县犯罪嫌疑人巴某涉嫌故意杀人,因犯罪证据不足,检察院退回公安局补充侦查。殷克华临危受命,细心地将嫌疑人所持腰刀重新送检,检出了被害人的血迹DNA,并完善了该案侦办中的口供、物证照片等证据,为案件诉讼顺利进行提供了关键支撑。工作的舞台,是诠释殷克华英雄主义的战场。西部三县系列保险柜被盗案、那曲镇城南杀人抛尸案、色尼居委会被盗案、乐购超市系列盗窃案、巴青县跨省持枪杀人案……任何犯罪疑点,经过殷克华的火眼金睛,均能一一找出,犯罪嫌疑人无一漏网。援藏岁月,殷克华用自己日复一日的付出,赢来清平祥和的那曲。

一个人对待工作的态度,最能显现其生命的姿态和内在的品质。《浙江日报》曾经这样描述殷克华:"他是每年来那曲最早、回浙江最晚的援藏干部……"在那曲,我住殷克华隔壁,这位憨厚朴实的兄弟,平日话语不多,是一个任劳任怨的"老黄牛",每天在单位没做完的工作,总见他带回宿舍做,总见到他挑灯夜战编辑《浙江援藏工作简报》。这位事必躬亲的汉子,是攻坚克难的"排头兵",在手足迹盲测工作中,在刑侦支队物证鉴定所资质认定材料筹备和实验室建造中,在足迹自动识别及应用系统项目建设工作当中……他用理想支撑奉献,用忠诚诠释奉献,用奋斗书写出辉煌的成绩。

责任,是一个能够激发我们使命的崇高东西。一个有责任的人,你会发现他的生命力是非常旺盛的,他会用上生命全部的热忱来对待他所从事的职业。为提升那曲公安刑侦技术力量,殷克华充分发挥刑事技术业务特长,积极开展智力援藏工作,先后在市局举办了数期刑事技术培训班,通过讲授和实战实训等手段,为那曲市培训民警 300 余名,为西藏自治区公安厅及那曲各县培训刑侦技术民警 500 余名,有效提高了藏区公安机关刑事科技整体水平。在此基础上,他积极协调那曲公安干警赴浙江考察、受训、跟班学习。2017 年 2 月 27 日至 3 月 3 日,那曲公安考察团赴浙江浦江、南湖、越城、上虞等地公安机关考察学习了大部门大警种制改革、公安"四项建设"等先进经验。2017 年 3 月下旬,他组织 6 名专业技侦民警赴浙江警察学院参加了技侦专业技术培训。2018 年 5 月和 9 月,他协助对接 30 余名民警赴浙江宁波、绍兴、丽水等地跟班培训,3 名情报民警赴浙江台州参加情报培训班;协助对接那曲市委政法委"雪亮工程"考察组赴浙江考察工作;协调了浙江省公安厅刑侦总队协办那曲本地案件视频处理和人像比对的工作。根据那曲地区刑事技术系统化、信息化方面的困难和需求,他对接浙江省公安厅,援助 50 万经费建成了那曲足迹自动识别及应用系统项目,填补了西藏公安机关在此项技术上的空白。

一路风雨,在无人喝彩的生命禁区,殷克华的脚步笃定而坚实。

在学习和工作中寻求乐趣的人

徐济时

写徐济时,不得不提另外一位援藏兄弟——张俊斌。

从 2016 年 7 月 20 日开始,张俊斌陪我们度过了 1 年的援藏时光。在表象平宁的援藏岁月里,高原反应给张俊斌的身体留下了难以言说的伤痛,没有长期亲历平均海拔 4500 米的雪域高原的人,不可能有感同身受的体会,包括对生死相依的友情理解。命运只给了我们和张俊斌 1 年的相处时光,因为身体原因,张俊斌提前结束了援藏任务。但这段经历和感情,是每一名援藏兄弟永远的记忆。

我们活着，与谁在什么时间相遇，都是注定了的。所有分分合合的故事、丝丝缕缕的记忆，都会在我们的生命里纠缠一生。2017年7月，徐济时接替张俊斌，担任那曲市中级人民法院党组成员、副院长，成为浙江省第八批援藏干部人才的光荣一员。自此，我们又多了一个好兄弟，多了一记生死相依的烙印。

人与人在精神、性情方面同声相应抑或大相径庭，会通过生活的细枝末节非常轻易地显示出来。徐济时柔和善良的性情，从他进入那曲浙江公寓起，每一位援友便清晰地感受到了，我和徐济时也好像久已熟悉一般，一见如故。

人格所具备的一切特质，会在生活和工作中直接地反映出来。徐济时在那曲市中级人民法院分管立案庭、信息化建设及援藏工作。履新后，他根据工作安排，迅速投入信息化建设，在任务急、工程量大、资金缺口严重的情况下，忘我工作，多方协调，最终实现弯道超车。那曲市中级人民法院信息化工程现已经投入使用，全市二级法院均实现了案件的庭审直播。因为业务素质过硬，徐济时担任了那曲市"8·23"故意杀人、故意伤害案件宣判工作的总指挥。接手任务后，他协调公安、属地党委政府等相关部门通力合作，顺利完成宣判、送达等相关工作，得到那曲市委政法委主要领导的充分肯定；徐济时分管立案庭，每天受理各类案件的立案、涉诉涉法信访及对辖区基层法院归口工作的业务指导等工作。他通过加强诉讼服务中心等方面的规范化建设，有效推动了司法为民、司法便民，提升了法院的形象。

加强交往、交流、交融是做好援藏工作的重要举措。2017年7月和9月，徐济时分别协调和接待了温州市、绍兴市、舟山市、衢州市等地两级法院的慰问考察团，就对口的嘉黎县人民法院、尼玛县人民法院、比如县人民检察院等支援工作进行现场沟通、指导，落实相关协议，增强两地法院之间的沟通了解和工作联系，增进了民族感情和民族团结；随着浙藏两地之间不断交往、交流、交融，相应地反映在司法层面的纠纷也在不断增多，需要两地法院之间进行协调、协助的情况也在不断增加。2017 年 9 月，西藏自治区高级人民法院开展的"雪域飓风"和那曲市开展的"协同执行"行动，在调查取证和执行等方面，需要浙江法院一起执行，通过徐济时从中沟通协调，两起行动均收到了良好的效果。

坎贝尔说："一个人能够沉醉于工作之中，这本身就是一个伟大的成就。因为对他自己而言，工作才是他的必需品，而不是灵感，工作就是推动他前进的缪斯女神。"徐济时是一个不是处在工作中，就是处在学习中的人，这是他真正的需求，也是他真正的乐趣所在。援藏期间，徐济时参加全区法院系统第二批员额法院入额考试，以优异成绩取得西藏自治区员额法官资格。并带头落实院庭长办案制度，亲自办理案件，落实司法责任制。工作中，徐济时始终注重抓好传、帮、带，利用自己的审判业务知识，分别从理论和实践的角度，就立案、信访、民事商审判、执行、诉讼费用减免等业务问题，指导相关业务庭室的同志提升能力素质。

人活着，需要担负起生活和生存的职责，更需要展示应有的情怀和姿态。徐济时，是一个在艰苦的环境里，奋斗着并快乐着的人，这也是他的人生和幸福所向。

人生的行走

程 浩

时间流逝,脑海里会留下许多难以忘怀的记忆片段。2016 年 7 月 24 日,浙江省 55 名援藏干部人才从拉萨启程,赴平均海拔 4500 米的那曲履职。大巴车上,我和金华市工商业联合会党组成员、副主席程浩坐在一起,自此我记住了这一天,记住了这位坚强、从容、有温度、有范儿的汉子。

去那曲的路上,顺着蜿蜒而上的青藏线,车子一路盘旋。这对每一位援友都是一种考验。那曲市派来保障的同志想得很周到,在大巴车上备了数罐氧气瓶。见程浩脸色潮红,我将氧气瓶递过去,让他吸会儿,他拒绝了,说:"挑战高原反应、接受高原的磨砺从今天开始,我争取承受并适应这份痛苦!"接受高原恶劣环境的考验,就需要这样一种坚强的心态和超然的精神。

那天,我知道程浩曾经在我工作过的江苏徐州生活过,这是一种缘分的牵连。我相信因缘和合的情谊,会带来长久的陪伴,就如我们经历的援藏生活。

程浩是一个不惧高原,不惧苦难的人。到那曲后,他像在浙江一样,每天晚饭后都坚持走路。走出那曲浙江公寓,走在市委大院,或三五成群,或踽踽独行。这样一种行走,是调节身体机能的过程,是熟悉那曲的过程。我也喜欢一个人在夜间安静地行走,我一直认为行走的过程也是思考的过程,在夜色中行走,内心渐而平静下来,可以在一种无意识当中,触摸到人生中许多细微而美好的事物,领受到深刻的精神反思和思想启迪,渐而形成对工作、对人生、对自然独有的思考。人生的脚步和思考,是生命里无法止息的能量,当这两种能量吻合了,就有了新的生命力和完美的呈现。我主观地认为,程浩也是一个在行走中思考的人,否则,工作不会这么有章法,业绩不会这么出色。

程浩对口支援的单位是那曲市物流中心管理局,分管招商引资、对口援藏工作。上任后,在他和同事们的努力下,遗留多年的青藏铁路物流中心 8000 亩土地确权问题得以圆满解决,为物流中心发展奠定了良好基础。

援藏时日里,时常见程浩成熟稳重且黝黑的脸上,充满阳光般的笑容,而这笑容背后,却是在艰辛的环境里一直秉持的坚忍。也正是因为他日复一日的乐观和坚持,由他负责牵头的招商引资工作才取得了喜人的成绩。2016 年 7 月至 2018 年底,已有 31 家浙江企业与那曲市达成合作意向,17 个合作项目已落地,主要涉及建材、投资、商贸、物流等多个行业,到位资金 3.01 亿元。

时光是一条游动的溪流,人生的得与失、悲与喜、爱与暖,都会流转在光阴里,成为记忆长河里一份永恒的存在。程浩从 1996 年开始坚持无偿献血。学生时代,他因多次献血被评为献血标兵;参加工作后,曾获"市级无偿献血奉献奖"。程浩就是这么一个心中有爱的人。援藏后,他协调泰硕公司、林炎集团等相关企业为那曲的单位、扶贫村等捐助生活物资;协调金华新一代创业者商会为儿童福利院捐建了音乐教室,并和东阳市创业创新人士联谊会一起与贫困家庭儿童结对;协调正方米法有限公司在拉萨那曲高中建立了助学基金;协调以金华市知名网络人士牛排为主的"爱回西藏"公益团队,先后发起 3 次面向那曲的"爱回西藏"公益活动,为那曲 2 所中学 3900 余名学生捐建了 2 间电脑教室 100 台电脑,为比如县所有乡镇幼儿园配置了游乐设备;先后组织那曲浙江中学和西藏拉萨那曲高级中学的师生,赴金华学习交流;组织物流局的同志赴金华跟班培训,学习招商引资工作……

那曲的路,蜿蜒曲折,向着天边无限曼延。行进在这样的路上,程浩乐此不疲,日复一日,将个人的精神意志、职责使命和羌塘草原紧密地维系、交缠在一起,永不停歇。

笑容背后

余华安

余华安是我们浙江援藏干部人才中，年龄偏大的一位好兄弟。他人生的智慧和对生活的从容，或许来源于自身常年的历练。

人之长相，分体貌和心灵，体貌通常是心灵最直接的呈现。宽厚的人通常一脸福相，性情通常豁达。这是余华安给人最直观的印象。在艰苦的援藏岁月里，每天都能在余华安的脸上看到一副乐呵呵的笑容，这份乐观可以感染到我，感染到每一位援藏的兄弟。

余华安学问广博，天文地理、四书五经好像无所不知，援友们戏称他是"百度先生",大家在生活中遇到不解的问题,向他请教,总能得到一个答案。有时即使不是最满意的答复,彼此也都哈哈一笑,不争不辩不解。援友们日夜相处在一起,都不会去计较对与错、得与失,都努力地守护着一份难能可贵的快乐氛围。在一个集体里,每一位援友都以一种合适的性情与大家、与这片艰难的环境建立联系。余华安所展示给我们的快乐,实则也是一种对困境的调节,让我们原本艰苦的援藏生活充满笑声,趣味盎然。我们都希望,我们人生的信仰与付出的汗水,在那曲这片土地上,能随同笑容,一并绽放。

笑容背后,余华安的援藏生活并不轻松。因为余华安年龄偏大,身体机能对抗高原反应较之其他援友也相对困难得多。但他从不言苦,一直以阳光的心态,从容不迫地行走在艰难的道路上,用血汗,用情意,用深沉、炽烈的爱奉献于这片苍茫的土地,用融入骨血、融入人生、融入人格的乐观姿态,日复一日地对抗着孤独,对抗着恶劣的生存环境。他在全体援藏干部人才中,一直保持着较高的在藏率和在岗率。

那曲市市政市容管理委员会是 2016 年刚组建的市属部门,承担着那曲城区基础设施建设管理的重要任务。那曲城市建设底子薄,历史欠账多,供水、供热、污水处理、环境卫生、市容管理等涉及民生的多项市政事业均需得到进一步提升,同时市委、市政府又对这个新部门的工作提出了较高的期望和要求。余华安来藏前虽然供职于舟山市人大常委会,但实际上大学毕业后的绝大多数时间里他都在开发区以及水利部门从事业务和行政管理工作,积累了丰富的城市建设管理工作经验。

作为一名老"工科男",他有着严谨的工作态度和缜密的思考方式。余华安在那曲市市政市容管理委员会挂职副主任,平时承担的工作并不轻松,他尽可能地找机会赴基层一线掌握第一手情况,因为那曲有着太独特的自然地理环境。按照那曲市市政市容管理委员会党委布置的任务要求,他带队赴内地考察采购适合那曲高寒地区安装的自来水表;为与市民生活息息相关的供水等市政事业企业化运作出谋划策;人防工作的起步和项目建设管理,是余华安去与自治区做对接的,得到了自治区人防办的大力支持;市政设施各项目的建设管理、中央环保督察那曲的迎检工作,等等,都有余华安忙碌的身影和付出的心血。

余华安觉得,自己援藏的时间是有限的,唯有多付出,才会给对口支援的工作带来更多收益,才能让越来越多的藏族同胞过上好日子。援藏期间,余华安共争取计划外援藏建设资金133万元,援助那曲小学和那曲第一小学各 5 万元,建立环卫工人救助基金 10 万元,结对 2 户贫困家庭共 18 口人,个人捐助对口帮扶资金 6000 余元。

在援藏的 3 年生涯里,如何把自己融入那曲这个大环境里,是余华安平时在思考也在积极实践的。单位组织"三二八"大合唱他积极参加,单位组织庆祝"七一"建党活动他也积极参加,反正只要能参加的各种活动他都"躲不开"。作为一名有着 20 多年社龄的九三学社社员,余华安促成了九三学社舟山市委会在社员中发起的一次爱心图书众筹活动,共募集到各类书籍 2000 册,已悉数运达。

"改变那曲的力量,归根到底是知识,是人才的培养。"余华安认为,要想快速提升那曲自我发展能力,必须变"输血"为"造血",与浙江的交流也是援藏的一项重要工作。在余华安的协调下,那曲市政府一行 17 人赴舟山,先后考察了临城水厂、市人防应急救援指挥中心、定海污水处理厂、定海区有机物处理中心、团鸡山垃圾焚烧发电厂、浙江海洋大学、呑山国家战略石油储备基地、长宏国际船舶修造有限公司、新建社区等。其间,考察团中的 5 名成员还到舟山市城市综合行政执法局跟班学习城市执法管理的工作经验。同时,余华安还先后协调 3 批舟山市领导带队赴那曲市工作访问,与那曲市建立了工作合作交流机制。

柴静说:"每一个笑容的背后都有一个咬紧牙关的灵魂。"余华安的笑容,不是为了取悦谁,他是希望自己所到之处,所经历的每一寸光阴,都能呈现出内心理想的状态。尽管他咬紧牙关,为之付出的努力那么艰辛!

在艰难岁月里不懈前行的人

凌佳豪

"苦在那曲，远在阿里，险在昌都。"真正了解西藏的人都知道，那曲生活环境恶劣，生存极其艰难。

凌佳豪是浙江省第八批援藏干部人才中生活最艰难的一个。

2016年7月25日，当第一缕阳光透过窗帘射进卧室时，凌佳豪已经醒了。进那曲的第一夜，凌佳豪几乎没睡。受低氧低压影响，一夜头晕、头痛、气促、胸闷、恶心……能感受到的高原反应，凌佳豪挨个尝了一遍，睡睡醒醒，好不容易撑到天亮。起床后，他发现自己心率跳得特别快，用血氧仪检测了一下,血氧饱和度只有 79,每分钟心跳则一直在 130 次上下,看着镜子里的自己脸色发白,口唇发绀,凌佳豪暗暗对自己说:"志气比氧气重要,高原反应,我会战胜你的!"

每天早饭后,同批的援友陆续地被单位的车接走了,凌佳豪单位没派车来接。凌佳豪没有丝毫怨言,迈开双脚走向几千米外的单位。平均海拔 4500 米的那曲不比浙江,双脚行走极其耗氧、耗体力,走不了几步就会大喘气,心跳像奔跑的小鹿一样,怦怦直跳,每分钟都跳动 130 次以上,最高的每分钟跳动达 200 多次。

后来,凌佳豪在淘宝上买了一辆极其轻便的小自行车,这样可以适当地减少氧耗和体力。但每次骑自行车上班,仍然非常吃力。即使是这样艰难的日子,也没维持多久,受高原气压的影响,一次骑车上班途中,凌佳豪正费力地蹬车上坡,车胎毫无征兆地爆了,因为爆的口子较长,找遍整个那曲城区,所有补胎的地方均表示没法修补,更没有类似的车胎更换。

行走的日子持续了 2 年,浙江广电集团终于为他配备了一辆轻便的电瓶车。行进在风雪、沙尘中的日子,凌佳豪常常听着手机音乐,一脸满足。

工作中,凌佳豪不是一个容易满足的人。

凌佳豪之前在浙江广电集团工作,用了 10 年时间,刻苦学习、奋力拼搏,从普普通通的实习生,迅速成长为业务骨干、转播车车长、转播部副主任,高标准地完成了全国两会报道、女足世界杯、全运会、亚运会,以及《中国梦想秀》《中国好声音》《奔跑吧兄弟》等数以千计的大型电视节目制作工作。

进了那曲的凌佳豪,依旧是一副拼搏的姿态,上班没几天,正逢一年一度的那曲赛马节开幕。他丝毫不考虑自己刚上高原,需要适应调整的实际,主动请缨,忘我工作,差点晕倒在录制转播工作现场。

浙江历时 20 余年对口支援西藏那曲,凌佳豪是第一个对口支援那曲广播电视台的技术人才,工作上完全没有经验可供效仿。为尽快摸清情况,凌佳豪用了 2 个月的时间,先后轮岗去了文艺部、技术营销中心、新闻部、台办、影视中心等各个主要部门,迅速找准了对口支援工作的着力点。他认为对口支援那曲广播电视台要从 3 个方面入手。第一个方面是传、帮、带,要加强那曲广播电视台自身技术队伍的建设。他用自己的资源和技能优势,开展了包括数字扩声调音台、CCU、OCP 等新型广播级演播厅设备使用培训,并为那曲广播电视台引入了高标准的电视节目制作模式,从而使 2017 年初建设完成的 1000 平方米演播厅的使用、高清电视节目的制作在那曲广播电视台成为可能。第二个方面开展专项培训。经过努力,他为那曲广播电视台员工争取到了去浙江广电集团培训的机会。这个培训计划是分批次、分专业、分工种的,学员在浙江的生活也得到了最大力度的保障,力求培训效果能落到实处,让学员能实实在在学到本事。第三方面是争取资金援助和设备援助。在浙江广电集团的支持下,他先后争取到了 27 万元援助资金,以及价值不菲的广电设备。通过请进来、走出去、自身造血、外部输血、队伍建设、理念革新等多种方法、多个维度助力着那曲台的发展。

费曼曾说:"如果你喜欢一件事,又有这样的才干,那就把整个人都投入进去,就要像一把刀直扎下去直到刀柄一样,不要问为什么,也不要管会碰到什么。"凌佳豪就是这样一个凡事投入便要做到极致的人。由于专业技能过硬,工作认真负责,那曲广播电视台凡是有重大任务,都很放心地交给凌佳豪负责。他先后全面负责了那曲青年喜迎党的十九大暨纪念五四运动九十八周年建团九十五周年文艺会演、格萨尔赛马艺术节开幕式及相关文艺演出、"四讲四爱"知识竞赛等多项任务。

援藏岁月枯燥乏味,但凌佳豪是一个可以把单调生活过得多姿多彩的人。一场铺天盖地的无情的风雪,他可以用镜头表现得精美绝伦。平常,他给援藏指挥部大项活动拍摄的照片,如同艺术大片;撰写的《探秘藏北高原那曲广播电视台》《翻身农奴把歌唱,铭记历史,开创未来!》《老西藏精神新时代光芒》《以孔繁森精神为指引弘扬新时代精神》等系列文章,在浙江广电集团公众号发表。

2017 年末,援藏任务本已结束的凌佳豪,因为部分筹备中的援助项目正待实施,单位人才培养尚未完成等原因,再一次向组织提出了援藏申请,为已建立深厚情感的那曲继续贡献青春和才智。

以青春之名

叶慧锋

见到叶慧锋,会让人想到2个词:青春、朝气。

生机勃勃、昂扬向上、壮志满怀,是写在叶慧锋脸上,也是体现在他日常行动中的内容。

叶慧锋来自青田县疾控中心,他希望自己做一个有信仰、有情怀、有担当的青年。2018年3月,叶慧锋主动报名援藏,一脸刚毅地踏上平均海拔4500米的雪域高原,在恶劣的环境里奉献宝贵的青春年华。

3月的那曲,天寒地冻,是氧气最稀薄、环境最恶劣的时期。别人还在高原反应中挣扎时,叶慧锋当天就到那曲市食品药品监督管理局报到。当他得知该局检验大楼尚未完工,检验检测水平落后,专业人员严重不足等问题时,深感援藏工作责任重大,主动揽下协调新检验大楼内部装修、设备采购和人才引进等工作。第二天他就主动请缨,买了一早的火车票,奔赴西藏自治区有关部门,协调新大楼内部装修、设备采购和人才引进工作。在 3 个多月时间里,叶慧锋充分借鉴浙江先进经验和技术,并结合实际,对设计图纸和施工中存在的不合理内容,组织相关专家反复论证修改,逐一补充缺失漏项,并组织完成 140 万元微生物净化实验室二次装修及工艺设备招标采购等工作,使实验室功能和布局得到全面提升。

叶慧锋身上,仿佛总有着一股不竭的生命激情和不息的青春气势。无畏的生命张力里,炽热的梦想在连续展开。在那曲市食品药品监督管理局,叶慧锋主要负责食品药品检验所筹建、专业技术人员培训、食品药品检验检测等工作,并协助管理局办公室日常工作。履新后,从陌生到熟练,他很快就进入工作状态,成为行家里手,在较短时间内,快速完成 590.3 万元新采购设备的技术参数制定,组织完成专家论证和政府采购公开招标,极大地促进了食药局仪器设备和检验能力的功能提升。

在岁月长河里,不会被日常生活湮灭的,一定是强劲的青春和激荡的情怀。为填补那曲市食品药品监管方面存在的制度缺失和管理漏洞,叶慧锋借鉴浙江省成功经验,为《那曲市食品药品投诉举报管理办法实施细则》出台建言献策,为严厉打击食品药品违法行为,推进食品药品安全社会共治工作提供有力依据。长春长生公司疫苗安全事件发后,叶慧锋第一时间向局领导汇报工作思路,得到授权后,放弃节假日,连续 11 天,跨越 2000 多千米,督查全市疫苗使用管理及学校食堂卫生等情况,为人民群众身体健康保驾护航。他撰写了《那曲市食品药品监督管理局关于调研我市疫苗流通、运输、储存、冷链环节中存在的问题报告》,得到市政府领导高度肯定。在此基础上,叶慧锋主动投身突发公共卫生事件应急处置工作中,加强技术指导力度,深化专业技术人才培养,促进了实战能力提升。

关于青春的话题,叶慧锋认为,有希望就有无限的青春,就有勇气和力量保持所信所执,给生活带来永无止境的发展。自执行对口支援任务以来,叶慧锋一直希望通过促进"造血"功能提升,为那曲留下一批带不走的专业队伍。2018 年 4 月和 10 月,叶慧锋先后组织 2 批那曲业务骨干到浙江交流和进行业务培训;邀请 2 批浙江技术专家赴那曲现场指导业务;协调争取落实政策,帮助局下属事业单位职工参加卫生类专业技术资格考试,为专业人才梯队建设打好坚实基础,真正让浙江先进技术在高原落地生根。

以青春之名,做为民之事。在那曲的日子里,叶慧锋真心诚意地为当地群众办实事,办好事,将自己融入那曲,并主动要求与 2 户藏族贫困家庭结对帮扶,帮助他们早日摆脱困境,用实际行动践行"汉藏一家亲",把民族团结真正落实到日常工作当中。那曲市食品药品监督管理局党组书记陶林充分肯定了叶慧锋援藏期间的突出贡献。他指出,叶慧锋同志担任检验所负责人以来,政治素质好,党性观念强,能克服诸多困难,积极发挥专业技能特长，为后期实验室工作的开展奠定了基础，是践行藏汉团结的楷模。

　　一个人能够跳出小我，以奉献的名义，以奋斗的名义，以信仰的名义，给自己所成长的时代，做出关于青春梦想、关于人生意义、关于生命价值的精彩诠释，这才是人生应有的模样。与叶慧锋相处的时日里，我常常被他周身洋溢着的青春气息感染，那是一种可以催生出奋斗、理想、信念等的直抵人心的力量。

一路奔波一路情

王昂峰

王昂峰始终相信，援藏的人是最坚强的。在对口支援那曲市水利局的日子里，他一直用这句话给自己打气。

那曲市浙江援藏干部人才公寓的墙上写着"艰苦不怕吃苦，缺氧不缺精神"。来到那曲的第一天，王昂峰请援友用手机给自己和这 12 个醒目的大字合了影。

后来无数次下乡的日子里，在双湖县、尼玛县等高海拔县，遇到严重高原反应，头痛、胸闷、呼吸急促的时候，王昂峰会调出这张照片看；下乡途中，遭遇险情的时候，王昂峰会调出这张照片看；漫漫长夜，在无边无际的孤独里,思念亲人的时候,王昂峰会调出这张照片看。如今,"艰苦不怕吃苦,缺氧不缺精神"已经化为一种能量,悄然地注入王昂峰的体内,成为其坚实的思想根基和强大的精神支柱。

那曲市水利局的同志,经常要下乡督查在建水利工程。因为业务技术能力过硬,每一次王昂峰都冲在一线,奔波山地,蹚过急流,穿越峡谷,跋山涉水。

对那曲的路,王昂峰有着切身的体验:"到了乡下,全是蜿蜒、崎岖、泥泞、起伏不平的土路。遇到暴雨,路被山流冲断、泥石流淹没的情况时有发生。"

"最危险的一次发生在途经易贡藏布峡谷时,因为连日降雨,河水暴涨,路的一边本身是近乎垂直的陡崖,因为水流湍急的缘故,很多山石都被奔腾咆哮的江水冲垮了,最窄的地方,别说会车通过,就连一辆车通行都很危险。头顶上方,不时会掉下大块的石头。在峡谷中冒雨前行,时刻有命悬一线的感觉。在一地碎石的路上行驶,就像坐过山车一样,车不时地会被颠起来。人也一样,脑袋一会儿撞在车顶上,一会儿碰到车门上,一会顶到前排座椅上,最后都撞得麻木了。但我们必须前行,根本不敢耽搁分秒。即使如此,我们还是被堵在了尼屋乡,前路被冲毁和淹没,车子掉头往回走时,发现后面的路也被冲垮了。我们被困在中间,前进不能,后退不得,整整被困了3天。所幸,我们遇到了质朴善良的藏族同胞,才没有忍饥挨饿。后面降雨量少了,路面水浅了,水流的速度缓了,我们的越野车才敢冒险涉水通过。但经过一处山谷时,我们的车还是被突兀而来的三块巨石挡住了去路，所幸没砸到车。当时，前来抢救的车辆也被山洪冲走了一辆。我们又被困了1天，才脱离困境。"讲起这段经历，王昂峰依旧心有余悸。

在路上奔波的日子，王昂峰先后参与了京藏高等级公路、那曲段水源地保护等多个专项方案的审查工作；参与了巴青、索县、比如等县的遗留问题督导工作；参与了安多、聂荣、嘉黎等县6个在建水利工程综合督查工作；参与了安多、聂荣和嘉黎等县乡级河（湖）长制开展情况督查工作。他扎实的工作作风，赢得了全局上上下下的一致认可。

援藏，不仅要为当地多做些事情，更要为当地多培养些做事情的人才。来到那曲后，王昂峰组织和主讲了多个技术培训课，通过传、帮、带等有力的举措，为那曲市水利系统技术提升起到了较好的助推作用。现在，王昂峰成了那曲市水利局局长米玛扎西眼里的多面手。米玛扎西局长多次在会议上提出，全局同志遇到技术和项目方案审查等方面的问题，要积极主动地找王昂峰帮助解决。

王昂峰是一个外表沉默、内心坚定且有情怀的人。他的手机里还珍藏着一张照片，照片构图一般，但意义深远：一块巨大的石头上，挺立着一棵翠青的树。王昂峰将它命名为"生命之树"。

"树都能在石头上扎根，我也一样可以在恶劣的环境中，为那曲水利事业做出更多的贡献！"王昂峰说，"'艰苦不怕吃苦，缺氧不缺精神'，是我，也是全体浙江援藏干部人才真实的写照！"

这句话说得豪迈且激昂。

坚如磐石

姜石磊

　　姜石磊的名字比较好记。2018 年 3 月，他刚来那曲浙江公寓的时候，我给他起了一个更好记的绰号：4 个石头。

　　3 月的那曲，天寒地冻，氧气稀薄、气压极低，终日大风，是气候最为恶劣的时期之一。作为浙江省第八批援藏轮换技术人员，姜石磊进藏前，听他的前任徐正荣描述过那曲的环境，他也知道徐正荣在援藏期间给心脏搭了支架，但仍义无反顾踏入了这片被誉为"生命禁区的禁区"的那曲，并日复一日地奔波在推动那曲市市政市容发展的一线岗位上，确实有着坚如磐石的意志。

事实上,姜石磊的家庭有着诸多的困难。夫妻俩要照顾 2 个孩子、4 个老人,并且大女儿刚上小学一年级,小儿子还未满 3 岁,是最需要爸爸陪伴的时刻。我见过他女儿写的日记:"今天是爸爸到西藏的第一周,我们一家人都很想念他。这是他第一次离开我们这么久,我和弟弟都问妈妈,爸爸去西藏干什么,妈妈说爸爸去帮助西藏的人过上更好的生活,我觉得我爸爸不怕苦、不怕累,他是超人爸爸。"

姜石磊面若书生,但确如超人一般全身心地扑在工作上。为了更好地服务那曲,改善供水条件,援藏前,姜石磊就利用业余时间,走访调研了浙江省内各主要供排水管网维护设备供应商。进藏后,他结合那曲实际,独立完成了《供排水管网管理设备选型报告书》,并在 2018 年 6 月底协调 3 名技术人员携带相关供排水维护设备来到那曲市,对供排水管网进行检漏排查,对进出水流量仪进行标定,定位出暗漏点 6 处,有针对性地对存在问题进行了修正。姜石磊是那种发现问题,就要追查到底的人。援藏的日子里,他现场查看了所有重要用户的使用情况,梳理供排水管网管理及客户服务问题 25 件,有的放矢地对管网标准化管理建设、管网图信息化、水源地保护方案、净水厂绩效考核办法等方面的工作,进行梳理排查,逐一完善。

罗曼·罗兰说:"世界上只有一种英雄主义,那就是了解生命而且热爱生命的人。"姜石磊是一个有着英雄情结的援藏人才,进藏前他就表态,要将杭州城投人"三铁三常态三奋斗"的精神带到雪域高原,为那曲市供排水事业做出贡献。进藏后,姜石磊克服头痛、头晕、气喘、胸闷等高原反应带来的不适,顶着风雪，顶着强烈的紫外线辐射，在高原缺氧低压的环境里，积极参与那曲市二水厂的改建工程，不厌其烦地到改建项目现场了解进度情况并提出建设性建议。通过近半年的改建工程，那曲市二水厂于10月底正式完成改建并投入运行。二水厂的正式投入运行，使得那曲市主城区的日供水能力由原来的3万吨提升至6万吨，日供水时间由原来的10小时提升至22小时，基本实现全天不间断供水，大幅度提升了那曲市主城区的供水管理水平和供水安全保障工作。

吃苦是硬功夫，发展是硬道理。为推动那曲市市政市容发展，姜石磊协调杭州市水务集团（杭州城投下属单位）与那曲市市政市容委签订了《对口援藏合作框架协议》，并落实10万元计划外援藏资金，用于那曲市政市容发展。在此基础上，为理顺那曲市市政市容委下属各厂区和各职能部门作用，加强经营管理，姜石磊参与起草了《那曲市政有限责任公司组建方案》《关于那曲市政有限责任公司内部管理机构设置及职能》，独立起草《关于那曲市政有限责任公司组建有关事宜的请示》，牵头协调那曲市工商局、税务局、国资委、农业银行等部门，完成了那曲市政工程有限责任公司成立的相关手续。2018年10月，那曲市政工程有限责任公司正式挂牌成立，这标志着那曲市供排水、供暖等工作由市政委的行政管理模式向市政公司的企业管理模式转变，实现了产业的转型升级。

姜石磊是一个心地良善、极易相处的人，自踏进羌塘草原，他就把自己当作了那曲人，极快地融入单位同事和人民群众中。单位"两学一做"学习交流、"百万农奴大解放联欢会"等活动,都能见到他踊跃参与的身影。在庆祝建党 97 周年的知识竞赛活动中,他代表自来水供应管理站参赛,还取得了一等奖的好成绩;在那曲,姜石磊还与那曲市索县若达乡的 1 户贫困家庭结对帮扶,多次上门了解实际困难,送钱送物,相处得如同亲人一般。

每一个年代,都有一种意义或价值模拟的现象。姜石磊希望能像自己所景仰的孔繁森那样,在雪域高原建功立业,获取人生意义和价值。

应帅

应援藏而帅

　　来自武义县环保局的援派人才应帅，其实一点都不帅。这个 1983 年生的小伙子，在他身上能感受到的只有憨厚与踏实。

　　一个人成熟的标志，也是他强大自立的标志。2018 年 3 月，平均海拔 4500 米的那曲高原，白雪皑皑、冰河蜿蜒，就连呵口气出来都能结成冰碴子。在这样的气候里，氧气更加稀薄，气压更低，人的生存会更艰难。应帅是个沉默的人，恶劣的环境里，从来没听他叫过一声苦，他常常借用许渊冲先生所说的"青春是用来奋斗的"，给自己打气。

　　应帅对口支援的单位是那曲市住建局，

这对他来说，是极不容易的。因为之前，应帅一直从事的是环保行业，跨界住建领域，自然要付出倍于常人的努力。进入那曲后，应帅仿佛不知疲惫，不知休整，每天坚守在工作岗位上，援藏多少天，就在藏多少天，达到了100％的在藏率，生生地将苦熬成了甜，熬成了快乐。

援藏出发前，武义县环保局的领导叮嘱应帅，到受援单位后要发挥自身优势，为那曲环保、住建和促进民族团结做出贡献。应帅牢牢地视领导的话为自己的工作标准和要求，3月7日到那曲，第二天就到那曲市住建局报到，当天就参与到局里正在开展的中央环保督察的整治工作当中，在建筑领域施工扬尘整治工作过程中，经历了身份转换，适应了环境变换，实现了工作切换。

"风吹石头跑，氧气吸不饱，四季穿棉袄"，是那曲真实的写照。整治施工扬尘，打击住建领域质量、安全、环保等方面的违法行为，要在缺氧的环境里，每天奔波在风吹雪舞雨淋当中，无疑是一件极其辛苦的工作。但应帅乐在其中，对他来说，这能发挥环保专长，做自己喜欢的事情，有价值、有意义。他以一种不可撼动的执着、坚不可摧的意志，日复一日地辗转于市区和各县施工现场，在这片苍茫的土地上留下坚实的足迹。

应帅说，一年半的援藏，他应该这样度过，不去羡慕外面世界的浮躁与功利，踏踏实实地用情怀做事，用良知工作。这样，将来在回首援藏岁月的时候，他可以骄傲地对自己说，他是为那曲的建设贡献过自己的绵薄之力的。

那曲有相当于4.5个浙江的面积，在城区执法还好，如果要下乡执法，一路翻山越岭，山高路险，颠簸加上缺氧，会让人头昏脑涨体乏，那是一件非常辛苦的事情。应帅说，谁都希望一生顺遂，但事实是不可能的，人生总要经历痛苦与磨难，也只有在这样的历练里，生命才能愈发强韧。下乡途中，他总爱哼一首叫《吉祥如意》的歌曲："很远很远的地方，天空离大地最近的地方，伸手能摘下星星的地方……默默默默我再次的把你凝望，望着你雪山圣洁的光芒……让我慢慢融入你深情的歌唱，让幸福眼泪自由地流淌……扎西德勒，我的家园，我快乐的地方……"这首歌，唱出了他的心声。援藏岁月，在孤独寂寞、艰苦难挨的日子里，只有给心灵注入崇高的信仰和价值力量，人生才能化干戈为玉帛，永立不败之地。

我们每一个人都有改变现状的力量，这力量会伴随生命，提供源源不断的能量。在跟随执法人员进行实地执法检查过程当中，应帅发现局里的执法人员缺乏执法经验，于是不厌其烦地灌输《中华人民共和国行政处罚法》相关规定，从行政处罚行为的发现—现场调查取证—调查询问笔录制作—立案审批—调查报告的制作—案件审议—下发处罚告知书和决定书等各个环节，逐一规范程序，并结合多年积累的行政执法工作经验，手把手地向他们传授技巧与经验，有效推动了执法人员办案水平的提升。他参与办理的涉及环保扬尘治理、安全生产等各类案件，件件合理合法，有效倒逼了各个施工企业工程质量的全面提升。

应帅说，既然援藏，就要努力去做点对得起对这片土地，对得起人民群众的事情，让那曲因为他的付出，变得更加美好。

那些被罚的施工老板或许会怨恨应帅,免受施工扬尘侵袭的人们或许不知道应帅,但安多县措玛乡一个叫嘎地的贫困户永远会记得应帅的好,会一生感激他的帮扶。

援藏之后的应帅,脸上带着高原风雪、烈日镌刻的岁月印记。望着他黝黑的脸庞,我想用文字告诉这个世界:应帅,应帅,你最帅!

孙国强

爱如清泉

"氧气吸不饱,风吹石头跑,夏天穿棉袄。"这是孙国强用 500 多个日日夜夜的亲身体验,记录在日记本里的那曲环境。

孙国强,1986 年出生,是援藏队伍中最年轻的专业技术人才。

孙国强对口支援的是那曲市水利局规划计划科,主要负责水利项目前期的管理以及各县水利建设工程的监督检查。

一到单位,孙国强便紧锣密鼓地下乡开展工作。一个挺白净的小伙子,1 个多月时间,跑遍各县乡,回到那曲,晒得黑乎乎,和藏族小伙的肤色没什么区别。

　　1 年半援藏时间里,孙国强先后参与了那曲市色尼区城区防洪工程,聂荣县城市防洪工程,安多县水生态修复试点工程,比如县、索县、巴青县等地的水利在建工程的质量检查工作。他深入更高海拔地区双湖、尼玛等县及可可西里无人区,完成了那曲西部五县牧区水利工程的验收及高原冰湖现状考察等工作。

　　那曲,地域辽阔,县城之间距离远,很多地方只有土路连通,加上道路狭窄,路面条件差,属于交通事故易发地区。每次下乡,对身体和精神都是一次极大的考验。孙国强就是在这样一种考验中,一次又一次战胜艰难险阻,战胜孤独寂寞,战胜严寒岁月,用自己的青春热血书写了不一样的人生历史。次曲河水系连通工程作为那曲市唯一的水系连通试点工程,建设进度和质量一直备受国家水利部的关注,但由于所处的高原水量相对丰沛,冬季冰冻期漫长,该项目的建设和实施在气候、工期、质量等多方面存在着严峻的挑战。那阵子,孙国强克服各种困难,充分发挥专业特长,审查连通工程的图纸,编制建设管理方案,巡视检查工程进度,使工程质量得到了有效的保证。2017年 6 月 24 日,水利部陈雷部长亲上那曲,并参观了次曲河水系连通工程的工地现场,对项目的实施情况予以了高度的认可。

　　"尽最大的努力,哪里需要去哪里,用专业知识服务那曲人民。"从进那曲的第一天,孙国强就身体力行地履行给自己定下的要求。在那曲地区发改委组织的那曲中东部地区建设工程项目督导检查中,有孙国强的身影;西藏自治区人民政府副主席坚参视察那曲水利工作,提出对比如、索县两个县城的城市防洪堤重新规划设计，孙国强也扑进工作，参与了查勘和规划设计等相关工作；那曲自然环境和畜牧业的发展，造成了一片片退化、沙化草场，取水、引水，实施牧区水利人工种草项目的工作中，也有孙国强的身影……500多个日日夜夜，面对高寒缺氧、施工期短、水利工程点多面广等诸多不利的客观条件，孙国强就像一块砖一样，哪里需要搬到哪里，苦干实干，竭尽所能地为解决老百姓的饮水、恢复草场生态、保障河道两岸居民防洪安全等做出了积极的贡献。

平均海拔4500米的雪域高原，人才匮乏是极大的问题。工作之余，孙国强利用一切可利用的时间，参与编制了那曲"十三五"水利规划建设项目情况和拟建水利项目规划；发挥水利专业特长，准备了一系列水利专业知识培训讲座，向当地水利系统的同志分享了水利设计、工程图纸、现场检查、建筑管理等方面的知识；在此基础上，组织部分水利系统的职工到浙江开展水利工作培训，有效推进了当地水利系统的人才队伍建设。

古往今来，很多人都想用最美的文字撰写青春的诗行。孙国强不会写诗，但他用有力的行为，诠释了自己最好的青春年华。这样一种身体力行的书写行为，如藏区的清泉，清澈、激扬，赋予了藏族同胞生命的美好和潜在的力量。

光明使者

李旭东

2016年7月20日，安吉县中医院眼科副主任医师李旭东，辞别家人和同事，启程援藏时，内心有着太多的不舍。

李旭东的妻子也是一名医生，平时工作繁忙，当时女儿只有20个月，需要人照顾。李旭东所在的科室只剩3名医生，人手紧张……诸多难题一一摆在李旭东面前，但他仍然听从组织召唤，义无反顾地踏进了雪域高原。

受高寒缺氧和紫外线等因素的影响，那曲市的白内障患者远远高于内地。赴任那曲市人民医院眼科副主任的李旭东，一上班便克服恶劣的环境带来的高原反应,积极主动地投入工作当中。

那曲,平均海拔 4500 米。在这种状态下,手术中方方面面的因素都要考虑到,李旭东清楚地记得进藏不久做的一台手术。由于医疗人员配备不足,除主刀手术外,李旭东还兼顾查看器材清洗、消毒打包等其他工作。这台手术,从准备工作到解除长期折磨患者的复杂性白内障,几乎耗尽了李旭东全部的气力。当塔宗女士重见光明,用藏语抽泣地说着感激的话语时,李旭东也走完了从心怀忐忑到信心坚定的过程。

后来的日子,复杂的病例接踵而至。让李旭东记忆最深刻的病人是扫布老太太。扫布老太太右眼患有严重白内障已经多年,听说那曲市人民医院来了一名技术精湛的援藏医生,老太太在她孙子的陪伴下,跑了 200 多千米的山路,费尽周折找到李旭东。但术前检查的结果不容乐观,扫布老太太患有严重的糖尿病和肺心病并发肺部感染,这是手术的禁忌。当李旭东将情况告诉扫布老太太及家人时,扫布老太太抱头大哭说她活了 80 多岁,受了一辈子苦,现在看不见草原和牛羊,上厕所也找不到地方,活着成了子女的累赘,还不如早点死了好。

看着扫布老太太伤心欲绝的样子,李旭东心如刀割。为了实现老太太重见光明的心愿,在医院缺少治疗糖尿病的特效药胰岛素的情况下,李旭东决定冒险。那天手术进行得异常艰难,助手是第一次上手术台,配合过程中手忙脚乱,其间还将手术必备的黏弹剂污染了。手术室没有备用品,助手从眼科病房找到医院库房,前后用了 1 个多小时才找到黏弹剂。当李旭东将人工晶体成功植入扫布老太太的眼内，手术结束时，他的背心早已经湿透了。

术后，当李旭东为扫布老太太揭去眼上的纱布时，老太太重见光明，激动得叫出声来。那一刻，李旭东觉得自己承担的风险，值了！

援藏时日里，别的援友工作 8 小时，李旭东提前到医院上班、给病人做手术推迟下班、节假日加班是常有的事情。科室有危重病人抢救或人手不够时，李旭东随叫随到，毫无怨言。有时，哪怕是再小的事情，李旭东也会亲力亲为地做好。在那曲，除了白内障发生率比较高之外，泪囊炎也比较普遍。在治疗泪囊炎病症中，李旭东创新性地采用了简单微创的治疗方法：鼻腔泪囊置管术。该手术无须开刀，只需要从鼻腔泪道梗阻部位放入硅胶支架便可，且治疗费用低，随做随走，给那曲的泪囊炎患者带来福音。援藏期间，李旭东还先后开展了泪小管断裂吻合术、眼底荧光造影及视网膜光凝术等新技术新项目，为牧区患者的就诊带去极大便利。

那曲市人民医院眼科主任米玛卓玛常说："在那曲做 1 次手术耗费的体力，相当于在平原做 10 次。"李旭东一上手术台，便进入一种忘我的工作状态，有时做手术，李旭东一站就是几个小时，中途缺氧难耐，就边吸氧边手术。李旭东觉得，帮助病人恢复光明，是一件非常有意义的事情，所以再苦再累他都觉得值得。

李旭东深知，自己再殚精竭虑地做手术，也只能帮助少数白内障患者复明。为了高原上光明常在，李旭东在认真完成诊疗工作的同时，还积极开展培训工作，通过教学讲课及手术带教培训，科室医生的业务水平有了不小的进步，很多手术都能够在李旭东的指导下完成。

2017年底，李旭东结束援藏任务。当年，他被浙江省安吉县评为"安吉骄傲——2017年度最具影响力人物"，是该县卫计系统中第二位获此殊荣的人员。

一个使命重于山的硬汉子

王国南

那曲，平均海拔 4500 米，是世界上海拔最高的行政区，是全国唯一没有树林的城市，是自然界最冷酷无情的地方。

每一个时刻，高原都用上全部的力量，侵凌勇于踏上这片土地上的人们。低氧、低压、高寒、高辐射……该使的招法，高原全使上了。在恶劣的环境面前，浙江省第八批援藏干部人才没有丝毫退缩。

浙江省东阳市公路管理局副总工程师、东阳市 37 省道改建工程指挥部安全科长兼工程科副科长王国南，即使因高原反应催生脑肿瘤发作，依旧边治病边战斗，完成了全部的援藏任务。

那曲，作为"世界屋脊中的屋脊"，是每一名援藏干部人才心中的峻岭险滩。王国南，从踏上雪域高原之日起，便决心以足够的气力战胜这里，打通"生命禁区中的禁区"的各条道路。1 年多时间，王国南克服高原各种恶劣环境，参与完成国道 558 线一期 0K—42K 的大中修工程；完成 558 线二期 42K—128K 大中修工程招投标及开工准备工作；参与那曲市比如、嘉黎等县 40 多条乡村道路改善工程的设计审查等大项工作。每天奔波于工作岗位、施工场地，傍晚披着晚霞回住处，在霞光的照射下，王国南的身上似乎披上了一种英雄色彩。

"能够在祖国最需要的地方挥洒热血，是我人生之幸。"这句话从王国南嘴里说出来时，我仿佛又见到了昔日王国南在那曲安放青春、挥洒热血、苦战绝境时的种种场景。1 年多时间，王国南始终将"缺氧不缺精神"作为自己的座右铭，哪里需要去哪里，时刻以饱满的热情投入工作和学习当中，直到累倒下的那一刻，他仍握着时任那曲市交通局书记的手说："等我康复了，会再上高原，和大家共同战斗。"

2017 年 5 月 5 日，这是一个沉重的日子。中午 12 点 45 分左右，王国南下班回所住的公寓，正和援友说笑时，突然毫无征兆地晕倒，随后抽搐，大量的血顺着嘴角流了出来。

所幸，晕倒的地点是在公众场合阳光花园，援友费信海是医生，赶紧将其嘴巴撬开，用物体塞进牙齿之间，此时王国南已用牙齿将舌根咬开五分之一。大家紧接着拿来氧气瓶，但王国南闭着眼睛烦躁地将其推开了，丹参滴丸也喂不进去。随后，王国南进入完全昏迷状态,脸色灰土,不忍直视。

援友们赶紧将王国南送往医院抢救,经脑 CT 检查,他的头颅里有块明显的阴影。那曲市人民医院建议送拉萨医治。

经浙江省援藏指挥部协调,17 时 30 分,在援友的陪同下,载着王国南的救护车赶往拉萨。一路风雪,一路超速,用时 4 小时左右,抵达西藏自治区人民医院,直接进入 ICU 医治。当晚,医院书记和科室主任向我们分析了王国南的病情,排除了新出血的可能。初步判断,受高原低压、低氧影响,催生脑中病变,压迫到脑中神经,引发癫痫。我想,这既和高原恶劣的环境有关,也和王国南平时拼命的工作状态有关。据匆匆赶来的王国南受授单位的书记讲,王国南从到单位报到那天起,就忘我工作,敬业奉献,树立了浙江援藏干部的良好形象,让他们很受感动,他的身体出现状况也让他们深为愧疚。

在恶劣的高原环境里,在水土不相宜的地方,这样一种倒下并不意外,在不可战胜的自然面前,万物脆弱,唯有人类的意志强大,精神永存。王国南回浙江治病期间,依旧没有忘记工作,积极协调安排那曲下属各公路段负责人到浙江进行养护项目专项培训,有效提升了各地业务骨干工作技能。

一个人身上,如果有让人尊重的地方,除了看得见的行为之外,还有一种看不见的东西,那就是内在的品质和所承担的使命与担当。王国南虽身患恶疾,但仍然意志坚定,一切,只因为心中常怀的那份对个人家庭、对党的事业、对援藏工作的强烈的责任感、使命感。这是让人值得尊敬的地方!

余大鹏

医院里令人瞩目的明星

余大鹏长着一张明星脸，酷似陈升。只是陈升专注于做音乐，他专注于援藏事业。

看余大鹏，一眼可以看到他身上具有的平实务本的品性。相处久了，更让人感动的是他倾情奉献的援藏精神。

余大鹏是一位既懂管理，又懂技术的援藏人才。援藏前，他在原单位先后担任过放射科主任、医务科科长、办公室主任等职务。具有丰富的工作经历的他，让受授单位——那曲市藏医院如获至宝。

余大鹏是一个工作有干劲、有想法的人。一到那曲市藏医院影像科，他不顾严重的高原反应,立马投入工作,先在建章立制上做文章,帮助医院放射科制定了各项规章制度及操作流程,促使医院各项影像检查有序、规范开展。

面对当地落后的医疗状况,余大鹏充分利用自身所长,积极思考和探索医院全面发展的方式方法,提出多项建设性意见和建议,传授医疗安全、行政管理等相关知识,为医院发展和创新带去新理念、新思路,医院至今受益;同时,组织科室成员学习 CT 操作技能,重新设置了各项 CT 检查参数,开展了多项 CT 检查的新技术新项目;借助利用"互联网+"技术及内地医院的医疗资源,搭建了影像诊断平台,有效解决了医院疑难病例的会诊问题。

工作空闲时,余大鹏还分出精力带徒弟。他较为系统地为全院医务人员讲授了医学影像诊断课程,促使全院医务人员利用医学影像知识诊治疾病的技能得到明显提高;所培养的影像科年轻医生,现在已经能独立开展各项工作;所讲授的医疗管理及医疗安全知识讲座,有效提升了医务人员的医疗安全意识,为减少医疗纠纷起到了很好的作用。

那曲市藏医院院长边巴对余大鹏同志的评价是:既懂先进医疗技术,又善于医院管理,是一个满怀工作热情的优秀援藏人才。

2017 年 9 月,医院在创建三级乙等藏医医院工作遇上瓶颈,余大鹏主动请缨,牵头医院创三乙工作。自此,就没见余大鹏休息过。每天,他都加班加点,带领医院相关科室负责人对医院各类制度进行梳理、分类,重新编制了《那曲地区藏医医院规章制度和岗位职责汇编》，并对医院上等级的各项工作进行重新细分，对医院各部门、科室的任务进行逐一讲解、培训。3个多月时间，他每天奔波于医院的党政办、医务处、护理部、急诊室、总务处，对各部门的材料——修改，对相关问题——细致解答。

院办主任央金深有体会地说："在余老师的讲解和指导下，我们院办对上等级工作有了更进一步的认识，通过一系列的整改，医院的医疗服务、医疗质量、护理质量、医疗安全、行政管理、后勤保障等方面水平得到显著提高。"

2017年11月29日，那曲市藏医院以高分通过了国家三级乙等藏医医院的评审。在那曲市援藏总结大会上，那曲市委书记松吉扎西、那曲市委副书记兼浙江省援藏指挥部指挥长陈澄同志对余大鹏同志在那曲市藏医院做出的贡献给予高度赞扬。

2017年底，余大鹏结束援藏任务，离开那曲之时，那曲市藏医院的广大干部职工都流露出依依不舍之情。藏医院党委书记索朗旺姆满怀深情地说："余大鹏同志的到来不仅给我院带来了先进的医疗技术，提高了医院的管理水平，还为我院注入了新的发展思路。他不畏艰辛、以身作则、求真务实的工作作风；他兢兢业业、言传身教、乐于奉献的工作态度；他心系医院、发挥所长、授人以渔的高尚品质；他顾全大局、勇于担当、锐意进取的大无畏精神，彰显了一个共产党员的高尚情操，给我院全体干部职工留下了深刻的印象，值得我们全院全体干部职工学习。"

人生的美好

易健敏

　　一个人最快意的事情，是在人生的山水里结识一些意气相投的人，不用把酒言欢，不需言语表达，但相处的时光，必是难忘的记忆。援藏岁月里，易健敏和我所住的公寓在同一层楼，相隔不远，交流不多，但彼此秉性相投，是内心互相认可的兄弟。

　　人的一生，会遇到许许多多、形形色色的人，能否为友，是一个互相辨认的过程。进入我生命的朋友，都有一个共同的特点：真诚、实在。用这两个词形容易健敏，恰如其分。易健敏是那种透过面相，一眼就可以见到内心的人，和他相处，可以让人把心放下来,并可以毫无保留地交出去,不需要设防。这应该也是浙江省第八批援藏干部人才对易健敏的一致看法。

缘分,是人生中很玄幻的一种东西。漫长的一生,上天指不定会在生活的哪一个阶段,突然把一个属性相似的人送到你面前。援藏岁月,和易健敏这一程山水的情义聚首、感情交集,我满怀感激,并欣喜相拥。我时常会想,易健敏对口支援的那曲市住建局规划科的同事是幸运的,他们可以和这么一个踏踏实实、任劳任怨的人长时间地待在一起,是何等的幸福。

真诚和实在,是我理解甚深的两个词,对我来说,它们不是两个词,而是生命的境界。易健敏在工作中,是一个"老黄牛"的角色。援藏岁月里,无论环境有多艰苦,从来听不到他叫一声"苦"字;无论高原反应有多严重,从来听不到他叫一声"痛"字;无论工作有多艰难,从来听不到他说一声"难"字。在规划科,每天查阅规划资料、跟踪项目建设、协调外界援助……易健敏忙得不亦乐乎。在建设工地遍布的那曲,易健敏每天随身揣着速效救心丸、丹参滴丸等药品,在尘土飞扬中,活出了人生最好的姿态。艰难的环境里,能够独立于情绪和生活之外,心无旁骛做事情的人,最能体现其内在的本质,这份日复一日的坚持,值得我报以敬意。

我们所处的世界,每天都是崭新的,需要我们以一颗探索的心去发现、去感受、去创建。易健敏在做好本职工作的同时,利用自己的优势,协调援助经费购置了一套航拍电子设备,用于规划管理、项目跟踪、城市面貌影像资料储存等,适时记录发展中的那曲,清晰地记录了羌塘草原建设中美好且珍贵的片段。

  团队里，每一个人都有自己的任务，都有存在的价值，只是显示的程度不同罢了。易健敏是那种存在感极低，默默无闻的人，连我采访他，他都极力地推脱。但日常所见，易健敏一直忙忙碌碌，陪同那曲市扎南副市长带队人居环境整治考察团赴浙江考察，陪同浙江省规划团队赴那曲色尼、安多、班戈等县（区）规划调研，赴安多县措玛乡开展"认亲结对"扶贫慰问活动，等等。

  一个人最有价值的时刻，不是功成名就，而是身边人对他的认可。在浙江省援藏指挥部，任何一个人对一个人、一件事都可能有不一样的看法，但提起易健敏，大家肯定会给出和我一样的评价。

费信海

最像藏族同胞的海岛汉子

费信海,是浙江省第八批援藏干部人才中年龄最大、业务最全面,性格像藏族同胞一样耿直的汉子。

费信海来自浙江岱山县第一人民医院,2016 年 7 月,面临孩子高考的关键时期,毅然放弃安逸的家庭生活和熟悉的工作环境,奔赴西藏自治区那曲市妇幼保健院担任专业检验医生。在 1 年半的援藏岁月里,他凭借近 30 年的临床检验经验,通过言传身教,书写了光荣的援藏篇章。

医学上的问题,费信海无所不知,无所不晓。在那曲浙江公寓,援友们但凡有身体上的问题或医学上的疑问,找费信海咨询,他总能用最简单的话语为援友们答疑解惑,让援友们悬着的心一一落地。而他自己,时常头痛、胸闷、心绞痛、流鼻血,心率平均每分钟 110 次左右,血红蛋白 200g/L,但从不声张。他的身上时刻揣着复方丹参滴丸、高原安等高原药品,人不舒服了,就掏出来吃几颗缓解。有一次他随身携带的复方丹参滴丸还救过一位姑娘的命。那是从拉萨回那曲的列车上,有名姑娘因高原反应引发心脏疾病,突然昏厥。费信海见状,立马掏出复方丹参滴丸,喂进对方口中,随后现场实施救治,挽救了姑娘的性命。

费信海从医经验极其丰富。2017 年 10 月的某一天,那曲浙江援藏公寓内,一名援友突然倒地,抽搐不止。费信海很快意识到援友是癫痫发作,经验丰富的他迅速拿起桌上的一块布塞到援友嘴中,此时,援友的舌头已经咬开三分之一,鲜血直流。由于处置得当,第一时间保住了援友的舌头,随后及时组织送治,挽救了援友的生命。

那曲整体医疗设施落后,医护人员医疗知识不全面。费信海看在眼里,记在心里。援藏后,他将自己从业 30 多年的医疗经验总结成课件,每半月给当地的医护人员免费开设公共课。

开设公开课,看似轻松,其实不然。在极度缺氧的雪域高原讲课,是一件很累的事情。

费信海不仅给自己医院的同事授课,还应邀到偏远县讲解检验临床意义和检验质控方面的业务知识。通过手把手带教、面对面传授,现在医院检验科人员都能独立系统化、规范化地熟练操作各类检验仪器设备,准确诊断医学检验报告。检验科室内、室外质量控制能力，制图、计算、操作等各方面技能都迈上新台阶。

费信海认为，医疗援藏，只有留下先进的医疗技术，让更多的病患在家门口得到救治，才算治本。所以，无论多忙多累，所有时间，费信海都扑在了工作上，在完成传统援藏工作的同时，先后开展了优生优育发光免疫、AFP/TSH/E3/HCG、支原体IGM、乳头瘤 IGM、结核分歧杆菌 IGM、IgG 抗体的检测、Rh血型鉴定等 20 多个新项目。在此基础上，费信海还积极利用派出单位专家库和技术资源，组织医护人员，跨过大半个中国到岱山县进行为期 3 个月的业务知识培训，有效提升了那曲市妇幼保健院的"造血"功能。

在那曲的 500 多个日日夜夜里，费信海和医院的同事如同家人，工作之余，他还穿起了藏袍，学藏族话，吃藏族餐，与藏族同胞打成一片。费信海常说，那曲的事就是自己的事，藏族同胞就是他的亲人。他是这么说的，也是这么做的。针对那曲市妇幼保健院检验科仪器老旧和不足等情况，他积极协调派出单位加大对口支援力度，及时为受援医院更新仪器设备，提升科室硬件设施建设。在派出单位和费信海的支持帮助下，受援医院群策群力，2016 年在全国妇幼保健院系统考评中取得优异的成绩，2017 年获西藏自治区临检中心室间质控考评优异，得到了浙江省计量科学研究院及西藏自治区临检中心的肯定。

食品药品安全无小事

陈晓耕

食品药品安全无小事，这是陈晓耕常挂在嘴上的一句话。

到那曲市食药监局开展对口支援工作的第一个月，陈晓耕克服高寒缺氧、条件艰苦等恶劣环境，跑了 5000 多千米，赴那曲市 11 个县（区），开展调研，找出疾控系统疫苗运输、储存中冷链环节等问题，形成《那曲地区疫苗冷链管理存在问题》专题报告，得到市领导高度肯定和支持。

为改变疫苗冷链的现状，保证全市儿童接种上安全疫苗，陈晓耕再次赴各县开展督查整改工作，相继约谈了 2 名副县长和 7 名县卫计局局长,同时安排8名市疾控中心人员到浙江进行疫苗管理培训,至2017年底,建立了市、县、乡和村一级疫苗冷链管理制度及疫苗接种规范等相关工作制度,市疾控中心配备了1台冷链运输车和1台应急发电机,安多县、聂荣县等县的6个疾控中心建起小型冷库,给藏族同胞带来了福音和健康。

2017年4月,聂荣县发生了一起因不明原因引起呕吐、腹泻的事件,县食药监局、卫计委由于制度和职责不清,出现相互推诿现象,引起陈晓耕的重视。为规范开展食品安全事故处置工作,进一步强化食品安全事故应急处置队伍的基本理论、基础知识、基本技能,提高食药监局系统、疾控系统食品安全事故卫生学处理和流行病学调查能力,陈晓耕安排食药监局、疾控机构业务骨干到浙江跟班学习,编写了食品安全事故处置工作规范、应急演练方案和工作手册,邀请浙江省疾控中心3名食品安全事故处置相关专家到那曲开展培训和现场指导,首次举办了"食品安全事故调查处置应急演练",为有条不紊地快速处理突发群体中毒事件打下了良好基础,也为常规开展紧急事件应急演练开了先河。

陈晓耕觉得,食品药品出现问题,根子在监管技术、理念和硬件设施落后,食品药品监管不到位,规章制度不完善等方面的现状上。为此,陈晓耕借鉴浙江食药监管系统的先进经验,建立完善了《地区食安委联席会议制度》《对县级食安委的考核制度》《对县级食药局的业务考核制度》《周例会制度》等规章制度,为受授单位建章立制发挥了作用。同时,他撰写了《那曲地区食品药品检验所质量管理手册》《那曲地区食品药品检验所作业指导手册》《那曲地区食品药品检验所 2017－2019 三年规划》,为推动受授地食品药品检验监管的快速发展提供了技术保障。同时,通过"传、帮、带""请进来、送出去"等形式,先后安排 3 批食品药品监督人员前往浙江省学习培训,通过"以师带徒、师徒同行"学习方式,形成师徒同行、一对一指导模式。他还邀请浙江省食药监局 G20 餐饮保障、食品流通专家组和浙江省疾控中心食物中毒处置专家组,现场指导那曲食品药品监管工作,倾囊相授实践工作经验,有效提高了那曲食品药品监管人员的管理理念和工作能力。如今,一批批从浙江"学成归来"的那曲干部人才,一位位在"浙江师傅"带领教导下学到了真本领的那曲食药监管业务骨干,已经成为雪域高原食品药品安全工作的行家里手。

在陈晓耕的努力下,那曲市食药监局与浙江省食药监局、丽水市市场监管局建立起了良好的沟通协作机制。那曲市食品药品检验楼在浙江省相关专家反复论证、修改图纸的基础上,融合内地先进理念,功能布局得到完善,并已经投入建设;那曲市食药监局与浙江省食药监局签订了《2018—2020 年浙江省食药监局帮扶那曲地区食药监局能力建设工作计划》,为那曲地区食药监管快速发展奠定了基础;160 万元援藏资金,有效改善了那曲市食药监局办公和生活环境,那曲市政协副主席索朗央巴和食品药品监督管理局局长索朗央金先后 2 次赴浙江学习考察,取得了丰硕的成果。一系列的举措,使那曲市食品药品监管工作驶上快车道。

徐正荣
爱拼敢赢的水务人

　　作为杭州市城投系统第一位援藏专业技术人员，进那曲的第一天，徐正荣就感受到了压力。

　　这份压力不是平均海拔 4500 米的低压带来的，而是那曲的水质现状带来的。

　　2016 年 7 月 24 日，徐正荣一到那曲，就克服低氧、低压所带来的身体不良反应和生活条件艰苦等诸多困难，深入一线展开工作。通过查阅供水管线及设备图纸，结合供水现场的实地察看，他梳理出那曲净水厂80 多项问题，10 余项需要建立健全的规章制度。

　　一年半的援藏之路,徐正荣感受到成语"任重道远"的确切含义。为破解当地历史遗留的供水难题,让百姓喝上梦寐以求的自来水,徐正荣花了 2 个多月时间,逐一提出整改的合理化建议和意见,倒排计划表,紧盯任务进度,提供专业技术支撑。

　　援藏,是与恶劣的高原环境对抗,与有限的时间争分夺秒的一场战斗。为尽快解决存在的问题,有时,徐正荣深更半夜都会赶往单位,解决用水难题。

　　援藏岁月里,胸闷、气短、头痛、失眠等问题一一袭扰着徐正荣,但他沉默不语,从不道苦言累。有时,单位同事和身边援友劝他注意身体,徐正荣总是这样说:"我援藏就是想把水务人爱拼敢赢的精神带到雪域高原,为那曲的供水事业发展做出贡献。"

　　就在徐正荣热火朝天、如火如荼开展工作的时候,上天给徐正荣出了一道更难的题。一次,援藏指挥部组织援藏干部人才体检,徐正荣被查出冠脉狭窄,医生建议立即进行冠脉造影治疗,但他放心不下刚刚通过验收交接的水厂,放心不下还在建设的工程项目,放心不下手头上的种种工作,一直等到各项工作都理顺、移交正常后才返回杭州治疗。

　　术后仅仅 1 个月,跑惯工地的徐正荣牵挂着他的援藏工作,再一次踏上雪域高原,投入工作当中。

　　援藏指挥部领导、那曲水厂的同事都劝徐正荣悠着点,注意休息。每一次徐正荣嘴上答应着,身体却不听使唤,一次又一次地扑在供水管网抢修现场,扑在智能水表试点安装现场,扑在水厂核心处理系统滤池性能检查现场,扑在用户家中。天寒地冻的那曲，从未阻挡住徐正荣援藏的脚步。

"'艰苦不怕吃苦，缺氧不缺精神'，不仅仅是写在那曲浙江公寓墙上的字，更是刻在我们援藏干部人才心中的使命担当。"徐正荣说。

在争分夺秒的援藏日子里，徐正荣从专业技术角度出发，积极与相关部门沟通协调，落实了水质日常分析及月检、年检单位，并参与制订了水质日检、月检、年检制度，规范了水质检测技术要求，发挥专业特长，完善了《那曲净水厂操作规程》《那曲净水厂应急预案》等制度，参与编修了《那曲净水厂操作规程》《那曲净水厂安全生产应急预案》《那曲地区市政公用设施建设及运行维护管理暂行办法》《那曲地区阶梯式水价方案》等各项规章制度，规范了那曲供水管理。

1年半的援藏时间，对于徐正荣来说，是短暂的。他深知，建立起交往、交流、交融的渠道是长期的。徐正荣的协调对接，促成了那曲市领导带领的市政市容管理委员会领导班子赴浙江考察之行，加强了杭州和那曲两地供水行业的交流沟通。

人一旦不畏艰难，就会拥有强大的精神力量，并会转化为源源不绝的工作动力。徐正荣就是典型的例子，那曲的自来水供应和发展就是明证。

给更多的人以光明

闵伟峰

闵伟峰,是浙江爱尔眼科医院的副主任医师,从事眼科临床工作近 20 年,医术精湛,擅长白内障超声乳化手术及玻璃体切割手术。作为一家民营医院的医生,闵伟峰心有大爱,积极响应组织号召,2018 年 3 月 4 日奔赴平均海拔 4500 米的雪域高原,让生命在"生命禁区的禁区"那曲绽放光彩。

闵伟峰对口支援的单位是那曲市人民医院,任眼科副主任,一到那曲就成了医院的"香饽饽",一直闲置的超声乳化手术仪器也有了用武之地。

援藏上班的第一天,闵伟峰就接诊了一

名患者。那是一名 80 多岁的老太太,曾经赴四川成都华西医院治疗眼疾,被诊断为右眼新生血管性青光眼,右眼失明。华西医院的医生本来建议摘除眼球,但考虑到患者年龄大,又有高血压和心肺功能不全等症状,最终放弃给她动手术。2 年多时间,右眼胀痛伴右侧头痛带来的痛苦,一直折磨着老太太,后来她听说市人民医院来了非常厉害的援藏医生,抱着试试看的态度,找到闵伟峰。望着病人痛苦的神情,闵伟峰决定冒一次险,为老人解除病痛。但医院没有专用的手术器械,眼科主任米玛让人把所有的眼科器材拿来让闵伟峰挑选,看看能不能找到替代的,没斜视钩但找到两把弯头的眼科摄,没视神经剪只能用普通眼科剪。这对闵伟峰来说是一次高难度的挑战,因此,他不敢有一丝一毫的疏忽大意,全神投入,顺利完成了手术。

在闵伟峰心里,病人永远是第一位的。2018 年 8 月中旬,我协调浙江省科技厅出资 100 万元,为那曲市索县白内障患者实施免费复明手术,虽然温州医科大学附属眼视光医院派出了眼科专家团队,但需要借助那曲市人民医院眼科的力量帮助前期筛查病人及共同完成手术。因为我事先没和闵伟峰沟通,手术期间,正逢他妻子来西藏探亲,闵伟峰二话不说,打发刚进藏不久的妻子回浙江,全身心地投入工作当中,最终和温州的专家团队共同为 50 名白内障患者实施了手术。

那曲市人民医院眼科共有医生 4 名、护士 5 名,但没有一人可以独立开展超声乳化手术。1 年半的医疗援藏期间,闵伟峰希望留下一支带不走的医疗团队和先进的医疗技术,于是他按照标准化、科学化的标准,每个月进行 2 至 3 次业务讲课,每周以常见病例对手术、仪器操作进行规范化和标准化培训,有效提升了眼科医生的操作水平。在手术室,闵伟峰放手不放眼,指导眼科主任米玛卓玛成功学会了白内障超声乳化手术,使当地白内障由复明手术向屈光手术转变。按照患者的就医需要和科室的发展,闵伟峰还积极协调,选送 1 名医生到浙江爱尔眼科医院学习视光方面的知识,希望在援藏结束前那曲市人民医院能顺利开展视光门诊,方便牧区青少年近视、斜弱视的治疗。工作中,闵伟峰是一个要求极高的人,对白内障手术患者不仅要求看得见,更要求病人眼里的世界更清晰,每次都要求眼科医生收集术后病人的验光参数与术前的参数对比,不断地提高白内障手术的精准度。闵伟峰的言传身教,真正起到了传、帮、带的作用。那曲市人民医院眼科医护人员的业务素质不断得到提升。

开展临床医疗新技术、新业务是医院形成技术专长和发展学科特色的重要基础,是推动医学科技进步、提高临床诊治水平的重要途径。2018 年 6 月,那曲市人民医院眼科结合患者需求和发展需要,引进了一台"法国光太 YAG 激光治疗"设备,该设备可治疗闭角型青光眼和青光眼发作前期的虹膜切开术,能控制眼压及降低青光眼的发作概率,同时可治疗白内障术后患者并发症引起的后发障。此项技术无须住院,在眼科门诊滴表麻药物后便可进行手术。设备到位后,闵伟峰及时组织医护人员学习应用。2018 年 7 月 20 日,闵伟峰为 65 岁患者卡孟开展右眼虹膜切除术,让大家开了眼界,初步掌握了技术,提高了藏北各族群众的就医需求。2018 年就诊患者大幅提升，比 2017 年门诊和手术量提升 50％，各项开展新技术 60 余例。

　　山之巅，万水之源。闵伟峰的到来，让那曲市人民医院眼科有了突破，并走向了更为辽阔的天地。

医生的一双「眼」

潘利福

　　一个坦诚、率直的人，总能给人带来热络和亲切的感觉。和潘利福相处，无论生活多么艰苦，无须话语言说，便可以轻易地被他感染，生活中便会弥漫着一丝欢乐的味道。

　　岁月里，持这样秉性前行的人，人生的旅程注定激情、豪迈，且富有意义。

　　那曲，平均海拔 4500 米以上，是中国海拔最高的城市。因其气候恶劣、高寒缺氧（年平均气温－2℃至－1℃），绝大部分地方绿色植物生长期只有 3 个月，鸡鸭无法存活。2018 年 3 月，潘利福来到这里，就很少请假去拉萨休整。在他看来，摆脱痛苦最好的方式,就是带着它继续生活。援藏时日,潘利福学会了与苦难共存,与孤独共守。他觉得,在那曲对口支援的日子,付出是一种快乐,所以,一到那曲,他不顾高原反应的侵袭,迅速转换角色,第二天便投入工作当中。

潘利福对口支援的是那曲市藏医院放射科,刚到单位工作时,放射科设备陈旧、人员短缺、制度空白等现状严重超出了他的思想准备。但潘利福没有畏难,没有抱怨,到岗后,针对科室存在的薄弱环节,迅速对放射科的各项规章制度和操作流程进行了完善,使各项影像检查变得有序且规范,得到同事们的认可。这让潘利福欣慰,并感受到了人生价值的存在。心态决定人生的态度。潘利福很感激援藏的岁月,他觉得,那曲给了他更多的可能,给了他丰富的经历,让他的生命得以为这片土地上的人们做出一丝贡献。

医疗事关群众生命安危,一直是人民群众最关心、最直接、最现实的问题。在这个问题上,潘利福从来不马虎。每次上班,他都会收起习惯性的笑容,以认真的状态投入工作。他的眼睛就像 X 光,放射科的医学影像片,经过他手,无一差错。一次,有个病人的片子,医院同事看了都说没问题,潘利福拿过一瞧,说这是一个肺结核患者,立马让医生通知病人住院治疗。后来,经过复查,果然确诊。在藏区,常见病多为传染性肺结核和肝包虫病,潘利福以过硬的专业技术,为当地藏族同胞解决各类疑难杂症发挥了重要的作用。

刚开始援藏时,很多援友见潘利福默默无闻地工作,问他每天在放射科都做些什么,潘利福总是笑笑回答说,做一名侦察兵。事实上,这的确是潘利福的工作,每个病人的影像信息,需要通过潘利福的眼睛给出准确的诊断，才能对症下药。特别是那曲缺乏先进的放射设备和有经验的放射医生，这在一定程度上，额外增加了潘利福的工作量。于是他决定实施帮扶计划，为全院医务人员进行影像知识方面的培训和专题讲座，促使医务人员利用影像知识，提高诊断疾病技能。每天上班，潘利福除了完成日常为患者阅片的工作外，更重要的工作就是教当地放射科医生了解 CT 相关书面知识和实际操作技能，另外还教授科室成员如何为患者检查图像、书写诊断报告，并通过疑难病例的会诊组织研讨，提升科室人员的业务技能，为雪域高原的医生增添了一双双明察秋毫的"眼睛"。现在放射科的业务收入有了大幅提升，月均收入达到 8 万元左右。

援藏不只是需要情怀，更多地需要行动，需要奉献。潘利福在援藏的每一个日子里都在想藏区群众的健康、科室的建设、医院的发展问题。他多次不畏高寒缺氧，参加乡村扶贫义诊、送医送药下乡和为困难患者募捐筹款等活动。援藏期间，潘利福结合在浙江的工作经历和当地实际情况，提出多条建设性的意见和建议，被医院领导采纳，为医院的声誉和发展创新带来了许多新的思路和理念，得到了全院同志一致好评。2018年 7 月，潘利福被医院授予"优秀共产党员"称号。

援藏岁月，在日子周而复始地轮回中渐次厚重。潘利福说："于我，这是一段难得的人生经历，更是宝贵的人生财富。"生命的意义，是敬畏和尊重，一个人只有在内心深处敬畏和尊重什么，生活中才会在意和珍惜什么。潘利福说，如果还有机会，他仍会选择援藏，选择在奉献中体验生命存在的意义。

安明和

给更多人带来静好岁月

安明和来自舟山市中医院,是一个外在沉默寡言、内心坚忍强大的人。

2018 年 3 月 4 日,安明和响应组织号召,打起行囊,赴有"世界屋脊的屋脊"之称的那曲,开始了 1 年半的对口支援任务。

那曲,生存环境恶劣,当地老百姓的评价是风吹石头跑,满山不长草,一步三喘气,四季穿棉袄。初入高原的安明和在缺氧状态下,头痛、胸闷、肠胃不适等高原反应接踵而至。时间久了,这类症状消失了,但睡不着觉、心慌发颤等问题始终相伴,无比煎熬。他从不言苦,表现如他的名字一样,安然、平和。

安明和说,他的援藏是一场没有后顾之忧的战斗。后方战场上的领导对他及家人都非常关心,他的母亲因摔伤导致左侧肋骨骨折、脾破裂住院治疗期间,丁贤君院长专门去医院看望,表示将尽力照顾好他的家庭,保障好政治、生活待遇,支持他安心援藏,圆满完成任务。

生活越是艰难,内心越要坚强。安明和说,如果没有援藏,他的人生和普通人没什么两样,既然来到这片土地,就要迎难而上,与海拔比高度,与草原比宽阔,与风雪比坚强,做一个不一样的自己。他希望用自己有限的能力为那曲的医疗事业做出微薄的贡献。

安明和对口支援的单位是那曲市妇幼保健院,该院建造年代较早,仪器设备简陋,仅能开展常规简单检验项目。到单位报到后,安明和很快地融入这个集体,以高涨的工作热情,投身到平凡琐碎的工作当中。安明和在医院的检验科工作,负责的工作以手工项目居多,在他眼里,质量是检验的生命,只有质量控制首先得到保证,才能为患者提供最及时、最准确的检测结果,给患者的诊断治疗带来最有效的帮助。为此,他工作一丝不苟,对科室工作流程进行了合理的调整,制订了严格的血型签名制度和报告单严格审核符合制度。同时,他利用自身业务专长,对科室同事质控知识和意识进行了细心的帮、带,教会质控项目设置和失控时处理等各种知识。

有梦想、有追求的人,哪怕工作再平凡,生活的每一天都充实且富有意义。在那曲的日子,安明和很少请假到拉萨休整,一直保持着较高的在藏率、在岗率，在平均海拔 4500 米的高原，活生生地把艰苦的日子活成了一副幸福的模样。

安明和是个细致的人。一次，一个 4 岁孩子的血液送检验科检测，经查，血色素只有 53 g/L，当时同事们都没在意，但安明和明显察觉到不平常，连忙叫其父母抱来孩子，见孩子的皮肤指甲颜色红润，立马知道检测结果有问题，由于当时末梢血采得不够多，于是采血复查，血色素数值为 135 g/L，这给藏族的同事们上了生动的一课。同时，这也给安明和自己上了一课，他觉得援藏期间，应该把自己的医疗经验撰写成册，给市妇幼保健院留下带不走的技术。于是，他利用业余时间，日复一日地撰写检验科标准化操作程序，目前已经完成 60000 余字。

巴青县拉西镇扎勒卡村忠扎一家，是安明和在那曲结对的亲戚，距离那曲城区只有 260 多千米，但因为山多、路况差，每次安明和驱车前往都要 6 个多小时，每次安明和除了送帮扶资金，还会给忠扎一家带去常用的生活设施和日常药品。安明和为自己能够帮助到更多的藏族同胞，为他们带来健康、带来幸福而感到骄傲和自豪！

安明和说，人一生的时光是有限的，援藏期间的奉献，如同一个时光机，既拉长了他生命的长度，也拉长了生命的宽度。他觉得，如果自己负重前行，能给更多的人带来岁月静好，这样的付出，是值得的！

第二辑 色尼河畔的援藏故事

色尼区，是那曲市的政治、经济、文化、交通、信息、通信中心。2016年7月至2019年7月，杭州市、嘉兴市先后共二名同志，全神、全情、全力地投身于1616平方千米的土地，用青春、用血汗、用才智，书写了一个个感人至深的援藏故事。

王仁

仁心仁爱

　　王仁，人如其名，是一个面慈目善、内心充满仁爱的人。

　　一个人的相貌和行为，是心灵的折射与呈现。在浙江省援藏指挥部党委副书记、副指挥长、那曲市色尼区委副书记王仁（副厅级）身上，始终能感受到一种清澈、温和、纯良的心性，以及不可言喻的美好。

　　援藏时日里，面对高寒缺氧的艰苦、生活条件的清苦、抛家别子的孤苦，作为杭州市援藏工作组的领队，王仁对组里的同志严慈并济，一手抓关爱，修缮公寓房间、水电设施、更新弥散式制氧设备、安装 Wi-Fi、改善伙食,并经常开展谈心交心活动,及时掌握和疏导组员思想疙瘩;一手严管,通过强化理想信念、政绩观等教育,以及严格援藏管理制度,有效增强了援藏干部人才工作的纪律意识和使命感、责任心,创出了领先的在藏率和在岗率,杭州市全体援藏干部连续 3 年考核优秀,各记三等功 1 次。

生活里,给人力量的,是一个人内在的温度释放和精神特质,那是由内至外的能量召集,它像牢固的胶水一样,会将每一个人紧紧黏合在一起,锻铸出"集体念力",催生大的力量。在王仁的领导下,援藏项目资金向基层倾斜,在扶贫和改善民生领域共投资 6 大类 15 个项目,累计投入资金 2.15 亿元;建成启用了色尼区第二中学(杭嘉中学)、色尼区小康示范新村,并配套建设古露小城镇和改造罗玛镇棚户区;建成那么切乡米如村等 4 个集医务室、会议室、活动室、小超市、茶馆等多功能于一体的村民活动场所;建成古露镇安全检查站;建成援藏干部人才活动中心项目;建成 7 所乡镇中心小学供暖设施。高品质、高质量的项目建设,既温暖了广大藏族同胞的心,也赢得了色尼区委、区政府领导的高度赞扬。

一个品行好的人,自带光芒,并会将人生的美好,照射到生活的方方面面、角角落落,会给更多的人带来光明。爱如血液,昼夜奔流在王仁的身体内,并化为行动,化为责任承担,承载着更多的生命意义。在王仁和色尼援藏团队周而不息的奔波里,建成的色尼区精惠建材有限公司,年产 30 万立方米商业混凝土和"精惠"系列水泥砖,带动 200 名藏族同胞脱贫;建成的那曲镇精诚实业开发有限公司,为色尼贫困户提供岗位培训、转移就业、法律咨询等一系列服务，2018年第一年运营，该公司就培训待业人员900余人次，安排108人实现就业（其中建档立卡贫困户61人），每人年增收3万元以上；建成的色尼区洛宝秋热山泉水项目，生产"洛宝秋热"牌优质瓶装水和桶装水，销售渠道拓展良好，安置用工26人，受益分红的贫困户为250人；建成的色尼区藏医药加工项目，扩大了区人民医院藏药制剂室规模，缓解了全区藏药需求得不到满足的问题；建成的色尼区圣熙食品公司，生产的"塔恰拉姆"牌糌粑粉和青稞面包系列产品深受那曲市场欢迎，解决就业人员9名，让120名贫困户受益分红；在国道沿线香茂乡建设的商贸服务中心，促进了乡村商贸流通；在色尼区南部新城启动建设"贫困群众就业孵化基地"，可望解决和带动更多的贫困家庭脱贫；利用计划外资金，帮助色尼区牧发公司购买德国进口设备，建成奶源质量检测实验室，让广大消费者喝上了放心奶；在省援藏指挥部支持下，建设百亩连栋温室，着力建设精准扶贫示范基地，可带动当地800名贫困人口脱贫……王仁说："我始终相信生活的底色是暖的。我和我的援藏团队，能够将杭州市委、市政府以及近950万杭州人的温暖，传递到更多藏族同胞的心坎上，我们感到荣幸和自豪。"

爱如旗帜，能感召更多的能量叠加，为更多的人开启希望之门。援藏日子里，王仁充分利用杭商优势和杭州市场发展色尼区经济，请进杭州小巷三寻公司对香茂乡手工编织社进行民族工艺挖掘和提升，并筹资20余万元帮助修建产品展示厅和员工培训，以期手工艺振兴带动乡村振兴；联系引进杭州锦江集团子公司西藏杭锦公司投资 709 万元,成功竞得色尼区地热田探矿权,现正实质性调研那曲镇垃圾焚烧供暖和地热供暖可行性方案;联系引进杭州轻松互联公司,签约注册金 5000 万元,开展垃圾分类收集利用和垃圾袋生产工作;协调杭州伊芙丽与区脱贫攻坚指挥部教育组签订帮扶合同,为色尼区贫困大学生提供付酬实习和就业岗位;通过援藏干部优势,对接杭州唯新食品、杭州联华华商集团等公司,深度参与那曲畜牧业深加工和销售,签订总金额 2.64 亿元的畜产品购销协议;组织色尼区商家参加杭州西博会市民休闲节,展销那曲虫草、肉干、藏香、民族手工艺品等多种产品,打响了那曲特色农牧产品的品牌。

曾经看过这样一则故事:暴风雨后,海滩的浅水洼里,困着上千条被暴风雨卷上岸来的小鱼,一旦水被太阳蒸干,这些小鱼都会干死。一个小男孩不停地捡起水洼里的小鱼,用力将它们扔回大海。一个男人见状,忍不住说:"孩子,这水洼里有几千条小鱼,你救不过来的。"小男孩头也不抬地回答说:"我知道。"男人说:"那你为什么还在扔? 谁在乎呢?"男孩一边继续扔一边回答:"这条小鱼在乎。这条在乎,那条也在乎! 还有这一条,这一条,这一条……"

在环境恶劣、条件艰苦的那曲,王仁就如这个男孩,翻山越岭地下基层、进企业、访牧民,不知疲倦地为牧区办实事、解民忧、促发展,切实增强了藏族同胞的获得感和幸福感。在"云上那曲"微信公众号里,在色尼区干部群众口中,王仁的名字时有出现,他带领团队打响的 3 个援藏品牌,广为流传:一是卫生援藏品牌。他给色尼区人民医院手术室添置了器械设备,建设了远程教育会诊平台,购置了医疗用车,捐赠了 7 台价值超 180 万元的 B 超机;援建了村(校)卫生室,为所有乡镇卫生院配置了疫苗冰箱专用光伏电源;多次组织医生下乡开展义诊,共接诊 3600 多人次,赠送药品 20 万多元,对特殊病患重点解决;重点抓好包虫病综合防治,精心组织援藏 B 超医生和华大基因的专家开展全人群筛查和治疗工作,组织购买藏式洗手池 1200 余台配发各学校、重点区域牧户,组织开展了信息系统等各类培训,抓好包虫病中间宿主(犬只)环节的管理。一系列行之有效的举措,促使色尼区成为国家级"包虫病综合防治示范区"。二是教育援藏品牌。王仁落实教育帮扶"九个一"活动,该项目捐建了 31 个爱心图书室,"让每一所学校都有一个图书室";筹措了 120 万元,给最缺水的 4 所学校挖深井,解决了 4000 多名师生及附近村民的饮用水问题,"让每一位师生都能喝上干净的水";投入 250 万元给所有乡镇附属幼儿园添置了教学玩具,"让每一位幼儿园的孩子都拥有一件喜欢的玩具";筹措 175 万元给 1000 多名中小学贫困学生进行学习补助,"让每一位贫困孩子都能得到资助";在 3 年内让全区 800 多名教师都轮训一遍或多次,"让每一名教师都得到培训";投入 1610 万元实施 7 所乡镇学校供暖工程,"让每一所乡镇中心小学都得到供暖";计划外筹资 300 万元,为每所中小学建起"互联网十"空中课堂,使色尼区学校更便捷地享有优质教学资源,"让每一所中小学都有空中课堂";制定《色尼区教育系统党建工作标准》和党建考核细则,设计《共产党员学习笔记》,引导落实

"三会一课",建设"党建文化长廊"和"党员活动室"样板,捐赠党建经费激励各校园加强支部建设,"让每一所学校的党支部都成为坚强的战斗堡垒";从 2018 年秋季一年级新生起,全面推广国家统编教材,并加强相应的教师培训,"让每一所小学逐步采用国家统编教材"。通过上述努力,近 3 年,色尼区小学考入内地班人数、中考重高上线率明显进步(2018 年比 2017 年增加一倍)。2018 年色尼区顺利通过国家义务教育均衡发展区验收。三是暖心品牌。援藏期间,王仁结对帮扶当地建档立卡贫困户 6 户,帮助解决了子女入托、大病医疗等问题,并推荐安排就业;设立"杭州关爱"资金 165 万元,为付不出首笔医药费的特困户看病垫付资金,资助 260 名非建档立卡贫困户子女上大学;资助色尼区总工会 35 万元,慰问困难职工,举办困难职工劳动技能培训班,提升就业能力;资助色尼区人社局 35 万元,用于贫困户转移就业培训;筹资 80 余万元为色尼区有关部门和乡镇改善了落后的办公条件。王仁的善良宽厚,是发自内心的本真,是对真正需要帮助人群的善待。一个拥有悲悯心灵的人,能实现真正意义上的高贵。王仁说:"在那曲对口援藏的 3 年,非常辛苦,但很有价值,这个价值就是,我可以尽己所能地帮助到藏族同胞。"

　　生命的交集,是灵魂的一种相依。援藏期间,王仁与色尼区的干部群众结下了深厚的情谊,也展现了援藏的意义所在。他充分发挥好援藏干部桥梁纽带作用,协调多批次的党政代表团、公益团体、爱心企业家到那曲考察,筹得计划外援藏资金和物资 1270 万元,建立了教育、卫生对口帮扶和企村结对帮扶制度。3 年时间,王仁先后对接杭州 6 家国企与色尼区 67 个贫困村和 4 个居委会组成企村结对关系,从资金支持、爱心捐助、牧户帮扶、吸纳就业等方面开展帮扶;牵头制订《色尼区党员干部人才能力素质提升培训方案》,并担任区干部人才培训工作领导小组组长,每年安排 200 万元援藏资金作为培训经费,精心组织落实各个培训班次,共设计 51 个班次,培训色尼各类干部人才 2385 人。其中,有 240 余名骨干教师和医生、100 余名党政干部赴杭州培训。那曲市委书记松吉扎西、市纪委书记庄存伟分别对色尼区村党支部书记培训、纪检监察干部培训工作批示肯定。王仁还开展"文化走亲"活动,2 次组织色尼区艺术团赴杭州文艺演出;加强精神文化援藏,资助区委统战加强寺庙管委会的党建工作,资助区委宣传部加强宣传思想工作,建设乡村荣誉室 12 个;请进 30 余位杭州的专家到那曲开展卫生和教育引领工作。一系列的举措,有效减弱了宗教的消极影响,增进了藏族干部群众对伟大祖国、中华民族、中华文化、中国共产党、中国特色社会主义的认同感。

崇高的精神、高尚的人格、宽广的胸怀,是这个世界恒久的力量。当这个社会上的大多数人拿着计算器衡量事物价值,将信念、理想换算为财富或权位的时候,王仁在雪域高原的付出和物质创造,给自己,也给他人的人生赋予了不一样的意义。厚德载物,做人达到这样的境界,已然得道。

红船旁的援藏人

刘德威

在浙江省第八批援藏干部人才刘德威身上，总能感受到一种真诚朴质、醇厚谦逊的气息。他毕业于北京大学，从浙江省委办公厅转任地方，又作为嘉兴援藏领队被派出，担任那曲市色尼区委常委、常务副区长。大跨度变化的工作经历和生活环境，赋予了他不一样的内涵与站位。

刘德威的援藏工作，用嘉兴市委书记张兵的话说，"规定动作到位、自选动作出彩"。他带着嘉兴援藏团队一班人，参与实施浙江省援藏规划确定的计划内援藏项目 21 个，完成省级统筹援藏资金 4.38 亿元的投入，筹措到计划外援藏资金1088万元、设备物资价值约1800万元，自主开展了30多项有针对性的小微援藏项目，深受那曲当地干部群众好评，打响了嘉兴援藏的品牌。

援藏工作要做到人身上。这是刘德威进藏不久，就萌生的想法，并贯穿了3年的援藏思路。2016年8月，到那曲还不到一个月，刘德威跑完了12个乡镇，他有一个意外的发现，那曲牧区的成年牧民，基本上不会说普通话，援藏干部下村，还要乡镇干部做翻译。"中华人民共和国成立这么多年了，国家通用语言居然在这里还没普及。语言不通，谈何民族交融？这种情况不能在藏区的下一代身上再现了。"刘德威跟同事们感慨道。但他很快了解到，藏族的孩子虽然从一年级开始学汉语，一到三年级都要依赖注音阅读。但各学校除了汉语课本，几乎没有一本汉语课外读物，教汉语科目的也几乎都是藏族教师。藏区的孩子学习汉语，缺乏语言环境怎么学得好、用得好呢？

刘德威心里一直琢磨这事，他决心做点什么来改变这个情况。当年的10月28日，他在微信朋友圈发出了"为那曲孩子众筹一个图书室"的倡议，一石激起了千层浪。刘德威呼吁朋友们不要买新书，就把家里孩子们读过不再用的书，通过邮局寄到那曲来，七八成新就很好，带注音的更欢迎，援藏工作组给予报销运费。"家长们为自己孩子选购的书，都是精挑细选的，内容质量和多样性就有了保证。热心家长和孩子们整理邮寄图书，已经费心出力，不要再让他们有运费的负担。图书很沉，超长途的快递太贵了，所以建议他们用邮局平寄，节省了工作经费。"刘德威考虑得既别致又周详。这个活动信息经朋友们层层转发,引起了广泛反响,短短半年,就从上海、嘉兴、杭州等地筹集到少儿课外读物 5 万多册,价值约 100 万元。为那曲孩子众筹图书的活动还带来连环效应,在朋友的牵线下,刘德威找到了位于浙江绍兴的章如庚慈善基金会,章如庚理事长在听了他的情况介绍后,第一次把目光投向了陌生的雪域高原,当即表态,向色尼区捐赠价值 500 万元(目前已经到位约 280 万元)的图书和书架,用 3 年到 5 年时间,分批到位。如今,色尼区 16 所学校都建立了爱心图书室,从根本上解决了中小学生课外阅读难的问题。

2017 年 3 月,那曲还是冰天雪地,刘德威在他联系的罗玛镇督导,连续跑了十几个村。他在村部与干部群众交流时,发现每个村都有一些近年来返乡的待业高校毕业生,他们除了每年参加 2 次公务员录用考试,其余时间都在家赋闲。刘德威回来做了进一步了解,色尼区竟有 1000 多名待业大学生,这让他很是吃惊。在他的印象中,那曲人才匮乏,特别是企业很难招到人,一方面外地人才招不进、留不住,另一方面前些年当地大学生都进了体制内,社会上各行各业人才的短缺,极大制约了社会进步和产业发展。不想随着自治区就业政策的调整,这 2 年有这么多的当地大学生面临着市场化就业,但他们对企业普遍不了解,"吃皇粮"的观念意识一下子也没转过来,于是就形成了企业招不到人与当地人才大量闲置的结构性矛盾。

刘德威为这些人力资源的浪费感到心疼,他想到中央号召"大众创业、万众创新",藏族青年同样可以投身经济建设,到各行各业成才发展。他构思了一套帮助那曲青年市场化就业、自主创业的"红船"系列组合拳。

第一个举措是 2017 年 9 月实施的"红船领航产业人才计划"，先后选送了 13 名藏族待业大学生前往嘉兴市海盐县有关企业进行为期 1 年的实训，包括市场营销、人才资源管理、生产管理、财务等岗位。刘德威认为，这些肯出去闯的有志青年，到了浙江既开阔了眼界，又能在企业里学到技能，熟悉企业运作，一两年以后回来，就是藏区抢手的人才，会较快成为企业管理骨干。这个想法得到了浙江团省委、青联的支持，在海盐县先搞了起来，海盐团县委和青年企业家协会热心接待和照顾这些藏族青年，为他们提供了良好的食宿条件，给每个年轻人指定了带业师傅，还尽量让他们轮岗学艺。刘德威一有回嘉兴出差的机会，就去看望这些孩子，与他们谈心，给他们买书，帮他们规划职业发展。一年以后，这批藏族青年先后回到那曲和拉萨，都很快在各个企业里找到了满意工作，有了发挥才干的用武之地。

能送出去的孩子毕竟是少数，刘德威想到了在当地帮助大学生就业创业的一些招。2017 年 12 月，他牵头举办了大学生就业创业专题报告会，第一次由当地创业成功的年轻企业家来做报告，200 多名待业大学生和家长接受了辅导；投入 10 万元经费，首次在色尼区举办了为期 7 天的全封闭的大学生就业创业能力专题培训班。而真正让他花心思用力气的，则是开风气之先，打造了藏北首家"双创"平台——西藏那曲红船领航众创空间。

刘德威看到，那曲当地的企业数量还比较少，创业的资源和机会其实很多,关键是如何引导藏族青年走好自主创业的道路,以成功创业带动更多就业。他与那曲地区重创空间电子商务有限公司负责人李含勇想到了一块,两人一拍即合,决心在那曲带头搞一个众创空间,为有志于创业的当地年轻人服务。从 2017 年 10 月开始着手准备,刘德威协调那曲镇政府,得到了无偿提供的 200 平方米场地,另外提供 15 万元经费用于场地改造和设备添置,委托李含勇负责众创空间的日常运行,约定在得到上级评定和经费支持之前,由嘉兴提供每年不超过 35 万元的运营经费支持。众创空间作为新生事物,试运行半年多来,取得了可喜成效:共安排创业培训 7 次、创业沙龙 20 次,参与人员 962 人次;签约入驻企业 11 家,孵化了"酸奶吧""藏北特产""藏式象棋""虫草电商"等 4 个创业项目;介绍就业 63 人;开发新产品 12 件,在线上线下展销平台汇集了那曲各县区特色产品 120 余件,8 个月累计销售总额约 2380 万元。刘德威还运用个人社会关系,推动红船领航众创空间与北京大学拉萨创业营、浙江大学求是强鹰俱乐部等有影响力的"双创"平台建立结对伙伴关系。

到了 2018 年夏天,红船领航众创空间 200 平方米的场地已经捉襟见肘,无法满足入驻企业和孵化项目的办公需求,也不能为创业者提供产品加工、展销和仓储等条件。刘德威在取得色尼区委、区政府的支持后,着手另行选址,开始打造众创空间 2.0 版。经过 2 个多月的场地选址、方案设计和改造装修,空间面积扩大到了 1880 平方米,能提供小型办公位 16 个、独立办公室 12 个,容纳 50 家左右创业团队和入驻企业,另外配置了大型培训室、小型会议室、阳光咖啡厅、电商超市、羌塘博览中心、智能共享仓储等功能,叠加了政策指导、咨询策划、项目顾问、人才培训与资金募集等服务。新空间的建设,刘德威共筹措投入了援藏资金 100 万元,带动色尼区政府投入近 300 万元,2018 年 10 月 28 日,由嘉兴市委书记张兵亲临现场宣布,新红船领航众创空间正式启用。刘德威为新空间制定了"三基地一平台"的建设目标,即青年创业孵化基地、招商引资辅导基地、公益组织培育基地和青年人才发展平台。2018 年 9 月中旬时,西藏自治区主席齐扎拉召开全区"双创"暨大学生就业创业工作会议,要求各县区都要建立"双创"服务中心,色尼区已经远远走在了全自治区的前列,目前红船领航众创空间已经顺利通过自治区级众创空间的评定,必将更加行稳而致远。

嘉兴,是中国革命"红船"的起航地。让"红船精神"闪耀在雪域高原,是刘德威串起 3 年援藏工作的一条红线。2016 年 12 月,在推动海盐县通元镇雪水港村与色尼区罗玛镇普拉村党支部结对共建后,刘德威与海盐县通元镇党委书记张梁商量,以"不忘初心、携手同行"为主题,合力在普拉村村部设计建设"高原红船先锋站",宣传党的"一大"历史,展示"红船精神",介绍嘉兴基层党建经验做法。2017 年 7 月 1 日,有着全套汉藏双语内容展板的先锋站投入使用。2017 年 10 月,党的十九大召开后,刘德威以"把初心与使命铭刻在雪域高原"为题,为罗玛镇 14 个村 100 多名村两委班子成员,做了从"红船精神"角度解读十九大报告的宣讲。2018 年上半年,浙江红船干部学院运行伊始,刘德威积极对接,促成了当年就为色尼区开办

1 期培训班,30 多名色尼区县乡两级党政干部到红船学院接受培训。刘德威在援藏公寓建立"高原红船讲习所",作为嘉兴援藏工作组的集体学习平台。2018 年 12 月,经过充分酝酿,刘德威代表嘉兴援藏工作组,与中共色尼区委、北师大南湖附校教育基金会共同成立"红船教育基金",起步资金 50 万元,用以助力色尼区党的教育事业,特别是设立"红船奖学金",专项用于奖励色尼区各学校党建和德育先进个人,以及德智体全面发展的学生,奖励的方式则是资助他们到嘉兴来瞻仰"红船",参观南湖革命纪念馆,接受更为生动的革命精神教育。红船教育基金的成立,打破了以往援藏批次各做各的成例,成为可以在不同援藏批次间交接,永续发挥作用的重要抓手,这也是刘德威策划促成的浙江省首个社会组织运作的援藏资金平台。各种以"红船"命名的项目和载体,都体现了一种嘉兴精神、嘉兴力量与嘉兴作为,有效展示了嘉兴援藏团队的独特站位与形象。

人生的行走,所有足迹,都会累计叠加在生命里,成为人生的经验,构建出生命的厚度。一个人,走的路有多远,格局就会有多大。

八千里路云和月,刘德威从沿海来到羌塘,带着平原对高原的情谊,接纳了差异,融入了藏区,3 年后带回的已是沉甸甸的感情与牵挂,作为从红船边走来的民族团结的使者,他可谓不辱使命了。

扑下身子做事

王世美

  2016 年 7 月 20 日，王世美受组织指派，离开舒适的江南水乡，离开日夜相伴的亲人，远赴西藏那曲市色尼区教体局执行对口支援任务时，年过八旬卧病在床的双亲并不知道。援藏岁月，王世美负责的那曲市色尼区教育援藏工作成效凸显，年迈的父母仍然不知道王世美有着怎样的援藏经历。

  那曲市色尼区所有学校的教职员工和孩子们熟知王世美的付出。进藏第一个月，王世美跑遍全区所有学校开展调研，到最远的学校的距离有 170 余千米，且路况极差，来回要 1 天时间。后来的日子，在各个学校的角角落落,学校的教职员工和孩子们总能见到王世美奔波的身影。看着王世美的头发一天天变白,胃病一天天加重,身体一天天羸弱,他们深受感动,满心不舍。但王世美有收获,色尼区教育援藏工作落实了"九个一"工程,受惠的师生笑如美丽的格桑花,王世美感受到了自身的价值实现。

每一名教师都得到了培训。援藏期间,王世美利用技术专长组班 7 次,培训 600 余位教师和校级干部,请来内地 12 位名师到那曲开班授课,培训 400 余位一线教师,送 160 余位骨干教师和管理干部到杭州、广州等地培训学习,有效地提升了牧区的教学质量。

每一所学校都有了图书室。在色尼区委常务副书记王仁、常务副区长刘德威和援友余峰、朱黎雄等人的共同努力下,每所学校都拥有了"爱心图书室"。杭州江干区教育局发动区内学校为那曲孩子捐了近 5 万册图书。章如庚慈善基金会支持 500 万元图书及装备,价值近 290 万元的图书和书架已经到位。目前,全区 16 所中小学校和部分幼儿园均拥有了爱心图书室,平均收获图书 15 册以上。

所有师生都喝上了干净水。通过色尼区委常务副书记王仁共同筹措资金,目前油恰、劳麦、尼玛 3 个乡镇中心小学和香茂乡幼儿园拥有了深水井,部分学校拥有了净水设备和饮水机,4000 多名师生及附近村民的饮用水问题得到了解决。

每一个幼儿都拥有了称心的玩具。杭州崇文实验学校等杭州众多学校和有关爱心企业捐赠 40 余万元爱心款和 50 多箱玩具,为 9 所乡镇幼儿园添置了玩具。当地财政局和教体局出资,给每一所乡镇幼儿园购置了一台大型户外玩具,点亮孩子美好童年。

每一名贫困学生都得到了资助。王世美发动杭州市江干区教育局成功结对700余名贫困学生,发动爱心企业给9所乡镇学校的学生送去了5200多套崭新羽绒服。由色尼区委常务副书记王仁发起设立的"杭州关爱·教育帮扶资金",每年注资75万元,解决了非建档立卡边际困难户子女部分大学费用。

每一所乡镇学校都供上了暖。通过援藏项目,王世美为尚未供暖的7所乡镇学校实施供暖工程,2018年冬季,师生们彻底告别冰冻和严寒。

每一所学校都有了空中课堂。王世美发动北京云校捐赠价值570万元的教育智慧云平台资源,发动阔地教育科技公司援助价值250万元的资源平台和终端设备。在色尼区委常务副书记王仁的支持下,王世美筹资120余万元,给每所中小学援建了"天路·空中课堂"教室。现在,那曲的师生可以和杭州的师生共上课、同教研、齐成长,享受优质的教育教学资源。

每一所学校党支部都成为立德树人的战斗堡垒。王世美制订《那曲市色尼区教育系统党建工作标准》和《那曲市色尼区教育系统党建规范化建设考核细则》等规定,规范色尼区教育系统党建工作。王世美将学校的楼梯、走廊的"空白墙"打造成"党建文化长廊",作为典型引路的那曲镇小党建文化长廊,已被推荐为那曲市首批干部教育现场教学点,在西藏卫视等媒体宣传。

每一所学校都逐步推行统编教材。色尼区学校推行统编教材,藏区学生得到了更好的汉语教育和无障碍共享内地教育资源。王世美组织的小学起始年级统编教材通识培训,取得预期效果。

在此基础上,在色尼区委常务副书记王仁的细心关怀下,王世美募集300余万元为杭嘉中学配置教学触摸一体机,捐建了阶梯教室、学生机房、空中课堂教室和校史馆,为将学校打造成藏北名校打下物质基础。

王世美援藏的日子里,色尼区教育系统接受计划外援藏资金和项目达2300多万元,培训教师800多人次,学生受助4000多名。全区学生考入内地班,在中考中均取得优异成绩,特别是中考重高上线人数翻了一番。刚办学1年的杭嘉中学教学成绩已初见成效,平均分和优秀率均超过同类学校。当地党委政府和百姓高度肯定了教育援藏成绩,西藏卫视、中国西藏网、中国西藏新闻网、《援藏》杂志、网信那曲等媒体给予了多次宣传肯定,教育援藏工作也得到了人民网、今日头条、中国教育新闻网、《浙江日报》、浙江卫视、浙江在线、《杭州日报》、《都市快报》等媒体的关注和报道。

谈及成绩,王世美说,这主要是色尼区委常务副书记王仁和色尼区教体局党组正确领导和关心支持的结果,是江干区教育局党组和相关援友、爱心企业、爱心人士鼎力支持的结果。

一份份爱,如同阳光雨露,在爱的呵护下,孩子们如同美丽的格桑花,竞相吐艳,绰约多姿。

爱的奉献

余峰

苦难，可以让一个人变得更加强大。3年援藏生活，余峰的经历就是最好的诠释。

余峰，原是杭州市萧山区第三人民医院党委书记，2016年7月，他积极响应组织号召，到那曲市色尼区卫计委担任副主任。援藏期间，母亲住院手术，因为他负责的包虫病综合防治示范区正在创建的关键时期，未能回家探望陪伴。他自己3次住进医院，2次开刀，依旧无怨无悔，克服困难，艰苦奋斗，全身心地投入援藏工作，以实际行动唱响了援藏干部《爱的奉献》之歌。

（一）

苦难于每一名援藏干部都是公平的,对待苦难的态度决定着人生的厚度。初到那曲,坚韧不拔是余峰面对高原反应折磨时的态度。

为了尽快熟悉工作,余峰迅速深入全区 12 个乡镇卫生院、区人民医院、区疾控中心等部门考察调研,了解到色尼区医疗卫生技术力量薄弱,缺医少药现象十分突出,医院的设备和药品也很缺乏。根据色尼区医疗卫生的现状及藏族同胞的需求,结合卫生援藏的实际,余峰很快制订了"易操作、可实现、能持续"的 3 年医疗卫生援藏规划。

自此,余峰迈出了坚实又豪迈的援藏旅程。

（二）

医疗援藏,人才为先。

为提升卫计人员的能力素质,余峰协助并加强色尼区人民医院的管理,制订了《色尼区人民医院奖惩制度》《色尼区人民医院绩效考核办法》《色尼区人民医院病历书写规范》等一系列的制度及诊疗规范,对科室设置做了进一步细化,在环境卫生、工作态度、文明用语等方面进行整治;并发挥援藏医生的业务专长,组织援藏医生言传身教,通过传、帮、带,让色尼区的医务人员对常见病、多发病的诊治水平都有了大幅度的提升。

为加大色尼区卫计人员培训力度,2017 年 4 月,余峰组织色尼区 10 名医学行政管理人员,赴杭州市萧山区学习培训,系统学习萧山区县级医院和乡镇社区卫生服务中心在医院行政管理、中医药特色治疗、预防接种、医院礼仪服务、药品采购管理等方面的经验。

同时,余峰还联系杭州市肿瘤医院、海宁市中医院、桐乡市第一人民医院接纳色尼区 6 名临床医学技术人员开展为期 40 天的临床实训,三家医院分别指派高年资专家一对一传、帮、带。

2018 年 4 月,余峰再次组织 8 名临床医生赴杭州萧山各医院培训进修,并组织内地的医疗专家多批次赴那曲进行相应的业务培训。根据当地医生基本知识、基本技能、基本操作水平较差的特点,逐步纠正治疗、操作中的错误和不足,强化无菌观念。向医院临床医生讲授常见疾病的诊治进展。参加培训的医学行政管理人员和临床医学技术人员都感到受益匪浅,既开阔了眼界,又提升了业务能力。

援藏期间余锋安排内地专家赴那曲培训 16 次共计 76 人,培训超过 1000 人次。

(三)

基士爵士说:"如果人们的信念跟我的一样,认尘世是唯一的天堂,那么他们必将更竭尽全力把这个世界造成天堂。"援藏期间,余峰一直孜孜不倦,竭尽所能地为色尼区的群众创造良好的医疗环境,打造这片人间天堂。

色尼区人民医院在 2014 年建造完成一间 10 万级层流手术室,但因为人员技术力量不足、设备仪器不够完善等诸多原因，一直未能投入使用，余峰通过筹集援藏资金 20 万元，采购了高频电刀、消毒柜、呼吸机、止血带、心电监护仪、手术器械等设备，使手术室能正常开展手术，并成功进行了色尼区人民医院的首例外科手术。在此基础上，通过浙江省援藏干部、色尼区委副书记王仁协调，争取到 500 万元资金，用于提升改造色尼区医疗卫生服务机构设施设备。

色尼区儿童疫苗接种点均设在当地卫生院，各乡镇的供电情况均不稳定，经常性停电，难以保证疫苗冷链完整，易造成疫苗接种无效甚至出现不良反应。余峰通过各方面力量，筹集资金 15 万元，为色尼区的所有乡镇卫生院配备了疫苗冰箱的专用光伏太阳能，解决了疫苗弱效及无效的难题。余峰是个责任心极强的人，针对这一情况的存在，他向自治区卫计委反映了该事件，2018 年，自治区为全西藏 74 个县所有乡镇均配备疫苗冰箱专用光伏太阳能。

包虫病是人感染棘球绦虫的幼虫（棘球蚴）所致的慢性寄生虫病。包虫病已经成为制约色尼区经济社会发展和严重危害人民群众生命安全的重大公共卫生问题，是农牧民群众"因病致贫、因病返贫"的主要因素之一。对包虫病综合防治，余峰作为分管领导，高度重视，充分发挥组团式医疗援藏优势，通过援藏指挥部联系浙江组建 60 名援藏 B 超专家团队赴色尼区开展包虫病全人群普查工作。为了藏族同胞享受更优质的医疗服务，在杭州、嘉兴援藏领队的支持下，他协调杭州市卫计委、嘉兴市卫计委为色尼区卫计委捐赠 9 台 B 超机价值 260 万元。目前共完成筛查 92602 人，完成手术救治 239 例，免费药物救治 437 例，得到国家及自治区卫计委包虫病督导组的高度肯定，色尼区被定为国家级包虫病综合防治示范区，为西藏自治区的包虫病综合防治工作提供可复制、可推广的经验和做法。

余峰积极协助联系中国社会福利基金会，向基金会介绍那曲卫生系统困难与问题，探讨设备捐赠的方向与内容，最终通过努力为色尼区卫生系统争取到价值 1100 万元的医疗设备及医疗用车。

藏医药学是西藏自治区优秀的民族文化资源，有着悠久的发展历史、鲜明的民族特色、独特的诊疗方法，是我国最为完整、最具影响的民族医药学之一。对于藏药原材料缺乏、深加工设备能力不足，不能满足色尼区农牧民的需求的现状，余峰经过多次实地调研考察，发现藏医药种植及深加工经济效益、社会效益发展潜力巨大，于是积极协调并利用浙江省援藏资金投入 1000 万元作为产业扶贫项目用于藏医药种植及研发，这既能造福那曲的牧民，也能解决一部分贫困人口问题。

余峰还为色尼区人民医院设立专业图书馆，为色尼区建设 2 个村卫生室，为色尼区卫计委购置价值 40 万元的医疗用车，投入 20 万元为色尼区人民医院建立首个远程医疗教育会诊中心；联系并协调杭州市肿瘤医院、萧山区人民医院、海宁市中医院、海盐县人民医院、瑞安市人民医院等多家医院与色尼区人民医院、藏医院签订对口帮扶协议，对资金、设备、人才培养、远程教育、信息化管理等进行全方位帮扶。

（四）

一个人最幸福的时候，是做自己想做的事情，并有所收获。

在那曲，因为环境恶劣、交通不便、医疗条件落后，很多藏族同胞有病也无法及时治疗。为此，余峰多次组织援藏医生下乡走村入户开展义诊工作，义诊累计行程大于 2 万千米，走遍了色尼区 12 个乡镇 40 多个村庄，义诊约 3000 人次，免费发放价值 10 万余元药品；组织筛查儿童先天性疾病 3000 余人次，其中发现确诊先天性疾病儿童 80 例，并通过共青团杭州市萧山区委、杭州市萧山区青年商会，开展了"捂老爱幼"公益活动，定向捐款 15 万余元，用于西藏色尼区青少年疾病医疗援助。2018 年 12 月 15 日，第一批 14 名患儿从那曲出发，到杭州萧山接受手术治疗。

在一次义诊时，余峰和援友发现劳麦乡贫困户曲增一家 6 个小孩中有 4 个小孩有此病情，家人非常绝望，大的 2 个小孩已错失最佳的治疗时期，但 2 个幼小的小孩还是有希望治愈的。在杭嘉援藏小组领队王仁书记的支持下，余峰通过多方联系，于 2016 年 12 月和 2017 年 8 月在浙江大学附属儿童医院进行了 2 次成功的手术，为羌塘草原减少了 2 名残疾人，也使曲增一家深切感受到祖国大家庭的温暖，增进了汉藏友谊。《中国青年报》、《浙江日报》、《青年时报》、《都市快报》、杭州一套等媒体相继报道了此事。

还有一次在乡镇送医上门时，余峰发现 2 名 10 岁的藏族小男孩患重症鱼鳞病，遭受周围人的歧视，严重影响了孩子的身心健康。余峰通过细致的诊治后单独为其从杭州邮购药物，考虑到他们看不懂汉字，特地请同事将药品说明书翻译成藏文，并来回奔波几百里路送药上门，目前患儿已经基本摆脱疾病的困扰，脸上重现天真的笑容。

这样的事例在余峰身上不胜枚举，他一直以"援藏一任、造福一方"为宗旨，任劳任怨、兢兢业业，将全部的爱奉献给他热爱的卫生计生事业。

这样的幸福，是一种全新的感受

朱黎雄

"在恶劣的自然环境里，我所做的事情虽然艰辛，但带给他人的却是幸福的生活。3年援藏，所有的付出都值得，这样一种我认为值得的援藏成果，对我而言，就是最大的幸福。"朱黎雄说。

（一）

2017年11月15日下午，浙江省"十三五"援藏规划中最大的单体项目——色尼区杭嘉中学举行落成暨开班典礼。时任那曲市委委员、色尼区委书记曹永寿，色尼区委常务副书记王仁等领导出席典礼并为学校揭牌。在鞭炮声鸣、彩旗招展、掌声如潮中,浙江省援藏干部、那曲市色尼区住建局副局长朱黎雄内心澎湃,百感交集。

杭嘉中学是浙江省近年来单体投资最大的援藏项目,总投资超过 8000 万元,是浙江人民送给那曲人民的一份厚礼。按照新时期的援藏模式,工程建设项目一般采用"交支票"的模式,但为了切实推进这个重点项目,色尼区委、区政府任命朱黎雄担任项目的副总指挥,全面负责项目建设管理工作。

那曲,受特殊的高原地理气候条件影响,有效施工期只有 5 个月,这个工程占地面积 118 亩,规划总建筑面积为 45983.4 平方米,学校设计 45 个教学班,那曲市教育局和色尼区政府提出,要在 2017 年秋季开学。该工程于 2016 年 9 月 14 日开工,合同工期 365 天,虽然施工工期跨度一年,但从这个时期动工,当年有效施工期仅有 21 天,第二年 5 月 10 日方可施工,实际施工的天数也仅有 125 天,这对于朱黎雄来说,无疑压力巨大。为确保学生按时报到,朱黎雄和当地干部及施工、监理、设计单位的同志们一起,克服了冻土开挖难、下雪下雨天多、运输道路不通畅、政策处理推进慢等诸多不利因素,提前 4 月进场,迎寒风、冒冰雪、淋冻雨、战冰雹,每天奋战在白雪皑皑的施工场地上。那段日子,朱黎雄带着大家白加黑、五加二,夜以继日,连续奋战,一天假期都没有休息过,通过项目指挥部和参建单位的艰苦努力,用了不到 5 个月的有效施工时间,完成了超过 2 万平方米的建设任务,开创了那曲市工程建设新速度和签订质量终身责任承诺书的先河,实现了 2017 年 9 月份开学使用的目标,受到了那曲市各级领导和人民群众的由衷点赞,浙江省委书记车俊、嘉兴市委书记张兵等各级领导先后视察了那曲杭嘉中学，并对学校的软硬件设施给予了较高的评价。

（二）

作为浙江省第八批援藏干部人才的一员，朱黎雄始终牢记组织重托，不忘援藏初心，不断用奉献边疆、建设羌塘的实际行动，诠释"红船精神"和"老西藏精神"。援藏之初，他先后走遍了色尼区 12 个乡镇和大部分乡村。通过实地踏勘和摸底调查，掌握了全区牧民房屋居住情况的第一手资料，着手撰写了《色尼区小康新村建设意向表》《色尼区小康新村建设情况调研报告》，得到了援藏领队和色尼区政府主要领导的高度认可，为色尼区启动"十三五"居民集中居住点建设，制定 2017—2019 年三年行动计划打下了基础。

为保护生态环境，由朱黎雄提议的那曲镇达嘎多村 21 户居民整体搬迁方案，得到色尼区委认可，作为新一轮援藏小康新村示范工程，朱黎雄充分考虑地形、空间布局、小区美观、藏区牧民生活习惯和现代生活方式与理念，改变过去批次小康新村造价成本过低、房屋品质不高的状况，主动提高造价预算，首次采用墙体加厚增固、加装保温材料层、安装双层玻璃等举措，提高了房屋品质，改善了居住体验，使该项目成为现代那曲城市生活的标杆项目，成为浙江援藏的一个暖心品牌工程。

承担幸福新村工程的时光，也是朱黎雄援藏生活的幸福时光。项目方案得到了那曲市和色尼区主要领导的高度肯定和认可。该工程为援藏项目，总投资 3557 万元。2018 年 7 月，浙江省住建厅厅长项永丹莅临工地宣布幸福新村开工。工程推进的过程，也是朱黎雄接近幸福的过程，待 516 平方米的村文化室、46 套住房、1763 平方米的商业配套一次性交付使用的那一天，朱黎雄相信自己将置身于一片幸福的海洋当中。

人生所有的幸福，都有来源，都有人在生命里播种，当朱黎雄牵头负责建成了援藏公寓暖棚，罗玛镇 28 村、劳卖乡中心小学拥有了爱心水井时，村民和师生的脸上都荡漾出幸福的笑容。

（三）

朱黎雄是幸福的，他有一个强大的后方，这是他完成援藏任务的力量源泉。

长期以来，那曲市色尼区没有一家工程质量检测机构，更没有检测仪器设备，工程质量监管全靠外界支持。朱黎雄上任后，高度重视这一情况，通过派出单位协调，向浙江省住建厅申请到 55 万元的工程质量检测设备购置经费。经过 1 年多的筹备，检测中心拥有了工程力学检测试验室、水泥室、混凝土成型室、骨料室等专业试验室，并配备回弹仪、钢筋保护层厚度测定仪等实体检测仪器，3 台力学设备为国内顶尖的 MTS 品牌，已基本满足了常规的土建、交通、水利等土木结构工程的检测需求。现所有设备已通过自治区质量技术监督局计量监督所标定，并获得了 CMA 计量认证资格，正式对社会开放。这是色尼区唯一一家具备工程质量检测甲级检测资质的机构，促使色尼区工程质量管理水平上到一个新的台阶。

在援藏工作中,朱黎雄与嘉兴市委组织部,市对口帮扶暨对口支援办公室,市委、市政府接待办等单位始终保持密切沟通,积极落实省对口支援办关于做好"企村结对"的部署,动员嘉兴市县两级国有和民营企业,与色尼区 67 个贫困村(占全区贫困村总数的 50%)建立了结对关系,为贫困村脱贫摘帽提供必要的资金和物资支持。

干部人才双向交流,是提升色尼区干部职工业务素质,开阔工作思路的有效举措。援藏期间,朱黎雄和嘉兴援藏小组的同志们先后组织了 60 名党政干部赴嘉兴学习考察,30 名干部赴嘉兴挂职锻炼和跟班学习;安排了 6 名卫生技术人才赴嘉兴卫生系统学习交流;安排科局级年轻业务骨干到嘉兴有关单位进行为期 2 个月的挂职锻炼.安排拉萨那曲高级中学 16 名师生到嘉兴学习,并与嘉兴市第三中学开展了友好结对。推动上海外国语学校秀洲附属学校与杭嘉中学签订了结对共建协议。同时,还安排嘉兴优秀干部人才来那曲开展短期技术支持,3位医生到那曲开展医疗培训,收到良好的反响,获得了广泛的好评。

所有的奔波忙碌,都是为了抵达远方,在 3 年援藏历练中,朱黎雄获得了全新的幸福体验。

张方林

在广袤的土地上播撒爱

　　浙江省第八批援藏干部人才中，张方林是我最先认识的援友。2016 年 7 月 19 日，进藏前夜，全体援藏干部人才入住杭州市之江饭店，我和张方林有缘，在同一个标间，自此，我记住了这位憨厚的援藏兄弟。

　　援藏后，我与张方林虽同在城区，但住所不在一处，各自忙碌，竟再也没见过。只是从其他援友口中，从媒体上，一直知悉他的消息。

　　张方林援藏的色尼区人民医院，2014年建造完成一间 10 万级层流手术室，但因为人员技术力量不足、设备仪器不够完善等诸多原因，一直未能投入使用。上任后，张方林利用援藏资金采购或募捐了价值 20 余万元的电刀、消毒柜、呼吸机、手术器械等设备，并对相关手术人员进行技术培训，用了 3 个月的时间，开启了色尼区人民医院外科手术的新篇章。

他做的第一台手术是在手机手电筒组成的无影灯下完成的。一天，一名漂亮的藏族女孩前来就诊，缘由是半年前打耳洞时出现意外，异物残留耳垂内，耳洞周边组织出现异常增生形成肿块，肿块近期增大较快，患者至多家医院就诊，希望能够切除肿块和异物，但因为肿块已达下耳垂 1/2 大小，故都未敢予以切除。患者看着日益增大的肿块，十分担忧。后来，听说色尼区人民医院有浙江过来的援藏医疗专家，患者抱着最后的希望前来就诊。张方林和援友充分评估患者的病情、医院设备、技术力量等条件，认为在现行条件下可以完成手术，故安排赘生物切除手术。

这是一个令藏族女孩，也是令张方林难忘的日子。2016 年 11 月 3 日下午 4 点，手术刚刚开始，手术室却突然停电了。当时是零下 20 摄氏度的冬天，医院又没有备用电源，张方林和援友赶紧启动应急措施，用 4 只手机打光，从 4 个不同方向照向手术区。凭借手机电筒光和精湛的医术，张方林快速准确地切除了赘生物，整个手术切口小、出血少，并使用美容缝合方式将手术创伤缩到最小，顺利完成手术。这也是色尼区人民医院的第一例手术。那天，援友们将张方林的事迹发进援藏工作微信群，援友们纷纷点赞。

让大家最为熟知、广为传颂的是张方林和援友们救治一对藏族姐妹的故事。2016 年 8 月,浙江省第八批杭嘉援藏工作组对色尼区 12 个乡镇开展全面义诊,劳麦乡曲增一家人的情况引起了他们的关注。曲增有 6 个孩子,其中 4 个女孩走路蹒跚不稳。经张方林诊断,3 个孩子是先天性髋关节脱位,1 个是髋关节外翻。因为家庭贫寒,没钱医治,年龄较大的 2 个女孩已经错过了最佳的治疗时期。3 岁的德吉白措需要手术才能治愈,5 岁的扎西拉姆需要矫正。同年 11 月,张方林和援友们带着曲增和她的 3 个孩子,坐了 46 个小时的火车,从那曲来到杭州,经过先后 2 次约 3 个月的免费治疗,手术获得成功。往后的日子,张方林在浙江省援藏指挥部副指挥长、色尼区委常务副书记王仁带领下,一有时间,就往乡下跑,每次都是迎着"启明星"出发,伴着夜色而归。1 年半时间,张方林累计义诊行程大于 1 万千米,走遍了色尼区所有的 12 个乡镇 40 多个村庄,免费发放药品 3 万余元,为 1800 人次藏族同胞解除了病痛。筛查儿童先天性疾病 3000 余人次,其中确诊先天性疾病儿童 80 例,为后续治疗奠定了基础。浙江省援藏指挥部副指挥长、色尼区委常务副书记王仁说:"我们下乡义诊发现不少藏族同胞患病因为医疗条件落后无法及时得到治疗。援藏期间,我们希望通过义诊帮助更多的患者,争取更多的资源帮助他们治疗,并将治病作为精准扶贫的一个切入口,切实帮助藏族同胞脱贫。"

习近平总书记追忆自己任福建省委副书记援藏期间的所见所闻时说:"西藏那曲生态恶劣,种不活一棵树。"在这样一种恶劣的环境下,作为一名共产党员、一名医务工作者,张方林愈发感受到了肩上的使命与责任,他希望帮助到更多的人。医院医务人员的业务能力较欠缺,提高他们的业务水平是迫在眉睫的事情。在张方林的努力下,医院建起了专业图书室,筹建了远程医疗会诊中心。每周,张方林都会安排时间,组织医务人员开展现场教学,并协调2批次卫生人才赴杭州培训,取得了良好的效果。

下乡义诊时,张方林发现乡镇卫生院由于经常停电,在这样的状态下疫苗储存质量堪忧。为此,他和援友协调援藏资金,为色尼区12个乡镇卫生院安装了光伏太阳能冰箱储存疫苗,让藏区孩子用上了安全放心的疫苗。

防治包虫病是那曲市医疗防治工作的重中之重。入藏后,张方林走遍所有乡镇,开展包虫病人群普查调研工作,并协调杭州市卫计委出资63万元购买便携式彩色B超机,派出8名优秀超声专家赴那曲,一个不落地为藏族同胞开展了包虫病筛查工作。

500多个日日夜夜,张方林以"低调、务实、精细、高效"的援藏作风,实实在在为病人解除疾病的痛苦,赢得患者、同事的赞扬。

不被岁月湮灭的印迹

余涌杰

人生是一场旅行，在旅程中跋涉，每个人都有自己的故事。余涌杰说，援藏的这一程，是他人生中最精彩的一段。

余涌杰支援的单位是那曲市色尼区人民医院。初到那曲的日子，在平均海拔4500米的雪域高原每天坚持工作，头痛、恶心、腹胀等高原反应，让余涌杰懂得真正的担当，虽然充满理想的光芒，但承受的过程残酷、苦痛，刻骨铭心。后来即便是适应了，无论是忙碌还是闲暇，身体与高原反应的对抗与厮杀，也从未停止过。这让余涌杰感受到自然力量的强大，感受到奉献的悲壮，也

165

感受到生命力的坚韧。

在承受高原反应折磨的日子里,余涌杰深刻地知道了人的生命与所处的环境与生活,紧密相连,无法剥离,需要经历反复对抗、逐渐接纳、慢慢融合的过程。坚强地挺住,伤痛终会过去,自己终会在时间中找到真实的自己和生命真正重要的东西。

在雪域高原,有一种严重的人畜共患的疾病,具有高致死性,患者若不及时治疗,10 年病死率可达 94%。一般人染病后,肝、肺、脑及骨骼等几乎所有脏器和组织都会受损,直至丧失劳动能力,这种病叫作包虫病,又称"大肚子病",在西藏被视为"第一癌症"。余涌杰在战胜高原反应后,随即迎接的就是对包虫病的防治工作。在他工作的色尼区,有近千名患者深受包虫病之害。色尼区委、区政府提出创建西藏自治区包虫病综合防治示范区的要求,让在一线工作的余涌杰感受到了一种沉甸甸的压力和肩负的责任。为高标准完成任务,余涌杰数次下乡开展包虫病督导检查工作,数小时的车程,每次都要经历崎岖而险峻的山路,有时路上会遇到滚下的石头,有时会遇到漫天狂沙,在这样的路上前行,让余涌杰更加感受到使命的艰巨与神圣。半年多时间,余涌杰跑遍色尼区所有乡镇,每到一地,都耐心地为包虫病患者诊治病情,解答如何用药、服药,术后并发症如何治疗等医学问题。他先后 2 次参与组织近千名包虫病阳性患者术后、服药后的 B 超、血标本复查等工作,给已发现的包虫病患者 100%的免费救治。通过与当地工作人员的共同努力,色尼区的包虫病防治工作通过国家卫计委考核,成为全自治区唯一一个包虫病综合防治国家级示范区。通过考核那一天，余涌杰露出了幸福的笑容。这笑容，只有付出的人才能懂得其中的分量。

在人生的旅程中，扮演好自己的角色，做好自己该做的事，再糟糕的生活也会变得美好。以敬畏、谦卑的姿态在人生路上行走，余涌杰收获到了一份无愧于心的生活的馈赠。日常坐诊中，每当病人满意地离开，余涌杰的内心同样会充溢着无限的幸福。心中有爱，岁月含香。这世间，内心有大爱的人会让生活生出暖意，温了他人，也暖了自己。

选择援藏，是余涌杰内心理性的选择。他希望在雪域高原燃烧生命激情，为藏族同胞奉献人生年华。援藏期间，他先后7次下乡，为偏远乡村的农牧民群众送医送药，共接诊藏族农牧民群众及僧尼800余人次，为贫困儿童体检40人次。在色尼区人民医院设施不到位，无法正常运转的情况下，仍为当地干部群众诊疗400余人次。每一次下乡，每一次坐诊，余涌杰都会给病人留下电话号码，方便患者再次联系就诊。因此，他还挽救了一名藏族同胞的生命。2018年7月中旬的一个傍晚，一名藏族患者在家突发胸口不适，于是卧床休息，没想到半小时内症状持续加重。患者本着对援藏医生的信任，试着给余涌杰打了个电话。通过简单沟通，余涌杰意识到患者病情的严重性，遂急忙第一时间赶到患者家中，给患者口服了治疗心肌梗死的药物。随后，余涌杰再三坚持，并亲自陪同患者赴医院就诊。刚到医院，患者便出现大面积心梗。及时抢救，措施得当，为患者赢得了宝贵的抢救时间，挽回了一名藏族同胞的生命。在高原环境下,抢救大面积心梗患者的生命,是近年来那曲市为数不多的成功案例。因工作出色,余涌杰得到了当地领导、同仁、藏区牧民群众的肯定,经组织研究决定,他被任命为色尼区人民医院副院长。

1年半的医疗援藏工作,在人的一生当中,时间并不算长。但那些与生命交错的人或事,铭刻在余涌杰内心深处,是生命当中最厚重、最深沉、最不会被岁月湮灭的印迹。

不会忘记

戈康杰

对于戈康杰来说,在西藏那曲 1 年半的援藏经历,是一生中最难忘的回忆。

戈康杰不会忘记,自己在平均海拔 4500 米的那曲,每天用血肉之躯对抗雪域高原低氧、低压、高寒、高辐射的艰难日子。他说:"刚开始的日子,每天胸闷气短、呼吸困难、失眠、食欲不振。为了能更快地适应高原缺氧的状态,尽快奔赴驻点开展工作,我毅然放弃吸氧,通过大量喝水来调节机体。"

对援藏干部来说,这只是考验的一部分。援藏期间,在低氧状态下运作的身体器官犹如一部违规操作的机器,险象环生。在这里,因为气压较低,身体的各个器官常年处于膨胀的状态。且因为缺氧的缘故,援藏的同志不敢大步走路、洗头洗澡,一年到头在出不了汗的环境下,人体调节体温、散热的机能形同虚设,新陈代谢受到严重影响。时间一长,直接影响人的身体健康。

"生活赋予我的责任,并非是享乐,而是用我的意志战胜恶劣的高原环境,用我的专业技能,为藏区的群众解除病痛。"这是戈康杰对援藏工作持有的坚定的态度。在痛苦的高原环境里,戈康杰"以我接纳高原,高原也接纳我"的姿态,以坚强的意志对抗身体不适,到那曲报到的第二天便投入工作当中。

戈康杰不会忘记接诊的第一名病人。那是他刚到医院报到的第二天,自己尚处于痛苦的高原反应当中。那天,16岁的藏族小伙子平措,因为持续性剧烈腹痛,在乡医院治疗数天不见好转的情况下,得知色尼区人民医院来了浙江的援藏医生,在父亲的护理下,翻过重重大山,一路呕吐、面色苍白地找了过来。这是戈康杰接诊的第一名藏族病人,在高原反应下接诊,且医院的医疗条件落后,如果误诊,对自己、对医院,都会产生很大的影响,这压力可想而知。望着平措家人期盼的目光,和医院同事们关注的眼神,戈康杰迎难而上,凭借从医20年的经验,对病人进行仔细问诊。得知平措3岁时开过刀,发现他的大便呈血水样脓球状,戈康杰初步判断平措患的是绞窄性肠梗阻,这种病如果持续出血,会引起肠道发炎直到糜烂,严重时将危及生命,于是他果断让平措住院,并对症下药。此后的几天,戈康杰每天对平措进行仔细的腹部检查,观察粪便变化,直到腹痛减轻,粪便逐渐正常,脸色红润,身体恢复正常。平措出院那天,他憨厚的父亲一直握着戈康杰的手不放,一个劲地说:"突及其、突及其(谢谢你,谢谢你)!"看到他们崇敬且感激的目光,戈康杰顿时升腾起一种自豪感、成就感和幸福感。

让戈康杰更难忘的是和浙江嘉兴医疗队的援员们一起下乡巡诊的日子。1年半时间里,他挨家挨户送医上门,用双脚走遍了色尼区的每一个乡镇。这也是令戈康杰痛心疾首的一段经历,那曲地域辽阔,常年生活在大山里的藏区群众缺医少药,且信息闭塞,同胞们没有治病的意识。巡诊的日子里,望着群众淳朴而又清澈的目光,戈康杰深感肩上的任务重,但这也成为激发他忘我工作的动力。让戈康杰记忆犹新的是下乡义诊途中遇见的一个姑娘,十七八岁,患上了肺结核,因为长久没有医治,人瘦成皮包骨头。戈康杰给这个小姑娘做了相关的诊疗后,告诉她可以到那曲的疾控中心领到国家免费的抗结核药物。后来,这个小姑娘得到了正规的抗结核治疗,命运从此改变。

援藏日子里,戈康杰不会忘记和医院同事们一起学习医学理论,一起讨论病例的日子。戈康杰觉得,援藏不单是帮助病人解除病患,更重要的是把技术毫无保留地传授给当地医生,为更多的同胞服务。所以,一有空,戈康杰就会给院内的医护人员培训业务,通过开展专题讲座,传授救治知识。遇到经典和疑难病例,戈康杰会及时组织医护人员讨论,在实践中提高大家的知识水平和操作技能。在此基础上,戈康杰还联系并带领2名医护人员去桐乡市第一人民医院进行为期1个月的进修,为提升色尼区人民医院专业人员素质贡献力量。

戈康杰更不会忘记强大的后方对他的关爱和对他工作的鼎力支持。2017年6月,桐乡市政府和桐乡市第一人民医院领导亲临色尼区慰问看望戈康杰,同时向色尼区卫计委捐赠现金20万元,助力那曲卫生事业的发展。在戈康杰的协调下,社会爱心人士也积极为藏区的群众捐赠价值25万元的衣物。

在戈康杰的家里,除了"优秀医务工作者""优秀援藏医务工作者"等一堆荣誉外,还有一堆服剩下的安眠药、降压药、头痛药、控制心率及改善肠道功能等药物,那是他在援藏期间每天必吃的药品。1年半的援藏岁月,让戈康杰整整瘦了10斤,血色素、血压现在依旧持续未降……现在戈康杰说话,谈到那曲,还会习惯性地说"我们那曲"4个字,虽然回到家乡,但他的心还久久流连在那片付出心血的土地上。

李华丰

帅！

对李华丰的印象，就是一个字：帅！

长相帅是不容置疑的一件事情。更为帅气的，是李华丰的援藏事迹。

作为一名 80 后的帅小伙，李华丰在海宁市中医院从事肿瘤外科工作，已经有 10 多个年头；年微创手术量 100 余台，擅长各类普外科及肿瘤外科常规及微创手术；率先在中医院开展腹腔镜经腹腔腹膜前疝修补术（TAPP）和腹腔镜完全腹膜外疝修补术（TEP）；年收治住院病人近千人次，曾多次获得"海宁市卫生系统医务新秀"称号。因为医术过硬，经过个人报名、组织推荐和考察等程序,2016 年 7 月,李华丰被正式确定为浙江省第八批援藏干部人才。自此,书写了他一生中辉煌且难忘的一段履历。

李华丰抵达那曲后,一个严峻的问题摆在面前。援助的医院没有通水,经常断电,医疗条件十分薄弱。当地医生的基本知识、基本技能、基本操作水平较差,医院抢救能力弱,危重症病人只能送往市里或拉萨的医院治疗。而自己则时常头痛、胸闷、走路乏力,胸口永远像压着块大石头。在这样的状态下,李华丰笃定应对,靠自己坚强的意志对抗高原反应带来的不适,靠筹资 20 万元为医院配齐手术室相关设备,靠过硬的医术传授和帮、带当地临床医生,在艰苦的条件下,完成了一个又一个的"不可能"。

李华丰这辈子都不会忘记他援藏时做的第一台手术。2016 年 11 月,一名因耳垂异物导致组织增生的藏族姑娘到色尼区人民医院就诊,虽然这是一台常规的局麻手术,但在此之前,色尼区人民医院手术室常年无人使用,消毒条件落后。对此,李华丰没有打退堂鼓,他和援友找出了手术衣、缝合针线、手术包等必需设备,并用消毒锅反复蒸煮消毒包。手术中,竟然出现断电的意外,但李华丰不慌不忙,和张分林在 4 台手机的灯光的照射下,一边吸氧一边完成了色尼区人民医院近年来的第一台手术。

不忘初心,方得始终。对于李华丰来说,无论何时何地,他的初心是:仁心仁术、尚德尚医。他觉得,无论西藏的海拔多高,路途多险,救死扶伤是他义不容辞的责任。援藏时日里,李华丰每个月都要下乡为藏族同胞免费义诊一次,那曲地域辽阔,每次义诊都要走很长很长的路,翻很多很多的山,历很多很多的险,吃很多很多的苦。李华丰怎么也忘不了,那段渴了喝矿泉水,饿了吃路餐,困了在车上打盹的义诊日子。他更忘不了,每次义诊时,从四面八方赶来的黑压压的牧民,那一双双期盼和感激的眼神。这让他想起孔繁森最爱说的那句名言,"一个人爱的最高境界是爱别人,一个共产党员爱的最高境界是爱人民",更让他感受到了一名医者为藏族同胞解除病痛后的无上荣光。1 年半时间,李华丰走遍了色尼区所有的 12 个乡镇 40 多个村庄 200 余户人家,为 1800 人次藏族同胞提供了免费义诊,筛查儿童先天性疾病 3000 余人次,免费发放价值 3 万余元的药品,征兵体检 180 余人次,与 4 户贫困户建立了结对扶贫关系,协助 1 名先天性髋关节脱位的藏族女孩前往浙江省儿童保健院进行诊治,协调中脉基金会分别为色尼区罗玛镇中心小学和香茂乡中心小学捐建了标准医务室。他筹资 15 万元,为色尼区所有的乡镇卫生院装上疫苗冰箱的专用光伏太阳能,解决了疫苗弱效及无效的难题。

医者仁心,爱满他乡。李华丰觉得,一个人援藏的力量终究是有限的,为了帮助到更多的藏族同胞,他积极协调,安排当地的医务人员到海宁市中医院进行为期 40 天的临床实训,并牵线海宁市卫计局和色尼区卫计委签署了"海宁—那曲卫生对口帮扶协议",建立了"海宁—那曲远程医疗会诊平台",先期尝试心电图的远程会诊+微信群平台的病例会诊。也就是说,患者在色尼区人民医院做了心电图后,可以通过远程会诊中心,让海宁的专家参与会诊。这不但可以解决色尼区人民医院缺乏专业心电图诊断医师的困境,并能极大提高诊断的准确率,为藏区牧民提供安全、优质的医疗服务。在此基础上,海宁市卫计局还为色尼区卫生系统接入一个医疗信息的平台,随时可以利用海宁市卫生系统的优质医疗资源,解决临床诊疗过程中产生的各种疑难杂症。

2018年初,援藏结束的李华丰帅气地站在由浙江省委宣传部、团省委、省教育厅指导,《浙江日报》报业集团主办,浙江在线新闻网站、《钱江晚报》共同承办的"最美浙江人——2017青春领袖"活动颁奖典礼的舞台上,将善良、勇敢、乐观、坚韧不拔的青春风采,通过屏幕展示给了千家万户。

沈文华

奉献的日子最快乐

援藏是能够激发人的崇高感情的，更能拓宽人生视域，增长生命厚度。在雪域高原，在与艰难的生存环境交织、缠绕的日子里，沈文华重新认识了这个世界，也重新建构了自我。

沈文华，是浙江省海盐县中医院的医生，对口支援那曲市色尼区藏医院。初到那曲，由于海拔较高，强烈的高原反应让沈文华每天都处在心慌、头晕、气促的状态当中。即便后来适应了高原环境，作为一名医生，沈文华也知道，恶劣的高原环境无时无刻不在摧残着身体的健康，死亡的威胁无时无处不在。但沈文华没有退缩，一到色尼区便投入包虫病防治的战斗当中。

心理学中有一个著名的"费斯汀格法则"：生活中的 10％ 由发生在你身上的事情组成，而另外 90％ 则由你对所发生的事情如何反应决定。沈文华觉得，生活中有 10％ 的事情，他无法掌控，而另外的 90％ 则由自己的命运支配。对于那些无法把控的环境和事情，只有迎面相对，才是解决问题和强大自己的根本途径。

援藏是一种奉献，要在奉献中有所作为，需要足够的勇气。忍受着高原反应的侵袭，沈文华每天坚持日常诊疗，用自己的医术服务藏区群众。在这样的日子里，解除患者的病痛折磨，是沈文华最开心的事情。

包虫病在藏区肆意横行，已经成为制约色尼区经济社会发展和严重危害人民群众生命安全的重大公共卫生问题，是农牧民群众"因病致贫、因病返贫"的主要因素之一。从执行支援任务开始，沈文华对包虫病防治工作的开展一刻也没有放松过，他高度参与了包虫病的治疗和创建自治区级、国家级包虫病防治示范县工作，每一次手术治疗、每一份文件处理、每一场宣传工作、每一回督导检查，都有沈文华的身影。当色尼区包虫病防治得到国家及自治区卫计委包虫病督导组高度肯定，将色尼区定为自治区唯一的创建包虫病综合防治示范区的那一天，沈文华感受到了一种付出后得到回报的幸福和前所未有的职业自豪感。

援藏是大爱。沈文华希望将这份爱洒遍色尼区的每一寸土地。他多次深入乡村,给藏族群众送医送药、送去健康、送去福音,每到一地义诊,都受到了藏族群众的热烈欢迎。沈文华说,有些地方,你不沉下去,不扎进去,就永远不知道有多苦、有多难。藏区地广人稀,交通不便,很多藏族群众生病了根本没法医治,在这样的地方做贡献,不仅他们有获得感,自己也会有满满的获得感。

"只是援藏的时间有限,要人走技术留。"沈文华说。为增强援藏"造血"功能,沈文华协调浙江省海盐县中医院与那曲市色尼区藏医院签署战略合作与对口支援框架协议,在诊疗业务、管理体系、人才培养等方面达成合作协议。在此基础上,首次组织色尼区藏医院的医师到嘉兴市中医院、海盐县中医院学习中医的诊疗技术、中药的煎法及炮制方法,全面调研学习现代中医院的管理体系和方法。同时,他促成2名嘉兴援藏医疗人才担任色尼区藏医院副院长,帮助制订藏医院发展规划,完善藏医院组织机构,建立完善各项规章制度,提高藏医院管理水平;协调2名援藏医疗人才到色尼区藏医院开展专家门诊,手把手地指导色尼区人民医院及色尼区藏医院住院部的日常管理及医疗工作,落实医疗核心制度,规范医疗行为,定期开展医疗培训,提高当地医务人员业务水平。

沈文华不善言辞表达,但他实实在在的付出就是对援藏最好的表达。他用责任担当、医者仁心诠释了不断流逝的岁月里最打动人心的最为朴实的援藏故事。

让人生的每一段路都有意义

王海明

每一段路，都是人生全新的体验。1 年半的医疗援藏，不仅让王海明的心灵得到净化和升华，更让他对那曲这片土地有了深厚的情感。

平均海拔 4500 米的那曲，空气含氧量不足平原地区的一半，被科学家称为"人类无法生存的生命禁区"。作为一名经常和慢性缺氧性疾病打交道的呼吸科医生，王海明清楚地知道，这样的低压、低氧环境，会对人的各个脏器造成不同程度的损害，甚至造成不可逆转的损伤。但王海明仍然义无反顾地选择了援藏，选择了奉献。初到高原的日子，王海明果然出现了胸闷、气短、食欲减退、呕吐、失眠等一系列高原反应。那阵子，身体一向很好的他经常感冒发热，但王海明从不言痛，他认为环境可以潜移默化地改变人，亦可以不声不响地造就人。

"热爱"是一种很神奇的东西，它会让人寻找到属于自己的方向。望着苍茫的大地，王海明对自己说，这里是他的战场，他要用1年半的时间，为这里的人们驱逐疾病，送去健康。

包虫病，一种流行于牧区的常见传染病，是制约色尼区经济社会发展和严重危害人民群众生命安全的重大公共卫生问题，是农牧民群众"因病致贫、因病返贫"的主要因素之一。作为援藏医疗小组的一员，王海明深度参与了包虫病的治疗和创建自治区级、国家级包虫病防治示范区工作。手术审批、文件处理、信息简报、防治工作宣传和督导……从进入那曲工作起，王海明忙得不亦乐乎。为了最大限度地普及包虫病防治知识，他运营维护了"那曲包虫病综合防治"微信公众号，通过藏汉两种语言文字和直观易懂的图片、风趣幽默的视频，生动形象地将包虫病知识推送到千家万户，为广大牧民群众所熟知。

援藏时日里，王海明在色尼区卫计委副主任、援藏干部余峰的带领下，多次下乡，为牧民群众送医送药。牧区医疗条件相对落后，在寒冷艰苦的环境里，看着淳朴善良的藏族同胞因为缺乏辅助检查、药品短缺，很多疾病无法得到明确、详细的诊断，王海明深感责任重大，在他的参与下，嘉兴援藏小组发动社会力量，争取到中国社会福利基金会单次价值1000万元的医疗设备资助，这是近年来浙江援藏接收到的最大一笔物资捐赠。在后续对接捐赠工作中,王海明还利用中国社会福利基金会的平台,为罗玛镇卫生院制作上线公益项目"温暖那曲、温暖雪域",发起募捐解决了罗玛镇卫生院用电短缺的问题,为罗玛镇中心小学制作上线公益项目"雪域清泉润童心",发起募捐解决了罗玛镇中心小学用水困难的问题。

授人以鱼不如授人以渔,王海明在日复一日为当地群众诊治疾病的同时,结合当地实际和最新医学进展,为医院购买了医学类工具书、教科书,以提升医务人员医学知识。在此基础上,王海明精心制作多媒体教学课件,每周开展专题医疗培训,系统地为大家讲解诊疗知识。在藏医院开设专家门诊的日子,也是王海明开展教学的日子,在住院部查房的时候,也是他传授理论知识,并通过实际病例提高当地医生实际操作能力的时候。在王海明身传言教的帮带下,藏医院医务人员疾病观察能力、诊断思维能力、临床操作能力、危重病抢救能力得到大幅提升。

作为那曲市色尼区藏医院副院长,王海明十分注重引入内地的理念、制度,提高色尼区医院的管理水平。在他的努力下,藏医院发展规划、组织机构、医疗核心制度等各项规章制度得以规范和完善,药品、检验、院感等诸多环节方面和医疗护理等得以正规有序运行。他还为临床一线引入人文关怀理念,患者住院能够享受到温馨、舒适的就医环境,出院能够得到及时有效的康复指导。他还带领藏医院的管理者及一线医务人员到嘉兴中医院学习现代中医院的管理体系、诊疗业务,为藏医院的长远发展提供中坚力量。

"我总觉得,生命本身应该有一种意义,我们绝不是白白来一场的。"王海明借用席慕蓉的句子,对自己的援藏经历做了概括和总结。他说,援藏成就了自己不一样的人生,也成就了他所付诸努力的这片土地的美好。他终于明白了什么是"一次援藏行,一生援藏情",他愿做一个永远的援藏人!

第三辑　娜秀比如的援藏记忆

在比如县，一片总面积二八〇〇平方千米的土地上，宁波市、绍兴市先后共13名同志，在各自的工作岗位上，将奉献精神化为具体实践，将每一个平凡的日子化为不平凡的业绩，给各自的生命，也给比如县的干部群众，留下了不可磨灭的援藏印记。

在执行党的民族政策中历练成长

盛 悠

　　盛悠执行对口援藏工作的地方在那曲市比如县,任比如县委常务副书记,也是浙江省第八批援藏指挥部副指挥长。对口支援工作对盛悠来说,并不陌生。2008 年 8 月,盛悠曾经千里驰援四川省 3 个极重地震灾区之一的广元市青川县,开展了为期 2 年多的地震灾后重建工作,他负责的 7 个项目中有 3 个获得了四川省"天府杯"的荣誉。这次 3 年的援藏时光如同曾经那段艰苦而又光荣的岁月一样,又是盛悠践行初心、磨砺人生的精彩舞台。

　　3 年援藏,是一段"不负重托、砥砺前

行"的时光。盛悠和宁波、绍兴两地 10 名援藏干部人才一起，肩负组织赋予的重任，认真履职、真情付出，各项工作均推进有序，做到了"建必有所成、成必有所获"。在比如县的脱贫摘帽攻坚战中，在比如 3 年跨越式大发展中始终奏响浙江援藏的最强音！

　　盛悠致力于援藏工作民生为先的导向，把改善农牧民生产生活条件作为对口支援工作的首要任务。他从"民生"和"扶贫"两大主线入手，顺利实施了所有的规划支援项目。比如县的浙江省"十三五"援藏项目，开工率、完成率始终在浙江援藏系统中保持最高：2016 年和 2017 年共完成援藏投资约 1.7988亿元。投资 6000 万元的比如县新综合人民医院已经成为那曲市功能、设备最领先的医疗机构；投入 6000 万元的县第二小学、县第二幼儿园等项目提前实施、提前交付，为比如县优质教育资源集中做出贡献；投资 2000 万元的巴贡、莫瓦塘 2 个小康示范新村是县城腾笼换鸟的首批援藏安置小区；受援藏资金支持的几个农牧民经济合作组织已成为新时期比如县城镇化企业示范，是 2017 年比如县"率先脱贫摘帽"工作中的典型；投资750 万元的白嘎乡强达尼寺僧人养老院，成为藏北示范；大棚蔬菜基地和牦牛育种育肥基地成为县级规模农牧产业龙头；良曲乡露域农牧民经济合作社增产扩能项目开工，成为新时期比如合作组织龙头，是 2018 年比如县"巩固脱贫"工作中的典型；投资 1800 万元的 6 个村级公共服务中心，是那曲首批基层干部关心关爱"惠民强基"工作样板；乡镇农贸市场等一大批项目，均成为当地的民生亮点。

2018 年和 2019 年,针对比如县"巩固脱贫成果"任务,盛悠同志积极向上争取,适时调整部分"十三五"项目,2 年内安排完成 2.0954 亿元援藏资金投入。盛悠同志紧盯"十三五"援藏项目推进,据统计,近 4 年来已总计投入援藏资金约 4.79 亿元,做到了"应投尽投",无论是总量上还是效率上都是援藏历史上的最高。

在 3 年的援藏时光中,还有许多温暖民心的事例,让盛悠这个年轻帅气的援藏干部为比如县的干部群众所熟知并津津乐道。盛悠立足自身优势,3 年来个人为比如新引入资金超千万元,新设计和实施各类帮扶项目、支援活动超 30 项,极大地在比如县营造出援藏干部人才与比如发展同呼吸、共命运的氛围。例如他在建设中主动谋划,一次性解决了比如县的制氧能力,改写了需要到那曲市区充氧的现状;牵头筹资 250 万元,为比如县 15 个村打造了一批工艺上先进的"放心饮用水示范井",惠及超过周边 5500 农牧民和乡镇居民;出资 29 万元帮助建成比如县集中供养五保老人"老年活动之家";引入"宁波干部党员学习网"平台,让县里全体党员干部可以实时学习到最新、最全的理论宣讲,并出资 15 万元协助县组织部建设完成比如县党员干部信息系统;筹资 12 万元解决了困扰香曲乡日新村村民多年的进村山路扩建难题;为达塘乡筹资 36 万元建设了乡便民服务中心和 1 个示范级档案室;筹资 27 万元,为比如寺寺管会党建活动中心,加强了党建工作在宗教场所的阵地建设;筹资 18 万元,为县粮贸公司购置 1 辆学校粮食配送车,大大方便了对县城以外各学校的粮食物资配送等。

医疗卫生事业关乎藏区人民群众的身体健康,也直接与他们切身感受到党的援藏体制优点息息相关。在推进比如县新综合人民医院工程项目建设的同时,盛悠立体式地设计了一批组团式活动,更大程度、更广范围地为比如县老百姓的幸福感而奔波。例如,他2年内4次组织了白内障摘除手术义诊和口腔疾患义诊,并牵头内地一流专业医院与比如县签订合作协议,建立科室建设、人员培训等多种合作模式,切实提升了比如县自身的医疗诊疗能力。一系列的援藏公益行动,先后为600余名农牧民完成眼科义诊,为41名农牧民实施白内障手术,为近380名师生开展口腔健康教育,完成门诊治疗150余例;同时,捐赠100万元定制了一辆目前在西藏功能最为领先的"比如县农牧民健康体检车",整合县医疗资源多次下乡入村,2年内为超过50000名农牧民体检,并建立起一人一份的健康档案,该项工作已成为那曲市的标杆。

浩渺无穷的宇宙里,地球如果是一颗星粒,那人就只是微尘。在平均海拔4500米的比如县,在恶劣的高原自然环境面前,人更是微乎其微的一种存在。即便如此,盛悠依旧希望自己是一种顽强的存在,成为不被忽视的能够闪耀光辉的存在!

2018年初,比如县顺利完成"脱贫攻坚"任务,成为西藏第一批、那曲市唯一的"脱贫摘帽县"。这份业绩,也有盛悠的辛勤付出。盛悠带领他的援藏伙伴们主动向前,不畏艰苦,为比如县全面奔小康而奋斗着:盛悠着眼于为比如巩固脱贫事业增加帮扶渠道,协调成立了3个帮困基金,即在比如设立的宁波市政府支持的县干部职工意外伤害、大病帮扶救助基金(300

万元),宁波市总工会的县工会会员帮困基金(30万元),在宁波成立的"支持比如县农牧民稳增收优质农产品助销点"慈善基金等。

在产业扶贫工作上,盛悠发挥自身对产业项目较为熟悉的优势,结合比如城镇化大发展的现状,创新产业援藏扶贫工作新思路,第一次在比如投入约300万元,开展工业实体建设,推动实施了藏式家具加工、餐具洁净和居民洗涤服务中心等3个扶贫产业项目。自2017年8月运营以来,3个项目均为所在村居创造了显著的效益。其中,孟庆村藏式家具加工厂运营1年半实现产值418余万元。就业有工资、过年有分红,全村村民51户318人中的劳力不离村就有了工作,7户贫困户47人就业脱了贫。截至2018年底已累计发放工资44.45万元、贫困户慰问金4.48万元。该项目多次受到自治区、地区扶贫检查组的表扬。此外,盛悠创新工作思路,采用"以租代捐"的形式,帮助希望创业的贫困户解决所需要的设备,克服"等、靠、要"的思想,提高了贫困户们的脱贫积极性。2017年6月顺利推进的第一家扶贫商店"金巴打字复印店",月均收入超1万元。

盛悠为比如籍在校大学生设立了100万元扶贫专项补助,让82名贫困户大学生和12名孤儿大学生受益;帮扶30个村巩固脱贫成果,推进"村企结对"工作;走村入户,慰问贫困党员老干部等,共发放慰问物资约30万元;带领援藏小组直接结对18个贫困户共71人全部脱贫。盛悠还利用原先在宁波从事新经济工作的优势,2次组织比如县电商团队赴宁波实地学习,帮助县组建了电商公司和团队,并通过自治区电子商务示范县验收,培训约 1365 名相关农牧民致富带头人,约 118 名贫困人口就业脱贫。

援藏 3 年,盛悠一直致力于为比如县谋求发展服务,建树于提高高原群众的幸福感和获得感,并以此为"使命担当"。就像盛悠常说的:把援藏当成一个舞台,珍惜 3 年时光,让人生在执行党的民族政策中历练成长!

比如县的援藏工作多次获得自治区党委领导、第八批援藏总领队和浙江省援藏指挥部的点名表扬,并得到"体现了实践忠诚、敢于担当、奉献西藏的优秀意志品质,不愧为浙江铁军""驻比如的援藏干部精气神最好,工作作风最实"的评价。2017年,盛悠同志还代表全国第八批援藏干部中的 53 位援藏常务副书记,唯一获评西藏自治区第十三届"西藏青年五四奖章"。

做好西藏人，做好援藏事

徐丽东

在那曲的 3 年，我和徐丽东见面次数并不多，只知道他比较忙。

徐丽东对口支援的地方在那曲市比如县，任县委常委、常务副县长。他确实比较忙，从 2016 年 7 月进藏至今，徐丽东全身心地忙着抓项目援藏、产业援藏、资金援藏、民生援藏等等，我连采访他都等了个把月。人生的意义在徐丽东这里，有着另一种解释——使命与责任。

把使命记在心里，把责任扛在肩上，会让人有坚定的行进方向。在援藏项目资金上，徐丽东有着清晰的目标：向基层倾斜，向精准扶贫和改善民生领域倾斜,推动比如县顺利实施浙江省援藏"十三五"项目。于是,徐丽东一头投了进来,在做好重大援藏项目的前期,忙着论证建设的内容与规模、建设标准和建设方案;在项目建设过程中,督促落实先进的管理经验,按期安全保质推进援建项目建设;项目建成后,协助地方加强项目管理和发挥作用,协助解决实施配套、人员培训和后期运营等方面的困难,有效确保了比如县人民医院综合大楼、巴贡小康示范村、比如县第二小学、比如县第二幼儿园、茶曲乡温泉度假村等一批重点援藏建成并见效。

人的行为往往受着信仰的支配,有家国情怀、利他情怀、济世情怀的人,短暂的人生便有了永恒的意义。在做好浙江省统筹援藏项目工作的同时,徐丽东充分发挥绍兴小组成员自身优势,通过多方共同努力,争取计划外援藏资金1100余万元用于比如县的建设和发展。徐丽东希望在自己任内为比如县多做些事情,为藏族同胞多办些实事。为了解决一直以来困扰藏族同胞的医疗问题,徐丽东在绍兴和比如医疗对口援助上下了实功,使了实劲。2017年至2018年,绍兴市上虞人民医院选派14位医生赴比如县人民医院开展组团医疗援助,开了比如组团式医疗援藏先河,组织实施了比如县人民医院多项第一例手术,填补了比如县人民医院多项医疗技术空白。在此基础上,徐丽东还推进绍兴市其他医院和比如县人民医院开展对口援助,全方位提升比如县人民医院的医护水平。在藏区,包虫病是严重危害人民群众生命安全的重大疾病,对口援藏比如县后,徐丽东争取了60万元资金,帮助比如县解决购买包虫病筛查 B 超设备经费问题；联系对接绍兴卫生系统选派 6 名 B 超医生到比如县开展为期 50 天的包虫病普查工作，为了藏族同胞开展优质的医疗服务。

习近平总书记指出："脱贫攻坚一定要扭住精准……要更加注重教育脱贫……要更加注重提高脱贫效果的可持续性。"徐丽东身体力行，组织落实 25 万元资金为比如二小建设信息化教室。联系落实比如县 74 名贫困学生开展结对帮扶，每年资助 12 万余元。为精准开展扶贫，徐丽东协调 160 万元援藏资金，为五保户集中供养中心配套建设、干部公寓安保设施建设、政府后勤保障等解决了资金困难；协调 10 家绍兴企业和比如县的 10 个村结对帮扶，落实帮扶资金等脱贫措施，联系的扶贫联系乡、联系村、结对的贫困户，实现全部脱贫。2017 年，比如县在那曲市率先实现脱贫。徐丽东个人联系帮扶的贫困户小拉姆家，只有母女 2 人，原先靠母亲在村里的糌粑加工点打工养家，后来加工点关门歇业，日子过得越发艰难，还是借住在亲戚家。为了拉姆家能够脱贫，徐丽东通过自己资助、发动亲戚朋友、原来单位同事捐款，共筹措 1.5 万余元，帮助拉姆家解了燃眉之急。同时，徐丽东为小拉姆联系了助学资金，解决了她以后读书的经济困难。同时，他帮助落实茶馆店面、租金、门牌和广告等许多具体事项，为小拉姆母亲解决了就业问题。

徐丽东说："我希望尽自己最大的能力，多为比如县和比如县的群众做些好事、办些实事。"援藏期间，徐丽东联系绍兴市工会，出资 50 万元，为比如县政府干部职工建设了食堂；协调资金 35 万元，在比如县建设了援藏林及喷灌系统，第一批

1400棵绍兴援藏林,全部成活;落实资金200万元,为政府会议中心建设解决资金困难问题;出资为县机关有关部门、县一中的教学设备购置解决资金困难问题。一桩桩好事、一件件实事,如同阳光、雨露,滋润着每一个受困之人的心房。

作为县委常委、常务副县长,徐丽东除了协助县长主持日常工作、主管援藏工作外,还分管商务局、公安局、司法局、综治办,联系国安局、消防大队、城投公司、工商局等多个部门的工作。援藏期间,徐丽东把可以用的每一天,都用在了工作上,终日奔波。他所负责的招商引资工作,每年超额完成年度任务;每年的县文化旅游艺术节,作为商务组的组长,徐丽东高标准、高质量组织招商项目签约会、虫草王比赛、农牧产品展销会等,年年获得丰硕成果;他推进农产品品牌认证,组织梳理虫草、贝母等优势农牧产品,申报成功品牌和开展质量认证;推进电子商务发展,成立电子商务公司,建设县级运营服务中心;坚持每月参加常委信访接待日活动,及时消除不稳定隐患。在十九大召开期间,徐丽东包乡蹲点在比如县海拔最高的乡半个月,克服低温缺氧的困难,吃住在乡里,每天不分白天晚上赴村里检查指导,圆满完成维稳任务;担任怒江比如段的河长,江边常常能见到徐丽东的身影。徐丽东以高标准要求自己,一直保持较高在藏率、在岗率,赢得县委、县政府和人民群众的一致好评。

援藏的一个重要目的,就是通过加强双方的沟通联系,促进两地融合,增进民族团结,推动经济发展。徐丽东充分发挥桥梁纽带作用,通过落实绍兴市党政代表团赴西藏开展对口支援工作,联系落实那曲市党政代表团、招商交流团等到绍兴考察，组团参加绍兴友城大会等活动，进一步密切了比如县与绍兴市的联系，增进了彼此感情，收到了良好效果。同时，徐丽东推动内地资金技术等各方面优势与比如县资源优势深度融合，联系落实绍兴市司法局和比如县司法局开展对口资金支援，联系落实绍兴市总工会和比如县总工会签订干部职工疗休养合作协议，联系比如县干部、教师、医生到绍兴的考察学习培训，安排9名比如医生到上虞人民医院跟班学习，联系绍兴会计师事务所、律师事务所赴比如县帮助开展审计和资产评估工作，联系浙江大学专家赴比如县指导工作，带领比如县领导干部赴浙江大学培训，协助绍兴有关部门筹拍援藏电影，等等。一系列的举措，为比如县经济、社会发展注入新鲜活力。

援藏3年，让徐丽东对什么是奉献有了更深的认识。比如县的干部，来自全国13个省份，来自五湖四海，大部分干部是一家人3个地方，很多还是4个地方。高原对每个人的身体都会有影响，对比这么多人把一生都奉献给了这片神圣的国土，徐丽东觉得自己的付出微不足道，唯有希望做更多的事情，最大限度呈现个体的能量，凝聚群众的力量，为援藏生涯留下无悔的足迹。

努力无悔，尽心无憾。在比如县领导和群众眼里，徐丽东和他所带领的绍兴市援藏干部人才队伍是一群不平凡的人，他们把业绩与美誉留在了比如，把忠诚与担当写在了雪域高原，赢得了比如县各族干部群众的点赞。比如县委书记陈刚说："绍兴历批援藏干部人才视比如为第二故乡，视比如人民为亲人，接力援藏，在雪域高原铸就了不朽的援藏丰碑。"

一个感动那曲的援藏干部

刘琳

刘琳，是浙江省第八批援藏干部人才队伍中的名人。

2018年7月31日，浙江省委书记车俊率浙江省代表团到西藏对接深化对口支援工作时，在西藏自治区主席齐扎拉陪同下，曾走进刘琳的宿舍，与他亲切交谈，并对他在援藏岗位上推行医改，服务当地百姓所做的努力给予肯定。

刘琳，原宁波市康宁医院副院长（正院级），援藏之初，担任比如县卫计委副主任。后因其设计的医改方案获得县委、县政府高度认可，被任命为比如县卫计委主任、县人民医院院长,牵头比如县医改工作,打造医改"比如模式",获得显著成效,自此进入浙藏两地各级领导的视线。

2018年11月23日,当刘琳站在那曲市首届"感动那曲人物"颁奖典礼舞台上,接受奖杯和如潮般的掌声之时,他怎么也忘不了那些不惧人生风雨,走遍千山万水,经历千辛万苦,想尽千方百计,改变比如县医疗现状的日子。

2016年7月,刘琳刚到比如县时,落后的医疗卫生状况令他吃惊:县人民医院只有50多人,仅2人有医师资格,没有手术能力,住院病人县外转诊率超过90%。随后,刘琳用了1个多月的时间,翻山越岭,跑遍全县所有乡镇调研,发现所有卫生院都没有一台像样的医疗设备。总人口7万多的比如县,农牧民健康体检率只有4%,大部分农牧民健康意识知晓率为0。

比如县领导心急如焚,想改变现状,却无从下手。对此,刘琳主动挑起担子。当时,作为援藏重点项目——投入援藏资金6000万元,总建筑面积25000余平方米的县人民医院、藏医院、妇幼保健院、疾控中心综合体,正处于土建施工期,这是一座按照二甲标准建设的综合性医院,但由于甲方管理经验缺乏和设计单位经验不足,布局结构和内部设施更像是一座办公楼。刘琳接过施工图纸,日夜加班,将有问题的地方落实到每一处细节,形成了58条整改建议,得到县委、县政府主要领导的认可和大力支持。那段日子,刘琳既做甲方,又当设计,既做监理,又要管施工,对污水处理、手术室净化、中心供氧、内网系统、放射防护等重要医疗设施进行全面改造,工程达到二级甲等医院标准,于2017年8月29日正式投入使用,给医院减少因拆装造成的建设经费浪费至少 1000 万元。同时,8 家乡镇卫生院在刘琳的帮助下,也调整了方案,完成建设并投入使用。

随后的日子,刘琳结合当地特点,拟定了包括 40 多项改革内容的《比如县关于全面深化医药卫生体制改革的意见》(简称《意见》),在县委常委会获得全票通过。《意见》于 2017 年 6 月底开始实施。县委书记为医改领导小组组长,县长为常务副组长,同时任命刘琳为县卫计委主任,医疗集团院长,牵头医改工作。接着,在刘琳的主导下,《比如县医疗卫生服务体系规划(2017—2020)》《比如县县级公立医院、公共卫生机构、基层卫生人员编制管理办法(试行)》《比如县医疗卫生机构编制方案》《比如县关于引进和使用医学相关紧缺人才的办法(试行)》《比如县公立医院院长选拔任用管理办法(试行)》《关于建立现代医院管理制度及落实县级公立医院经营管理自主权和用人自主权的通知》《关于比如县人民医院医疗集团绩效工资分配方案(试行)的通知》《比如县人民政府关于支持县人民医院医疗集团开展对外合作的决定》《关于印发比如县乡镇医疗机构分片区统一运营方案的通知》等 9 个医改配套文件相继出台,从体系规划、管理体制、运行机制、人员编制等方面全面搭建起一个新型的运行体系。

人才是比如医改的绝对瓶颈,刘琳创新思路,打破编制限制,实施年薪制和合同制,面向全国招贤纳才。仅 1 年时间,招录医疗人才近 80 人,其中中级职称以上近 10 人。在此基础上,刘琳充分借助援藏和医联体渠道,培养医疗卫生业务骨干45 人,并在集团第一次实施中层岗位竞聘,择优上岗,将一个完整的医疗梯队搭建起来,大量以前无法开展的医疗业务开始面向社会,服务群众。

"人积耨耕而为农夫,积斫削而为工匠,积反货而为商贾,积礼义而为君子。"《荀子》用浅近的话告诉我们一个深刻的道理:担当重大责任的人,是通过一点一滴的积累才成就了自己。援藏时日里,刘琳将自己整个扎进比如县医改中,无论是吃饭、睡觉,还是会客、休整,他走到哪,工作就带到哪。在刘琳的积极努力下,比如县人民医院争取到了 400 余万元援藏资金,购置了价值 2500 余万元的医疗设备。医院与西藏阜康医院、华西成办医院建立医联体,与宁波爱尔光明眼科医院、宁波市江北区口腔行业党委、绍兴市上虞区人民医院等签署对口帮扶协议,投入 30 万元援藏资金建立了区域影像诊断系统和远程会诊系统,将外部优质资源通过网络链接到县医院,诊断能力达到了三级乙等医院的标准,老百姓不出县,便能享受到专家的手术治疗。

在刘琳的辛勤工作下,比如县实现了公立医院的管办分开,政事分开。县乡镇医疗、医药、医保形成完善的服务体系和有效联动的良好氛围,医改的"比如模式"基本成型,医疗卫生管理体系和服务能力发生了翻天覆地的变化。现在,比如县医疗从无手术能力发展到了可以开展 20 余种手术。借助援藏捐赠的大型体检车,实现健康体检全民覆盖,县外转诊率下降近一半。比如县二甲医院创建通过初评,卫生医疗工作已经跃升为那曲市的排头兵。西藏自治区主席齐扎拉,原自治区组织部部长曾万明,自治区组织部副部长、第八批援藏干部人才总领队郭强，自治区政协副主席、自治区卫计委党组书记王亚蔺，那曲市委书记松吉扎西带领那曲11个县（区）委书记，那曲市委副书记、浙江省援藏指挥部指挥长陈澄等领导到比如县现场考察医改"比如模式"建设情况。医改"比如模式"因对破题西藏医改具有重要价值，多次被《西藏日报》《中国民族报》、新华社等采访报道。已有多个县（区）正在借鉴医改"比如模式"的成功经验，推进医改。

除了推行医改，刘琳还组织多个医疗团队到比如县各乡镇为百姓手术、义诊。个人还结对贫困户，捐款3万余元。因为工作成绩突出，刘琳被评为"浙江省新时代、新担当、新作为干部""首届感动那曲人物"等荣誉称号。

杨周宏

比如有光

　　杨周宏是个才子。他不仅文笔好，摄影水平也很棒。

　　2016 年 7 月，杨周宏响应组织号召，踏上雪域高原，任比如县教体局副局长。自此，开始了一段让人更为敬仰的 3 年援藏人生。

　　查拉图斯特拉曾经对着太阳说："你这伟大的天体！假如你没有你所照耀的一切，你的幸福何在！"援藏时日里，杨周宏一直致力于让身上的光芒照射到更多的人，他觉得能给这片融入他青春血汗的土地上的人们带来幸福，才是他的幸福所在。

生命的意义，其实不仅仅在于经历了什么，而是在经历当中领悟到了什么。关于信仰、关于奉献、关于爱，是援藏的道路上，杨周宏参悟并恒守在内心的光芒。这道光，改变当下，也影响未来。

高原反应就像一道入学考试题，是每一个初入高原的人，必考的课题。杨周宏也毫不意外地经历了头痛失眠、口干舌燥、血压升高等高原反应。但他毫不畏惧，从不退缩，特别是在烤瓷牙两度碎裂等情况下，依然坚守工作岗位。

他用演员江一燕的话表明了奉献高原的决心："尽管这个世界很现实，但我们还是要努力做身上有光的人！"进藏1个月，杨周宏走遍了比如县10个乡镇的13所各级各类学校，召开座谈会20余次；掌握了第一手真实资料，撰写了《比如教育的阶段性思考》等调研文稿。在较短时间内，杨周宏以踏实的工作作风，赢得了受援地、受援单位干部群众的好评。

生活所经所历，一旦入心，便再难忘却。杨周宏永远也不会忘记自己第一次下乡调研，走进娜如沟教学点时的震撼，第一次走进贫困学生次仁玉珍家里时的震惊，以及第一次在扎拉乡小学听课"吃水不忘挖井人"所受到的震动。世事有残缺，才会有改变的动因。杨周宏是一个协调能力极强的人，他通过浙江省"亲青筹"平台发起公益募捐，筹资31.6万元，先后为比如县中学等4所学校募建水井，目前已经打挖"爱心水井"7口，解决了8000余名师生的饮水问题；通过与宁波电视台"请让我来帮助你"栏目组对接，举行大型广场公益活动，共有61名贫困学子在杨周宏的帮助下与爱心人士牵手，受资助完成学业；

通过与宁波市教育局、宁波市文明办、宁波团市委、宁波市关工委和宁波电视台协调,推出 2017"六一节"大型现场爱心义卖活动,筹款 12 万元,杨周宏给比如县第一幼儿园,购置了一体化游乐设施;通过对接江北实验小学,举行"六一节"爱心义卖活动,筹款 10400 元,给比如县最远的娜如沟教学点和色雄村教学点,购置文具和体育用品。杨周宏自己也出钱出物,结对了 2 户贫困家庭、1 名寒门学子,定期开展慰问和帮扶工作。杨周宏还组织开展教育援藏"暖冬行动""万册书籍暖校园行动""千份玩具暖童心行动""百台洗衣机暖手行动""一腔真情暖心间行动"等。当杨周宏亲手将一册册图书、一台台电脑、一件件玩具送到孩子们手中的时候,孩子们的心温暖了,他们心中的希望也点亮了。

为进一步拓展孩子们的视野,让他们看到更为遥远的世界,杨周宏连续 3 年组织开展了"共享蓝天・阅读筑梦"爱心书漂流活动,共为比如县中小学生、幼儿园孩童定向捐赠带拼音的读本和绘本 4.5 万册,吸引圆通速递、中国邮政等社会企业加入爱心行动,引起较为强烈的社会反响。杨周宏还指导比如县中学开展了"剡水・怒江"校园文化艺术节,指导比如县第一小学开展了"思源图书角"阅读系列活动,指导比如县第一、第二幼儿园开展了绘本阅读等活动。人只有学会感恩,才能走得更远。杨周宏通过协调"一米阳光"活动的孩子给结对人写感恩信,让孩子懂得了感恩;协调比如县第一小学和第二小学与宁波的北仑、镇海的学校开展书信往来等活动,让两地的孩子了解彼此的世界。在此基础上,杨周宏还组织比如县中学师生一行 17 人，走出高原，走进东海之滨，圆了孩子们看海的梦想，《中国青年报》、浙江在线、《西藏日报》等媒体相继对活动进行了报道。

阿里巴巴集团的价值观中有一句"因为相信，所以看见"，深得杨周宏认同。他说，如若不是援藏，他根本不会知道在雪域高原有个比如县，更无法知晓援藏前辈们在这片 120 万平方千米的土地上，刻画了这么多的宁波元素、浙江印记和援藏情怀。杨周宏相信，自己在这片土地上的一份份付出，都如种下的一粒粒种子，会让自己的情怀衍生出生生不息的希望，未来终将美好。为提升教育援藏"造血"功能，杨周宏组织开展了比如县教育系统三级培养机制；2017 年组织比如县校（园）长赴宁波驻点培训 40 天；2018 年组织比如县教育系统教学骨干赴宁波跟岗实践 37 天；2018 年 5 月，邀请比如县教育系统党政代表团到宁波考察实践交流；在"教育行政管理—校园长—骨干教师"3 个层级开展系统培训，为比如县教育生态健康发展注入强大的智力支撑；同时，协调资金 130 万元，组织比如县教育系统 45 名同志赴宁波培训，通过量身定制教育培训方案，形成了 2 期 20 余万字的《献策比如教育》心得体会和学校改进计划，受到《中国青年报》、《宁波日报》、甬派新闻等媒体报道；在此基础上，协调大学园区图书馆，协调宁波市新华书店、宁波市图书馆等单位购置教师用书、藏文书籍等 4000 余册，运送到万里之外的雪域高原，发放到比如师生手中，为教师队伍充电续航。

一个人的文字或摄影作品，是他的内在情怀和人生底色的体现，是隐性的能力和闪耀的光辉。这是我对杨周宏的认知。

让电子商务助力千家万户致富

庄旭东

当下,电子商务正重塑着现代人的生活与消费方式。而地处高海拔地区的西藏那曲,因交通、通信不便,一度被视为电商发展的"高原孤岛"。庄旭东对口支援比如县商务局后,经报请比如县委同意,将发展电子商务作为援藏工作的重点,如今,比如县正逐渐融入"互联网+"大家庭,"网络天路"日益畅通。

比如县平均海拔4500米,交通不便,因为牧民缺乏网络销售的意识和技术,农牧民手中的牦牛肉、糌粑、冬虫夏草、工艺品等产品卖不出去,长期以来一直制约着当地经济发展。下乡调研的庄旭东见状，心急如焚，向县委打出发展比如县电子商务的报告，引起重视，成立了以县委书记为组长的比如县农村电子商务发展工作领导小组，由庄旭东具体负责推进此项工作。接手任务后，庄旭东先是指导各乡镇成立农村电子商务发展工作领导小组，由各乡镇党委书记任第一责任人，工作由上至下推动，在10个乡镇广泛动员，不断提升群众知晓率。

一项从无到有、群众一无所知的工作，推进起来是有难度的。但庄旭东从不畏难，他觉得一个人要想成功，除了决心和勇气之外，更为重要的是坚持。为此，庄旭东用了2年多的时间，在生命禁区下起了电子商务的大棋：在县城人口密集处建设了1处占地200平方米的O2O线下体验馆，馆中整合收集了多种产品，用于线下产品体验、网上下单销售；建立集运营、培训、办公、孵化、摄影、体验于一体的县域电子商务运营服务中心，服务中心面积共计1700平方米，含展示中心、培训中心、摄影中心、运营中心、产品中心、企业入驻、创客中心、电商办、会议室、洽谈室、沙龙等功能区；在10个乡镇中心区域建立10个乡镇级服务站、10个物流中转站、10个移动通信服务站，以方便群众网上代销代购、缴费充值和快递分发配送，覆盖率100％；在交通条件便利、地理区域较好、通信设施完善、基础设施完备的村级文化室、经济合作社，人口密集的示范村建设村级网点，目前已完成60个村级创建电子商务进农村项目示范村、60个物流配送点，覆盖率达57.14％；建设比如县物流配送中心，整合快递资源，开辟4条物流路线，与客运车、出租车公司达成战略合作，将物品及时运送到各乡镇，实现了比如县所有邮政快递及电商商品 1－2 天内直达，拉萨及其他物流公司转寄邮政到比如县的包裹运费优惠 15％ 的新物流模式；引进 6 家企业，孵化电子商务体系建设，带动农村青年、返乡大学生、返乡农民工、农村妇女网络就业效果显著，共创造了 50 多个就业岗位，新增各类网店 20 个。一系列的举措，拉近了比如县与世界的距离。地处偏远、物流不便、网购送货时间长等局面，正在慢慢得到改善。

高素质人才的培养，是增强电商发展的软实力。援藏期间，庄旭东先后选送 20 人次电商从业人员到浙江、贵州、成都、辽宁、山南、班戈等地学习培训；协调举办全县性培训班 16 期，培训学员 550 多人次；在 10 个乡镇举办培训班 10 期，参与学员 700 余人次；借助十九大宣讲之机，开展宣传场次 200 余次，宣传率达到 70％，受教群众达 4 万余人次。在庄旭东的努力下，电商从业人员素质全面提升，品牌意识逐步树立。农特产品、藏式药材等 10 多个系列农畜产品和手工艺品，都有了自己的 Logo 设计和版权注册。虫草、贝母、人参果等 45 种产品，通过"淘宝"、"京东"、"亚马逊"特色馆、"微店公众号"等途径上线销售，实现"藏货出区"，销向全国各地，带动贫困人口就业 118 人。2018 年 5 月，比如县顺利通过了电商示范县的验收。

比如县牧民次吉说："自从实现网上销售，省了人力物力不说，还省了一大笔交通费用的支出，确确实实增加了收入。"

边巴次仁在拉萨工作，时常要回到比如给父母买些日常生活用品，现在比如电商布点、物流发力，他只需要通过手机操作,就能满足父母生活所需,尽了自己的孝心。

次吉、边巴次仁,以及许许多多享受电子商务便利的群众,并不知道庄旭东的名字。庄旭东说:"这片土地上,许多人都在默默无闻地忙碌着、奋斗着、奉献着,生命的意义不是在于多少人记住了你,而是你让多少人有了获得感。"援藏期间,庄旭东累计争取计划外援藏资金 190 万元,给学校开挖了水井、安装了饮水器,给村里安装了监控设备,改善了办公设施,帮扶了贫困户,他个人也结对了 2 户贫困家庭,帮助 10 人脱离了贫困。

幸福是奋斗出来的,援藏时日里,奋斗中的庄旭东每一天都感觉到无比幸福。他相信,这样一种幸福,没有止境,会通过他的努力,通过网络的延伸,润物无声,带给千家万户。

陈光建
人生的快乐

　　在陈光建身上，能始终感受到他对教育援藏工作的满腔热忱和蓬勃的生命激情。

　　2018 年 3 月 7 日，是陈光建到比如县公共职业技能实训基地任教的日子。以这个日子为起点，这一程的山水相逢，陈光建书写出了别样的生命意义，收获到了载入生命史册的工作业绩与人生情谊。

　　教师，本是一份远离尘世喧嚣、风轻云淡、悠闲从容的职业，但陈光建却将这份职业演绎得风风火火、激情无限。3 月 7 日到达比如县当天，陈光建就着手对比如县的职业教育发展情况进行了详细调研，摸清了学校起步晚、底子薄、生源基础薄弱、师资队伍有待提升、人才培养模式缺乏创新等制约学校发展的瓶颈问题。针对这些现象，陈光建边教学边思考，很快拿出对策，向比如县人民政府及县教体局递交报告，从加强职业教育扶贫、加强师资队伍建设、推进人才培养质量提升等方面，提出提升中等职业教育精准扶贫的对策建议，得到领导肯定。经比如县人民政府批准，陈光建被比如县教体局委以重任，担任比如县公共职业技能实训基地党支部副书记、常务副校长。

陈光建居住的援藏公寓位于比如县城，而比如县公共职业技能实训基地位于香曲乡，在一处偏远的山沟里面。路途较远，崎岖颠簸，更可怕的是，道路右侧是浊浪滔天的怒江。但陈光建毫不畏惧，从不言苦，雨天一身泥、晴天一身灰，日复一日地骑着电瓶车往返其间。陈光建觉得，人生的每一条路都得独自面对，路再艰难、再遥远，只要有意义，就要义无反顾地走下去。

而第一次让陈光建历险的经历，却来自一个学生。2018年3月19日，那时仍在高反适应期的陈光建像往常一样，准时到达学校上班。刚进校门，就见两名学生抬着一名学生急匆匆地从教学楼出来。通过询问得知，被抬的学生在教室里突发疾病晕倒，两名同学计划将其抬回寝室休息。见此情景，陈光建当机立断，立马联系车辆送学生去正规医院治疗。车子一到县人民医院门口，心急如焚的陈光建二话不说，背着患病的学生就往急救室跑，一口气跑到四楼，因救治及时，学生无恙了，陈光建却因缺氧，脸色苍白，瘫倒在医院的走廊上。经过紧急输氧,他才慢慢恢复正常。

人生的快乐分为 3 种:初级快乐,来自肉体的饱、暖、物、欲;中级快乐,是通过琴棋书画等获得的精神快乐;高级快乐,是付出、奉献后,带来的灵魂享乐。陈光建的快乐,随着学校的发展而日渐浓郁。在他的努力下,学校与绍兴市上虞区职业中专签约,成为"东西部友好结对学校";浙江省绍兴市上虞区教育考察团多次来学校,开展对口支援工作;通过建章立制,学校管理变得规范而有序;通过传、帮、带,教师的业务能力不断提升;通过协调 30 多万元计划外援藏资金,师生们有了 2 间爱心暖房,7 万多元的教材,5 万多元的体育用品、冬衣暖裤和保温水杯;通过发起"心连心,汉藏一家亲"公益捐赠活动,一大批善款善物陆续到位。

陈光建是一个内心有爱的人。援藏期间,他先后 3 次下乡开展"下基层、送温暖、献爱心"慰问活动,为结对贫困牧民送上酥油、砖茶、青稞、水果等爱心物资,多次看望慰问扶贫帮困的结对学生,送上牛奶、饼干、学习用品等爱心物资。

世界上最快乐的事,莫过于为理想而奋斗。谈及理想,陈光建没有过大过空的话,他只希望通过一己之力,让受援的学校变得更加美好,让更多师生因为他的存在而受益而快乐。他的一切快乐,都建立在这个基础之上。

著名作家帕斯捷尔纳克有一句名言:"人不是活一辈子,不是活几年几月几天,而是活那么几个瞬间。"人生的繁华与落寞,欢乐与悲伤,都是人生舞台交替演奏的华章,会随着时间如烟消散。但陈光建的援藏岁月,那些付诸了他激情与汗水的援藏事迹,是他生命里,也是比如县公共职业技能实训基地师生心目中,真正有意义的瞬间。那些美好与崇高、感动与温暖,会与时间共生共长,会深藏在每一个当事人的记忆里,偶尔回眸,回忆便会冲破时间的束缚,汹涌而至。

不负时光不负己

郭创

郭创是带着"有志而去，不负重托"的使命踏入雪域高原的。回首援藏历程，郭创用自己 500 多个日日夜夜的艰辛付出，做到了不负重托。

郭创，毕业于华中科技大学同济医学院，多年来一直从事临床麻醉工作，在心血管患者、老年患者和重危患者的麻醉方面具备丰富的经验，连续多年被评为余姚市人民医院优秀员工。

2016 年 6 月，得知浙江省第八批援藏干部人才中急需麻醉医师，郭创主动报名，经政审、体检等各项选派考核后，顺利获批，开展为期 1 年半的医疗援藏工作。

麦基说:"人的一生正如他天天所想的那样,你怎么想,怎么期待,就有怎样的人生。"积极的姿态,必将塑造出不一样的人生。

7 月 26 日,郭创和援友们抵达那曲市比如县,当天恰逢县里举办娜秀民间文化旅游艺术节,人流如织、场面宏大的赛马场上,来自比如县各乡镇的藏族同胞身着盛装,载歌载舞,处处洋溢着浓郁的民族风情。不知什么缘故,台上起舞的一名藏族姑娘突然晕倒在地,生命体征微弱。面对这一突发情况,台上台下的人都慌了神,郭创见状,迅速上台,极富经验地将姑娘的头往后仰,使其气道畅通,并将她胸前沉重的配饰移开,开始做心肺复苏术。"一下、两下、三下……"郭创边施压边默数心脏按压施行速率。经过近 20 分钟的抢救,藏族姑娘心跳开始恢复,逐渐苏醒过来。而初涉高原的郭创,因为连续剧烈运动,气喘吁吁,面色苍白,差点晕厥。面对围观群众的称赞,郭创谦逊地说:"治病救人,是一个医生的职责所在。"

郭创支援的比如县人民医院,基础薄弱,全院 50 多名医护人员,有职业资格证书的仅 2 名,有的医务工作者甚至都没有经过系统的医学培训。医院手术设备仪器、药品不齐全,手术室内没有专职护士……存在的问题,远远超出了郭创的想象。对此,郭创充分利用自身优势,积极联系原单位争取资金,向比如县人民医院捐赠了 15 万元,用于采购器材,建立远程会诊中心等。在此基础上,他在自身指导、帮、带医护人员提高业务技能的基础上,安排医院的同事赴浙江省余姚市人民医院进行专业培训。经过多方面的努力，医院手术室在关停 3 年后，得以重启，并于 2017 年 7 月顺利实施了成人拇指肌腱修补、小儿先天性狭窄性腱鞘炎手术的麻醉。小儿臂丛神经阻滞麻醉在比如县人民医院历史上系首例。

往后的日子，郭创每天都向医院的同事传授平生所学，帮助他们提高专业技能。在比如县人民医院同事的眼里，郭创是个全才，从郭创身上学到的成人及婴幼儿初级生命保障、简易呼吸器的使用、海姆立克急救方法等技能，令他们受益一生。

郭创是一个做人真诚、做事认真的人。他希望尽己所能地帮助身边的同事，帮助藏族同胞。作为一名专职麻醉科医生，门诊、急诊和查房本不是他的职责范围。但在援藏的日子里，郭创每天坚持查房，他希望在援藏的日子里，让身边的每个同事都成为医学上的行家里手，希望每一个藏族同胞都能健健康康地离开医院，幸福一生。工作之余，郭创还经常走访藏族贫困家庭，主动结对了 1 户情况特殊的贫困家庭，这户家庭，单亲母亲患有严重的心脏病，独自抚养的 3 个孩子中，一个患有严重眼疾，还有一个患有先天性心脏病。一有时间，郭创就去看望他们，带患有心脏病的母亲和小男孩做心脏彩超，给有眼疾的小女孩治病，先后给他们送衣送药，还送去 6000 元，给贫寒的家庭送去援藏干部的温暖。

在比如县的日子里，郭创总会第一时间出现在同事们需要的时刻，出现在藏族同胞需要的时刻。2017 年 6 月初，比如县中学发生学生群体性食物中毒事件，事情发生后，郭创第一时间冲在医治第一线，利用医学知识，积极救治中毒学生，使得中毒学生全部安然出院。在眼疾筛查现场、在包虫病筛查中……各类危急状况处置现场，总能见到郭创的身影。

援藏岁月，郭创以其兢兢业业的工作态度、脚踏实地的工作作风，给比如县人民医院留下了精湛的专业技术，被授予"比如县优秀卫生工作者"称号，收到无数藏族同胞的感谢，带走一段温暖的回忆，以及一生的不舍和挂念。

王彬礼

援藏是一段改变一生的旅程

　　一个人，生命的长度是有限的，但生命的广度和深度无限。援藏期间，王彬礼希望尽己所能地多做些事情，以此丰富生命的价值和意义。

　　王彬礼，为人沉稳，做事淡定从容。他知道该如何取舍自己的人生道路，构建自己的生命体系。2016 年 7 月，王彬礼通过主动申请，经组织批准，成为浙江省第八批援藏干部人才。受援的单位为比如县检察院，王彬礼任党组副书记兼副检察长，分管公诉、侦查监督以及反贪工作。自此，他开始了一段任重道远的援藏之路。

　　7月25日,是王彬礼到比如县检察院报到的日子,他看到的情景令他至今难忘:一幢新造的大楼,一条格格不入的泥泞道路,路上几头悠闲自得的牦牛。办公室内是残旧的桌椅、陈旧的电脑,网线、电线凌乱不堪……见此,一种强烈的责任感在王彬礼的心中翻涌。他觉得,一个检察机关,首先必须有庄重威严的外在形象。于是,通过努力,他先后争取计划外援藏资金200余万元,自己设计规划图纸,对检察院办公大楼及环境,进行重新装修。施工队进场后,王彬礼更是不辞辛劳,泡在工地上,对施工进行指导,对质量进行监督,并亲自采购办公设备和2张台球桌、1张乒乓球桌及若干健身器材,给检察院的干部和职工创造了良好的工作环境和生活氛围。

　　人这一生,凡付出,都会有或多或少的回报。长期以来,受主客观因素的影响,比如县检察院在反贪工作方面存在严重空白。为彻底扭转局面,王彬礼根据上级检察机关《关于保障扶贫领域专项工作的通知》精神,在比如县检察院党组的支持下,大胆作为,在检察院建立廉政教育基地,先后28次组织党员干部开展廉政教育学习;并多次开展培训班,悉心指导检察系统干警的反贪业务,提升政治和能力素质;在此基础上,在比如县10个乡镇设置举报箱,多次带领反贪干警深入各个乡镇,履行法律监督职责。其中,他的行程达2000多千米,巡回牧区开展保障扶贫领域专项工作,维护农牧民群众的切身利益,收到良好的法律效果和社会效果,受到牧区群众点赞。

　　王彬礼除了想让生命增值之外,更多的是希望以自己微小的力量,给这片土地及土地上的人们带来改变。为此,他积极协调落实比如县检察院与浙江省检察机关"双百计划"交流学习机制,2017 年 7 月和 2018 年 7 月,他先后 2 次组织比如县检察院干警赴浙江省检察机关开展为期半年的交流学习,进一步提升了比如检察队伍素质。

生命的广度和深度,决定着灵魂的高度。援藏期间,王彬礼主动要求,联系和结对帮扶了 2 户贫困对象,结对帮扶了比如县第一中学 2 位贫困学生,先后出资 4 万余元,定期走访慰问,帮助贫困对象解决实际困难和问题,取得较好的效果。同时,他协调经费,为比如县一中购置了价值 7 万余元的教科书籍、3 万元的教学设备,并多次组织干警开展"法制进校园"活动,提高学生爱国守法意识和自我保护意识。王彬礼还多次深入比如县扎拉乡美日村,白嘎乡杂亚村、喜江村,投入专项资金,帮助驻村干警解决实际问题,确保驻村干警全身心投入驻村维稳工作。

一个人内心的淡定从容、成熟稳重,是这个世界上最美的风景。王彬礼在困境中所做的追寻与探索,所付出的心血和汗水,他一生难忘。

生命是一段发现自我的旅程。3 年的援藏经历,让王彬礼体验到了高原工作的艰辛,也感受到了自身的价值,这是他人生里浓墨重彩的里程碑,是可以照亮余生的灯塔。这让他明白,人生无法逃离生离死别。但未来的日子,路该怎么走?该成为怎样的人?该如何为自己的人生创造出更多的价值?这些,是他生命可以做主的事情。

爱在比如

孙伟军

绍兴市柯桥区中医院援派医生孙伟军是一个不善言语表达，只会埋头干活的人。他用手术刀在雪域高原奏响奉献之歌，用医术谱写了一个又一个医者仁心的华美篇章。

2018年3月，孙伟军放弃了优越的条件，主动报名来到那曲市比如县执行对口支援任务，担任县人民医院副院长。

刚到比如县时，头痛、心慌、气短、胸闷、恶心等高原反应毫不意外地造访了孙伟军，但他一声不吭，迅速投入工作，为每一名前来就诊的患者医治病情。对孙伟军来说，1年半的医疗援藏，时间短暂，自己多付出1

分钟，就能多为藏区医疗事业做一份贡献，多减轻藏族同胞一份病痛。

比如县人民医院新院区于 2017 年 10 月搬迁投入使用，院内只有内科、儿科、妇科和外科等 4 个科室，而外科只能进行简单的包扎，从没做过手术。在全面了解情况后，孙伟军向卫计委领导建议"发展外科力量，开展常规手术，保障生命安全"，得到大力支持。然后，他开始对手术室、外科、供应中心、后勤保障进行统一布局，从仓库中清点整理出手术麻醉设备，并采购了手术必需的设备和耗材。万事俱备之时，4 月的一天，门诊来了一名腹痛患者。凭借多年的从医经验，孙伟军确定其为化脓性阑尾炎，随时有穿孔的可能。这类在平原地区司空见惯的手术，在高海拔地区，由于能量及氧耗量大，缺氧对患者身体各项指标都会有影响，加上孙伟军自身刚进高原，仍在高原反应适应期内，在这样的情况下开展手术，是一次极大的考验。但孙伟军明白，如果让患者转到路途遥远的那曲市人民医院，一路颠簸，会十分危险。于是，孙伟军当机立断，边吸氧边开刀，凭着过硬的医术成功地完成了进比如县的第一台外科手术。手术因为历时短，刀口小，得到了县医院领导和同事们的一致好评。

随后的日子，比如县的干部群众都知道县人民医院来了一位技术精湛的外科医生。胃穿孔、十二指肠穿孔、结肠修补……各类急诊手术接踵而来。包虫病，是牧区常见的传染病，最常见为肝包虫病，在肝内逐步生长，破坏正常肝组织，手术难度系统极大，孙伟军也是第一次接触此类手术。但他毫不畏难,完成 4 例手术,病人恢复良好,均无严重并发症出现,形成良好的口碑。患者到县人民医院都指名道姓找孙医生,排着队预约手术。一天,一位年纪较长的藏族同胞,因患上胆囊结石,疼痛难忍,慕名找到孙伟军,要求手术。望着大爷期盼且急切的目光,孙伟军决定抛开传统开放式的手术,用医院花了近百万元新采购的腹腔镜手术设备,为他进行腹腔镜下胆囊切除术,以此来减轻患者因为年龄大、恢复慢的痛苦。这是比如县人民医院第一次实施腹腔镜下胆囊切除手术,高原环境下,手术难度系数大,医务人员缺少配合经验,孙伟军不敢大意,事先带领医疗团队熟悉器械,掌握解剖结构、手术步骤和配合要点难点,多次模拟配合,传授经验。2018 年 7 月 19 日,历时 1 小时,成功为老人摘除了胆囊。因为是比如县开展的第一例腹腔镜手术,且手术患者出血少、痛苦小、过程顺利,这例手术、这一天,成为比如县人民医院又一里程碑。

此后,孙伟军带领医疗团队陆续开展了腹沟疝无张力修补、急诊胃穿孔、开腹胆囊切除术等各类下腹部手术。孙伟军告诉我,曾经有一个患者消化道穿孔,危在旦夕,一旦腹腔感染,会有性命危险。完成手术后,一直等待在手术室外的患者弟弟,从口袋里掏出一包虫草想要送给他,被孙伟军果断拒绝了,他说,身为医生,救助患者是他的责任。

许多危重疾病,生死就在一瞬间。为更好地服务藏族同胞,1 年多时间里,孙伟军成了全科医生、劳模医生,三更半夜、随时随地,哪里有需要,就上哪里,有数不清的瞬间让孙伟军难以忘怀。县人民医院的领导对孙伟军的工作非常支持,在孙伟军的要求下，医院建立了血库，并购置自体血回输机一台。这在关键时候，拯救了一名大量失血的藏族同胞。2018年10月1日，一个藏族小伙子腹部中刀，致使胰腺和结肠破裂，鲜血直流，出血量达3500 ml，随时有生命危险。孙伟军沉着应对，凭借过硬的医术，挽救了患者的性命。这是比如县人民医院第一台急诊肝破手术。自孙伟军执行对口支援任务以来，比如县的门诊量和住院量较比往年有明显上升。

一名医生面对面救治病人，数量总归有限。唯有让更多的人掌握新技术，才能帮助到更多的藏区百姓。为了提升当地医疗水平，孙伟军十分注重对当地医师的传、帮、带，工作中手把手教学、一对一辅导，为医院整体业务水平提升，推动比如医疗卫生事业进步，贡献了自己的力量。孙伟军说，他在意人生在世的价值，这价值就是他能够影响些什么，可以为他人做些什么，带来什么。刚到比如县不久，孙伟军就主动结对了两户贫困家庭，并常常顶风冒雪，送去青稞、大米、酥油和砖茶等慰问品，以实际行动，在茫茫雪域高原留下业绩与美誉。

援藏情深

郦满峰

援藏期间,我与郦满峰偶有遇见,交流并不多,但对他印象深刻,援藏事迹如雷贯耳。

每次见到郦满峰,见到他援藏后日益增多的白发,我总会想起陈昂的诗作《漫天飞雪的日子》,想起那句"漫天飞雪的日子,一定要约喜欢的人,出来走走,从村子的这头,走到那头,回家后,发现彼此,一不小心就手牵手,走到了白头……"郦满峰其人,如陈昂的文字,纯粹自然、亲切随和。援藏时日里,他常年在大雪纷飞的雪域高原奔波,与比如县的干部群众结下了可至白头的深厚情谊。

郦满峰的援藏单位是比如县住建局,自援藏第一天起,郦满峰就视比如县住建局为家,视比如县住建局的同事为亲人,全身心地扑在工作上。自 2016 年起,比如县共实施了近 200 个在建和续建工程建设项目,总投资达 40 多亿元。在工作量大、任务繁重、要求甚高的任务面前,作为从发达地区来的副局长,全局同志对郦满峰寄予了厚望。

郦满峰也清醒地知道,他与比如县住建局、与比如县的干部群众是为民造福的关系。自踏入比如这片土地,他就走出了小我,走进了一种为民造福的生活当中。他责无旁贷地扛起了重任,将自己沉浸到各类项目建设的资料当中,投身到县、乡重点工程当中,对 26 个援藏项目的工程质量、工程进度及资金到位情况进行重点监督,并借鉴内地工程建设管理的方法和经验,对县南岸新区自来水管网设计工程、县城棚户区改造、医院学校等基础设施项目建设工程提出较为系统性的建议和意见,得到了县委、县政府领导的肯定和采纳,为比如县的建设发展发挥了积极作用。

梁任公先生曾说:"人生最快乐的事,莫过于看着一件工作的完成。"在比如县缺氧且艰辛的日子里,郦满峰快乐而又幸福。比如县住建局办公条件艰苦简陋,数人挤在不到 9 平方米的房间内办公,办公桌椅、计算机等办公设备非常陈旧,完全不适应现代化办公的要求。对此,郦满峰积极协调绍兴市柯桥区委、区政府划拨援藏资金,为比如县增添了部分办公设备,改善了办公环境,从而极大地提高了工作效率。

"援藏一任、造福一方",是郦满峰深记于心的神圣使命,当他得知住建局联系点良曲乡娘达村建设村民活动中心缺乏资金时,他积极协调,拨付 8 万余元给村里购置了相关的家具和设备。

自治区强基惠民活动中驻良曲乡娘达村的工作队队员索朗拉措说:"援藏干部郦满峰进藏后,多次深入娘达村调研了解情况,并多渠道筹措了 75 万元资金,为村民们建起了阳光房,修起了饮水工程等民生项目,让村民彻底告别了几百年来用水肩挑背扛的历史,日子过得越来越幸福。"

援藏时日里,郦满峰时刻心系群众冷暖,多次深入基层,以持续有力的行动为群众解难帮困。

为了提升良曲乡党建工作,郦满峰积极争取援藏资金,向良曲乡党委捐款 15 万元,建立了基层党建爱心基金,促使良曲乡党建基层工作再上新台阶。

得知比如县的职业教育正处于发展建设的初级阶段,各项硬件设施尚有欠缺,在校师生日常办公生活场地较为紧凑,郦满峰经与教育局协调商议,为职校建造了 2 套阳光房,分别作为教师办公室和学生洗晒房,大大改善了在校师生的工作生活条件。

为了减轻农牧民合作社建设成本的负担,鼓励农牧民合作社更快更早营业,郦满峰筹集 7 万元援藏资金,资助娘达村农牧民合作社装修,帮扶娘达村以村级经济合作社的形式筹建村级施工装修队,助推了村级经济长远发展。

茶曲乡仲尼村因为道路建设焦头烂额,郦满峰得知情况后,力所能及地给予了真情帮助,解决了项目资金缺口,架起了情谊的桥梁。

针对良曲乡娘达村村民交通不便，出门看病难的现状，郦满峰协调县人民医院开展"送医下乡，健康扶贫"的大型义诊活动，为全村所有牧民群众进行健康检查，并赠送价值 2 万余元的药品。

虫草采挖，是比如农牧民的主要收入来源，得知良曲乡娘达村虫草采挖点生活条件简陋，日常物资缺乏，郦满峰给牧民送来 3 万余元新鲜蔬菜、水果等生产生活物资，并协调 17 万余元，为牧民购置了便捷高效的太阳能发电系统，从根本上解决了牧民没电缺电的问题。

近 3 年来，郦满峰结对帮扶 2 名县中学贫困学生，累计送上慰问资金和物品 6000 余元。2018 年 7 月，2 名学生均以优异的成绩考上了那曲拉萨第一高中和第二高中。他结对 5 户贫困户和 1 户低保户，累计送上糌粑、砖茶、酥油等暖心物资 1 万余元；协调浙江百思寒羽绒股份有限公司开展情系西藏"温暖衣加衣爱心捐赠"活动，给联系村每户农牧民捐赠了羽绒制品，这样的走亲连心真正温暖了村民的心，被村民们亲切地称为"活菩萨"。

漫漫援藏路，悠悠援藏情。来自郦满峰的援藏深情，是直抵人心的温暖，是存留在每一位受惠者心间不散的温度，既惊艳了时光，又温柔了岁月。郦满峰觉得，这样一种感情的搭建，将横贯一生。

援藏的感情恒久绵长

谢军帅

援藏之前，谢军帅曾 2 次进藏。

第一次是 2005 年 7 月，借着满腔的热情和好奇，谢军帅从格尔木乘大巴车赴拉萨。他在拉萨一共待了 4 天，因为高原反应严重，在医院挂了 4 天盐水，直到医生下达最后通牒，谢军帅才遗憾地离开西藏。

第二次是 2012 年 8 月，谢军帅从川藏线进藏，翻过海拔 5000 多米的雀儿山、米拉山，走过有死亡线之称的通麦天险、通麦铁桥……终于来到圣城拉萨。这一次他吸着氧坚持了下来，领略到了西藏的美景。

2016 年 6 月，浙江省第八批援藏干部人才报名工作启动时,谢军帅觉得自己与西藏的缘分远未结束,于是没有丝毫犹豫,毅然决然地报了名。7月20日进藏,这一次,他的高原反应依旧严重,但他没有吭声,默默地咬牙坚持了下来。

谢军帅对口支援的地方在那曲市比如县。他于7月24日随队抵达比如,开始了1年半的援藏生涯。这一天,他的日记里写下:"在比如,迎接我们的是洁白的哈达,热情的藏族同胞……金色的油菜花、碧绿的青稞、缤纷的野花、健壮的牦牛和黑色的帐篷,这里是犹如童话般的世界。"在谢军帅的日记里记录的都是美好的事物,对于苦痛,仅一小段:"在比如的第一个晚上,高原反应来袭,缺氧严重,晚上辗转难眠,心跳骤升至每分钟100多次,血压也升高50%多。"谢军帅是一个默默承受苦痛,大力宣扬美好的援藏人才。

谢军帅任教的单位是比如县第一中学,在这所几乎与艺术绝缘的藏族学校,谢军帅手把手地教授学生们美术技法,在轻松而有趣的氛围里,他以幽默风趣的教学方式、才艺高超的绘画技能,在孩子们心中播下了艺术的种子,开辟出美育的园地,搭建了与学生沟通心灵的桥梁,给孩子们留下深刻的印象。

那些有美好潜质的学生不会忘记。谢军帅任教后,组织有绘画基础的同学成立美术兴趣小组,并自掏腰包,从拉萨和内地买来教学材料,手把手地教他们绘画。在他们心里,谢军帅是一个擅长绘画,长于摄影,精于设计制图,巧于手工制作,懂得与他们沟通心灵的老师。

比如县中学学生扎西顿珠不会忘记。年仅14岁的他,自小患有先天性白内障。在谢军帅任教期间,病情恶化导致他眼睛看不清,无法继续学习,连生活自理都十分困难。谢军帅与他和另外 4 名学生结成了帮护关系,一直关注着他们的学习和生活情况。一次,宁波爱尔光明眼科医院有医生来比如县人民医院义诊,谢军帅连忙带着扎西顿珠前去就诊。医生诊断后发现,扎西顿珠左眼视力为 0.1,右眼视力为 0.02,尚有医治的机会,但由于当地医院设备不全,建议到浙江进行治疗。谢军帅便马上买好机票,把扎西顿珠带回浙江接受手术治疗,联系宁波市江北区红十字会资助医疗费用,让扎西顿珠重见了光明。不知从什么时候开始,比如县中学的学生们对谢军帅有了另一个称呼——"谢爸爸"!

比如县中学的全体师生不会忘记。谢军帅在 1 年半的援藏时光里,为学校党建办配置了单反相机,为学校解决了航拍设备,为学校管理层购置了一批笔记本电脑、U 盘等办公设备。他牵头发起了首届校园文化节,开展的教职工摄影比赛、学生书画比赛、纸飞机大赛、师生联谊晚会等一系列文化活动,进一步推动了"培养可持续发展的学生"办学理念的实践。为配合那曲市"四讲四爱"主题实践活动,谢军帅带领和指导百名学生制作了一幅长达 15 米的画卷,向党的十九大献礼,《西藏日报》、西藏电视台等媒体对此做了宣传报道。

谢军帅有一双发现美的眼睛,援藏期间,他用摄影家的敏锐目光来捕捉画面,用援藏者的独特视角来展现比如人的生活,用镜头定格了无数动人的美丽瞬间。2018 年 12 月,他的个人摄影作品集《秘境西藏 神奇比如——镜头下的援藏情怀》出版,2018 年 12 月 16 日至 26 日,在绍兴市文化馆举办"天路光影人间情"个人摄影展,也让更多的人了解西藏,认识比如,为提升比如知名度献一份力量。

从教 20 年,谢军帅多次被评为校优秀教师,市级、区级优秀指导教师,镇优秀共产党员,2007 年被评为越城区优秀教师,2009 年被评为越城区教坛新秀,2016 年被评为比如县优秀教师、县政府先进工作者,2017 年被评为那曲市优秀援藏教师,2018 年 3 月入选"越城好人",同年 8 月入选"绍兴好人"。

忘我工作的好医生

王海勇

王海勇是一名令人感动的医生，是绍兴市的名人。

2016 年 7 月至 2017 年 12 月，王海勇忠实履行"忠诚、团结、坚韧、奉献、干净、有为"的浙江援藏精神，倾情奉献援藏医疗事业，因工作成绩突出，先后获受援地"比如县卫生医疗事业特殊贡献奖"、绍兴市人民医院"感动医院十大人物"、市卫计委局级"先进个人"、绍兴市"五一劳动奖章"等荣誉。

如今，援藏生活已经成为王海勇生命中的历史，但他永远无法忘却那段艰难且激情燃烧的岁月。

　　王海勇援藏的医院在那曲市比如县。我与他见面的次数并不多，但他一头白发给我留下了极其深刻的印象。据了解，在援藏人才中，他的年纪偏大，是从医经验极其丰富、医术极其精湛的医生。提起王海勇，比如县人民医院的医务工作者和受惠于他的患者赞不绝口。

　　比如县人民医院第一例胸腔闭式引流手术就出自王海勇的手。2016 年 8 月 17 日，一名 19 岁的藏族男青年，左肺压缩达到 80％，生命危急。这本该是一个小手术，但比如县人民医院胸管、胸瓶等医疗物资缺乏，实施该类手术困难。如果转送那曲市人民医院，经受 5 个小时的山路颠簸，患者极有可能呼吸循环衰竭。危急关头，王海勇艺高人胆大，利用盐水瓶、输液器皮管、导尿管等就便器材，对患者进行手术治疗，挽救了一个年轻的藏族同胞的生命。

　　首战告捷，王海勇名声大震。当地医生有事没事都找王海勇讨教经验，王海勇来者不拒，从基本知识、技能及操作上的特点讲起，手把手地传、帮、带，为医院培养了一批医疗技术骨干。王海勇在当地藏族群众中口碑极好，每天前来找他寻医问诊的患者络绎不绝。王海勇哪里需要到哪里，每天在妇产科、小儿科等各个科室连轴转，成了一名名副其实的综合科医生，成了医生和患者信任的"救火队员"。2017 年 6 月 2 日，比如县中学发生大面积沙门氏菌感染。疫情面前，王海勇第一时间赶到一线，全程参与指导抢救工作，配合自治区疾控同仁工作，使 38 名患者及时得到医治，100 余名学生快速康复。2017 年 8 月 18 日，他 2 次主导参与了比如县第二小学的食物中毒事件的诊疗工作,1 天时间筛查学生近 500 名,并及时开展救治工作,全校教职员工及学生无一人出现意外。"王海勇医生看过,我就放心了!""请援藏医生再帮我看看!"这是比如县群众说得最多的两句话,这也是对王海勇医术的肯定和褒奖。

援藏期间,王海勇的手机 24 小时开机,时刻等待患者召唤,随时接受内、儿、放射、心电图等科室的会诊需求。这样的好习惯,援救了很多患者的性命,仅在 2017 年虫草开挖季节,他就参与了 3 次雷电击伤、2 次严重车祸伤、2 次重度醉酒的抢救治疗。很多次抢救,都是在深夜进行的。2016 年 8 月 10 日凌晨 3 点,刚刚迷糊着入睡的王海勇被骤然响起的手机铃声吵醒,接到救治任务,王海勇二话不说,拎上衣服就往手术室赶,及时挽救了一名重车祸患者的性命。

"在低压低氧的状态下开展手术虽然很辛苦,但每每看到患者转危为安,就是最好的回报。"2016 年 9 月中旬,一名藏族同胞从牦牛上摔下来,造成大量气胸并少量血胸,本地医师本来已经提出转拉萨大医院治疗,患者因为家庭贫穷,苦苦恳求在县人民医院治疗。刚从手术台上下来的王海勇看到后,当即收下患者,当天实施手术,1 周后患者痊愈。出院当天,淳朴的藏族同胞给他献上洁白的哈达,并献上了给至亲好友才有的"贴面礼"。

王海勇就是这么一个爱"多管闲事"的人。援藏期间,他和援藏干部刘琳发现正处于施工建设中的比如县人民医院有些地方"不对劲儿"。于是,结合自己的工作经验,对比如县人民医院的科室设置、楼层布局以及病房、手术室的配套设施等方面的设计提出了意见建议。由于问题发现得早,解决得快,以及后期管理跟进到位,他们为比如县人民医院节省建设经费500万元。现如今,比如县医疗综合集团成立,比如县人民医院、疾控中心、藏医院等相继启用;9家乡镇卫生院陆续完工投入使用。在这些项目的背后,也有着王海勇医生的一份功劳。2016年底,借援藏干部人才休假期间,王海勇协调绍兴市人民医院援助比如县人民医院资金15万元整;结对的比如县良曲乡娘达村贫困户拉巴同珠一家,已经脱贫;结对贫困学生益西曲珍,虽然对口支援任务已经结束,但援助还在继续。

2017年底,王海勇结束援藏任务,按照规定,可以享受3个月的身体休整时间。时逢绍兴县人民医院要派40个医生去新开的市立医院工作,正是用人的时候,王海勇果断放弃休假,投入紧张的工作当中,投入一次又一次救死扶伤当中。

以敬畏之心行援藏之事

王瑞春

西藏，一个神秘而令人向往的地方。当浙江省委组织部援藏通知下达到各个单位的时候，王瑞春说服家人，主动报名，并通过层层选拔，成为浙江省第八批援藏干部人才。

2018年3月入藏时，比如县人民医院新院区刚投入运营，手术器材及耗材严重缺乏，消毒供应室没有应用，药品管理存在诸多问题。作为比如县人民医院副院长，王瑞春主要负责手术麻醉、药学、辅助科室等3个方面的工作。面对现状，他感受到了一份沉甸甸的压力。

　　"有条件要上，没有条件创造条件也要上。"这是王瑞春医疗援藏的态度。他花费近 1 个月时间，利用自身业务专长，分别对手术室、麻醉科和消毒供应中心进行规范合理的改造，改写了比如县多年无麻醉手术的历史。援藏后不久，王瑞春开展了一例全麻下的"腹腔镜下胆囊切除术"，术中采用全凭静脉麻醉，术中患者生命体征控制平稳，手术过程顺利，既解除了患者的痛苦，又提高了患者的满意度。5 天后，患者顺利出院，也让比如县人民医院的微创外科一炮打响。一时间，比如县各地的肝胆疾病的患者络绎不绝，都想在家门口体验高质量的医疗服务。

　　随着各类手术的开展，王瑞春在工作中遇到了很多问题，最为麻烦的是没有血源。最近的那曲血站，取血一个来回要 8 个小时左右，这对于抢救病人分秒必争的宝贵时间来说，意味着抢救机会的丧失。在这样的状态下，王瑞春提议购买了自体血回输仪和储血袋，利用急性等容血液稀释、洗涤式血液回收 2 个方法，缓解了无血可用的状态，也解决了建设血库和培训人员需要时间的难题。

　　就在血液回输设备投入使用没多久，急诊室送来一名被刀刺伤的藏族同胞，CT 提示腹腔大量积液，出血量达 2000 ml 以上，患者处于休克前期，必须剖腹探查止血。在医疗设备落后的状态下，王瑞春没有畏难，立即投入抢救工作。腹腔打开后，大量涌出的血液及血块，让手术室的气氛越来越紧张。手术中，出血量超过术前的预估量，患者数次出现异常心率，提示重要器官的灌注已经出现严重问题，很可能出现心脏停搏情况。

这时的压力,全压到了麻醉医生王瑞春的身上。时间一分一秒过去,在四季无夏的雪域高原,王瑞春身上的汗珠也一滴一滴地渗出。最后,他和同事们通力合作,凭借精湛的医术,成功地挽救了患者的生命。

10 月 21 日,是援藏时日里,王瑞春很难忘却的一天。这天上午,医院急诊室接收了一名腹痛待查的女患者。当时,患者的生命体征极不平稳,心率达 110 次/分钟,血压为 78/45 mmHg。医院医生通过集体会诊,给出诊断:异位妊娠破裂,失血性休克,需要立刻手术治疗。患者进入手术室后,王瑞春立刻对患者进行抗休克治疗,通过开放中心静脉,严密循环监测,联系血库输血,快速诱导麻醉,合理使用血管活性药物,使循环基本保持平稳。手术中,王瑞春及时根据手术医生的进度,逐步停用血管活性药,适度维持心脑等重要器官的灌注,手术结束后,患者很快就从麻醉中苏醒过来,平稳送回病房。术后第三天,患者家属送来锦旗,用藏语一个劲儿地道着"感谢",让王瑞春感受到了医疗援藏的价值和意义。

援藏,让王瑞春对生命的理解与感悟越来越深。怀着对生命的敬畏、对岁月的敬畏,在雪域高原,王瑞春以认真而又庄重的姿态,给 1 年半的医疗援藏时光交上了一份合格的答卷。

第四辑　醉美嘉黎的援藏力量

在嘉黎县、温州市、台州市的援藏干部人才，习惯将『嘉黎』称为『家里』。援藏时日，他们扑下身子，倾情奉献，矢志奋斗，在总面积13208平方千米的土地上，创造了无愧于组织、无愧于嘉黎县人民群众的不平凡的援藏业绩。

身体力行地践行「温州人精神」

张崇波

经济学家钟朋荣曾用 4 句话概括"温州人精神"：白手起家、艰苦奋斗的创业精神；不等不靠、依靠自己的自主精神；闯荡天下、四海为家的开拓精神；敢于创新、善于创新的创造精神。

与浙江省援藏指挥部副指挥长、西藏自治区嘉黎县委副书记（正县级）张崇波相处，你能从他身上鲜明地感受到"温州人精神"，他也用 3 年的援藏时间淋漓尽致地诠释了"温州人精神"。

当"温州人精神"融入百业待兴的土地，本身依自然而生长的地方便燃起了希望之火,来自温州的大爱便在这片苍茫的土地上有了烟火葱茏的模样。援藏 3 年间,张崇波以满腔的热诚,敢想、实干,忠诚、担当,给温州援藏工作交出了一份满分的答卷。

唯创新者强。来自中国第一批沿海对外开放城市——温州的张崇波,深深地懂得创新创业对推动经济社会发展的价值和意义。对口支援嘉黎县后,张崇波把勇于创新、讲求实效的"浙江精神"带到工作当中,整合 3500 多万元援藏资金,率先在那曲创建了首个援藏创业创新基地,西藏拉日现代商贸创业园、建设创业大厦、建设商贸中心等陆续进驻,集商场、超市、美食、娱乐于一体的 CBD,为创新创业者提供了广阔的施展才能、创造财富的平台,为当地群众打造了一道亮丽风景。在此基础上,张崇波还组建了首期 500 万元的温商温企援藏(嘉黎)创业就业脱贫基金,引进百润投资、嘉华广场、大央泱牧业等 5 家浙江企业落户嘉黎县,以产业带动当地经济发展。其中,大央泱牧业已在嘉黎县尼屋乡启动建设占地 30 亩、租地 1500 亩规模的藏香猪繁育场。整合援藏资金 1900 万元,建设夏玛、措多优良牦牛原种场。首批 75 头藏香猪种猪运到浙江,进行适应性养殖,已经开始销售,由牦牛肉、藏香猪肉制成的优质畜产品已经走进浙江,走进千家万户的餐桌,成了浙江百姓喜爱的食品,也成了嘉黎县牧民源远流长的发家致富的渠道。

张崇波是一个有政治理想、有人生情怀、有坚定信念、有目标规划的人。2016 年 6 月,从得知自己经组织安排,确定为援藏干部的那一刻起,他便早早做足了功课。他说:"嘉黎县有 3.5 万人口,建档立卡的贫困户有 1463 户 6513 人,相当于 1/6

的群众还未实现脱贫。要想改变现状，必须把产业和项目作为援藏工作的主线，把智力援藏作为增强发展动力的措施，不断推动高原贫困县脱贫致富。"如今，他的愿望正一步一步变为现实。落实 3 个基地建设的产业援藏，落实"两个倾斜"要求的项目援藏，落实"四个一"工程的民生援藏，落实"三交"工作的智力援藏，一次次生动的实践，为这座高原小城带来大变化。

张崇波心中，始终有一本账：援藏资金的 80% 用于基层，以改善基础配套和民生服务。2016 年、2017 年，共安排援藏项目 20 个、援藏资金 1.68 亿元，2018 年安排援藏项目 12 个、援藏资金 8472 万元，从实施情况看，年度援藏项目开工率近100%，投资完成率达 70% 以上。截至 2018 年底，"十三五"投资最大的单体援藏项目浙江路建成通车，投入 2600 万元资金建成的嘉黎县人民医院综合住院大楼通过二乙医院验收，按照GMP 规范要求提升改造的嘉黎县藏药厂、藏药材基地、神山藏药公司改革等呈现出良好的发展势头。还有，计划外新增建设大棚蔬菜（瓜果）培训基地、建设"互联网＋"教育互动远程平台、建设温州医科大学眼视光医院远程医疗会诊中心、建设温台广场等，投资近 5000 万元的 10 个计划外援藏项目，在张崇波的牵头组织下，一一落地开花。

"脱贫攻坚一定要精准，一定要让农牧民群众增收。"这是张崇波聚焦民生援藏，给自己定下的目标。现在，农牧民合作社在嘉黎县各乡镇随处可见。张崇波围绕产业发展，积极探索"公司＋合作社＋牧户"经营模式和"政府投资＋招商引资＋本土培育"运行模式，2 年多时间，一共培育了 30 家农牧民合作组织,如嘉黎县牧场打造的娘亚牛培育基地,形成特色产业链。麦地卡乡成立的新材料加工厂,开拓了农牧民发家致富的新路子。

为农牧民群众解难帮困,把农牧民群众的获得感放在内心的重要位置,是张崇波始终坚持的信仰。张崇波自筹 300 多万元资金,为每个乡镇打一口深水井;积极协调温州农口系统投资 195.6 万元,建成嘉黎县大棚蔬菜(水果)培训建设项目;推进"万企帮万村"活动,实现了全县 122 个贫困村结对全覆盖;促成温州医科大学眼视光医院、温州中西医结合医院、温州中心医院等与嘉黎县结对,帮助培养全县医疗人才。至今,嘉黎县人民医院的临床手术量多于温台历批次援藏累计数;选派 6 名温州 B 超医疗专家进藏为全县 3.6 万农牧民开展为期 2 个月的包虫病筛查工作,筛查率达 99.92%;协调温州医科大学眼视光医院为嘉黎 2000 多人筛查眼疾,并为 50 名白内障患者免费手术,启用温州医科大学眼视光医院远程医疗会诊中心;促成温州市教育局、温州实验中学、龙湾第一小学等与嘉黎县结对,建成并开通了县中学和县小学 2 个温州远程电教平台,开设空中课堂 6 期;安排 200 万元援藏资金用于干部人才培训,每年安排 100 万元援藏资金用于"三交"工作,有效推进了全县干部人才培养和浙藏两地交流;接洽浙江温州有关单位计划外捐赠资金和物资 2000 多万元。2018 年 9 月 28 日,温州市委副书记、市长姚高员率温州市党政代表团赴西藏那曲嘉黎县开展对口支援工作时,充分肯定 24 年来两地对口支援工作成果。《援藏》、《西藏日报》、浙江电视台、浙江在线等主要媒体多次报道温州援藏工作。

一直以来，很多人都觉得温州人会做生意、能赚钱。但一切的获得都是温州人依靠吃苦耐劳换来的。援藏期间，张崇波是一个与时间赛跑的人，1000多个日日夜夜，他带着真诚服务藏族同胞的心和温州援藏团队，带着使命与担当，跑遍了全县10个乡镇100多个村，行程1万多千米。他付出大量的心血和汗水，帮助全县实现脱贫486户2400人，以过硬的业绩和作风，展现了温州援藏领队的精神风貌。

嘉黎就是我的家

马奇华

2018 年 11 月 14 日上午，西藏自治区党委、政府在拉萨召开全区民族团结进步表彰大会，隆重表彰自治区民族团结进步模范集体和模范个人。会上，马奇华被授予"西藏自治区民族团结进步模范个人"，是 2018 年度浙江唯一一位获此殊荣的援藏干部。熟知马奇华工作的人在予以祝贺之时，纷纷给出评价：实至名归。

马奇华是一个踏实干事、心地纯良、谦逊温和的人，面对荣誉，他谦虚地表示，浙江省第八批援藏干部人才每一个人都全身心地融入雪域高原，无怨无悔地奉献青春年华,在各自工作战线上书写了一个个大爱无疆、藏汉一家亲的动人故事。这份荣誉,应该属于每一位援藏干部人才。

在马奇华身上始终能感受到一种谦卑的姿态和人性的温度,为人处事极受大家尊重。我一直认为,一个人的威望是从德行中来的,否则不可能吸引那么多人跟着他奋斗。作为台州援藏干部领队,马奇华任嘉黎县委常委、常务副县长。历届台州援藏常务副县长只分管援藏项目和招商引资工作,并不承担县里的实际事务。马奇华履新后,以较低的姿态迅速沉入工作一线,很快融入这片土地,与当地干部群众的关系融洽,踏实的工作作风也赢得了县委、县政府的高度信任,将援藏项目、招商引资、卫生和安全生产等工作放心地压在马奇华的肩上。

一个人的价值取决于他所处的平台,有能力的人,平台有多大,作为就会有多大。马奇华之前在台州卫生系统工作过,有着得天独厚的优势。接受任务分工后,他积极协调台州市疾控中心与嘉黎县卫生局签订了 3 年帮扶协议,首期援助 10 万元资金,用于牧区卫生医疗建设;协调温岭、天台、仙居县人民医院与嘉黎县人民医院签订了 3 年合作帮扶协议,从人才培训、医疗项目合作交流等方面予以全方位帮扶;充分发挥援藏团队医生和西藏第二人民医院下派结对专家力量,拟定了"三年暖心医疗救助帮助工程",分病种、分年度为贫困农牧民开展免费手术治疗,解决当地群众看不起病和因病返贫的问题;通过自筹援藏资金 25 万元,先后为 65 名阑尾、静脉曲张等患者解除了病痛;协调台州市卫计系统捐赠 90 万元用于购买迈腾 V6 便捷式 B 超机等医疗设备,并组织医护力量为当地干部群众免费体检,特别是包虫病筛查,共有 3.8 万农牧民受益,筛查率达 99.56％,居全市首位,得到了上级充分肯定。短短 2 年多时间,嘉黎县的医疗条件发生翻天覆地的变化,县人民医院通过二乙初评,县藏医院通过二甲评审。

马奇华觉得,援藏是历练一个人本领的好机会,更是体现人生价值的大舞台。在援藏的战场上,马奇华犹如一往无前的勇士。在他的努力下,2016 年、2017 年共援建 21 个项目,投资 16232 万元,续建 3 个项目,总投资 3530 万元,均已全部完工;2018 年共援建 12 个项目,总投资 8472 万元,全部开工建设,已完成总投资的 70％,未完工程因气候因素于 2019 年 4 月开冻后续工。西藏有句俗语,"远在阿里,苦在那曲"。在缺氧、低压、高寒、高辐射的恶劣环境里,马奇华日复一日深入部门、乡镇、工地调研,事无巨细地抓落实、抓进度、抓质量,将一条条路、一座座桥、一个个农牧民经济合作组织、一包包藏药、一件件民生援藏项目等一一落地,也落在了各族同胞的心坎上。

一个内心温和的人,会用充满爱意的心对待他所处的世界。援藏期间,马奇华积极协调台州市各级部门和社会各界力量,为嘉黎县捐赠资金和物资计 1500 多万元,用于扶贫和改善民生。其中,协调台州商会为嘉黎小学的孩子们捐赠 30 万元善款,并结为长期爱心捐赠点。每年,马奇华都会去几趟藏比乡,曲邦和土旦旺堆 2 户贫困家庭是他结对帮扶的对象,如今他们相处得像亲人一般融洽。曲邦家有 11 口人,有 2 个小孩子患先天性耳聋。土旦旺堆家有 9 口人,劳力只有 3 个,妻子患有严重的皮肤病。马奇华每次除了送去水果、米、油和慰问金之外,还带上援藏医生定期给他们治疗。2户亲戚每次见到马奇华,会习惯性地拉着他的手,贴着他的额头,用不流利的汉语一个劲儿地说着谢谢、谢谢。马奇华能感受到,这是发自内心的情感表达。

援藏干部要"进得去帐篷,喝得下酥油茶",才能与藏族群众心连心,才能更好地推动工作。嘉黎县面积1.3238万平方千米,全县山峦起伏,乡下山高、谷深、坡陡、弯多,近3年时间,马奇华把全县所有乡镇走了五六遍,基本走遍了122个行政村。最长的一次,马奇华连续1个月吃住在条件更差的乡村里,与藏族同胞建立了水乳交融的深厚感情。这也是马奇华做好工作的"制胜法宝"。绒多乡华夏矿业尾矿库因为泄漏造成河流水质污染,马奇华第一时间带队入驻企业,连续1周蹲点在华夏矿业,组织排查隐患,会同上级专家出台了整改方案,安抚当地群众情绪,妥善处置了该泄漏事件,确保了安全、生态、环保和社会稳定。每年虫草采挖季节、重大节日、敏感日和节假日,马奇华都会自带干粮被褥,在条件艰苦的村里一待就是半个月。2017年底,县长因公受伤需要治疗,2018年初,经组织安排,由马奇华主持政府日常工作,3个月时间,马奇华始终以高度的责任心,日夜在县在岗,协调沟通、决策担当,确保了政府运行有序高效。因在岗率高,分管实际工作多,熟悉干部快,下乡时间多,马奇华被誉为在藏率、在岗率最高且最接地气的援藏干部。

马奇华一生都不会忘记在高寒、缺氧、低压环境里头痛欲裂、彻夜难眠的日子,与当地领导通宵达旦地研究、讨论建设方案和思路的日子,在高海拔基层一线维护社会和谐稳定的日子,哪里有需要、哪里有困难就到哪里的日子,为援藏项目资金四处奔波的日子,带基层干部、教育医疗技术人才到内地学习交流培训的日子……秉持着对党的忠诚、对援藏事业的热爱之心,马奇华将艰难的岁月作为最严格的人生考验,将援藏工作作为最有价值的人生历练,把为藏族同胞谋福祉作为最幸福的付出,把维护祖国统一、边疆稳定和民族团结作为最有意义的己任,在雪域高原倾情奉献,以实实在在的业绩,赢得了嘉黎县干部群众的点赞。

马庆可

人生的厚重

　　援藏前，我便知道温州市中级人民法院援派干部马庆可的大名。

　　妻妹告诉我，她和马庆可曾在同一家律师事务所工作过。她说马庆可非常优秀，先后从事教师、律师、检察官、法官等职业。马庆可在法院工作16年，办结各类案件3000余件，没有发生过一起错案。由于工作业绩突出，他曾5次荣立个人三等功，多次受到嘉奖。2011年被评为"全省法院十佳优秀执行员"，2012年当选为温州市党代表，2013年被温州市中级人民法院聘为首批青年法官导师，2015年被最高人民法院评为

"全国法院办案标兵",2016年被评为"浙江法院首届'最美执行干警'"。听完妻妹的介绍,我对马庆可肃然起敬。作为一个平民子弟,拥有众多殊荣,他一定付出了常人未曾付出的努力。

马庆可对口支援的地方在那曲市嘉黎县,距离那曲市区很遥远,前1年半援藏期间,我与他一直未曾谋面。只在微信里见过他撰写的文字和拍摄的照片。马庆可文笔极好,近年来撰写的《关于完善执行联动机制的思考》《执行和解后再申请恢复执行的处理》《担保人受让金融不良债权问题研究》《嘉黎县城的三次搬迁》等文章,相继在全国公开刊物发表。在高原缺氧的环境里,他依旧爱学习、求上进,工作之余,笔耕不辍,至今他已经撰写了8万字的援藏手记。

马庆可对口支援的单位是嘉黎县人民法院,任常务副院长,同时担任浙江省援藏指挥部温台工作组干部人才管理组组长。

爱默生说:"一个永远朝着自己目标前进的人,整个世界都给他让路。"马庆可就是这样的人,原先他只是一个中等师范学校的毕业生,在偏僻的山区,边教书边自学法律,23岁考取律师资格证,获浙江省高等教育自学考试委员会"鼓励自学成才二等奖"。到法院工作后,在繁忙的办案之余,他刻苦钻研,取得浙江大学光华法学院法律硕士学位。援藏后,马庆可依然目标清晰。为规范西藏自治区82家法院的档案管理及提高工作效率,他建议推行温州市中级人民法院先进的档案装订和管理系统,并建议对西藏自治区高级人民法院下发的《关于常见犯罪的量刑指导意见》中的不合时宜的内容予以修改,引起西藏自治区高级人民法院领导的高度重视,上述2项工作正在有力进行中;将温州市中级人民法院全体法官的智慧结晶《制度汇编》提供给嘉黎县人民法院,并将制度运用于工作,有效提升了嘉黎县人民法院的管理水平;向嘉黎县委建议把各单位配合人民法院执行工作纳入社会治安综合治理目标责任考核范围,得到采纳,有力地促进了法院执行工作;为了让被执行人能主动现身履行义务,结合西藏本土实际,因地制宜地对被执行人的虫草采挖证采取冻结、拍卖的措施,起到了立竿见影的作用,被西藏自治区高级人民法院向三级法院推广应用,并向最高人民法院汇报相关经验;指导那曲市聂荣县人民法院审结西藏首例拒执罪案件,极大地震慑了拒不执行判决、裁定的被执行人的嚣张气焰。2018年,西藏自治区高级人民法院发文任命马庆可为"基本解决执行难工作"领导小组成员,并任执行数据分析组组长,为西藏法院领导决策提供科学的依据。

一个秉持梦想前行的人,人生的光亮一定可以照射到更多的人。2016年11月,马庆可接受嘉黎县委的指派,带领嘉黎县40名优秀党员干部赴温州市委党校培训10天。2017年4月份,在马庆可的积极协调下,嘉黎县人民法院对口支援考察团一行到温州市中级人民法院开展援藏衔接工作,并召开两地法院援藏工作座谈会。会上,温州市中级人民法院与嘉黎县人民法院签订对口支援协议书。依据协议,今后,嘉黎县人民法院每年安排部分法官、专业技术管理人员到温州市中级人民法院或辖区内的基层法院挂职锻炼或进行跟案学习;温州市中级人民法院根据嘉黎县人民法院的实际需求,在嘉黎县人民法院的办公办案设备及各类书籍等方面,加大经费支持力度;按照嘉黎县人民法院的实际需求,可派出相关人员到温州市中级人民法院参加培训。按照协议约定,温州法院援助的 145 万元资金已经到位,推动了嘉黎县人民法院的建设。嘉黎县人民法院 5 名干警分别到温州市中级人民法院、鹿城区人民法院、龙湾区人民法院跟案学习 2 个月。2017 年第 3 期《援藏》杂志,以《对口援藏显真情,互动交流促发展》为题,刊发了嘉黎县人民法院与温州市中级人民法院开展对口交流活动的做法和经验。

命运,会让有缘之人在合适的时间相遇。我和马庆可见面,是在援藏 1 年半之后,那时并无太多交流。2018 年 8 月 1 日,浙江省委书记车俊赴那曲看望慰问浙江省第八批援藏干部人才,马庆可在接受慰问的同时,见缝插针给大家拍照,给我也给大家留下了许多珍贵的照片,深受大家好评。马庆可是那种乐于向大家分享快乐、分享知识的人。应西藏自治区高级人民法院的邀请,他先后 2 次为自治区 82 家法院的执行法官讲课,特别是有关“法院执行方式的创新”,大家反映特别管用。2018 年 8 月,他分别应那曲市委组织部和嘉黎县委组织部的邀请,为那曲市直机关全体干部和嘉黎全县干部进行法制讲座,拓宽了大家的视野。因工作成绩突出,马庆可连续 2 年被西藏自治区嘉黎县委评为“优秀公务员”。

每一个生命都是一本厚重的书,马庆可用心做过的每一件事和写下的每一个文字,都是他生命里浓墨重彩的一笔。

叶建华

收获人生的美好

　　浙江省第八批援藏干部人才中，温州市援藏干部叶建华的知名度极高。

　　叶建华对口支援的单位是西藏那曲市嘉黎县扶贫办，任副主任，原派单位职务为温州市水利局河道处处长。在地域辽阔、贫困人员分布广、财政财力有限、脱贫摘帽难度系数较大的嘉黎县，他所做的工作极容易脱颖而出。

　　叶建华是一个协调能力较强的人。进藏后，通过积极协调，他先是争取到计划外援藏资金 102 万元，为嘉黎县扶贫办购买了工作用车及办公设备，有效提高了扶贫攻坚工作效率。随后,通过项目援助的方式,向援派单位争取到水利建设资金 60 万元,分别用于嘉黎县水利规划编制和县城区防洪堤提升工程建设,完善了嘉黎县城市发展总体规划,补齐了城区防洪堤建设短板,为嘉黎县的经济发展和招商环境创造了有利的条件。

扶贫不仅是授人以鱼,更要授之以渔。一直以来,嘉黎县城区居民的蔬菜都靠拉萨市供给。为打破这一局面,叶建华带领相关人员赴拉萨等地实地考察学习,编写了嘉黎县大棚蔬菜建设项目的实施方案,通过嘉黎县项目立项、温州市出资建设、科研技术支撑的农业合作模式,得到了温州市人民政府领导和相关部门的支持,并成功协调了温州市委农办(市农业局)与嘉黎县人民政府签订帮扶合作协议,实施了投资 195.6 万元,占地总面积 5 亩,6 幢单体长 80 米、宽 8 米、高 2.6 米的蔬菜(水果)大棚培训基地建设项目,这是 23 年来温州市对口支援首个农业合作项目,可供给蔬菜 10 种以上,生产蔬菜 6.33 万千克,基本解决了嘉黎县城区居民的生活需求。同时,也给嘉黎县阿扎镇提供就业岗位 26 个、大学生实践岗位 6 个,带动 7 户贫困家庭脱贫,每年增加村集体经济收入 169119 元,超额完成了所在村的扶贫任务数和消减县扶贫计划数的总量。2018 年 6 月 22 日,温州市委常委、副市长陈强赴西藏为嘉黎县大棚蔬菜(水果)培训建设项目揭牌,这是 23 年来温州市对口支援首批厅级干部赴西藏开展嘉黎县揭牌活动。2018 年 7 月 11 日,那曲市党政代表团将该基地作为援藏扶贫现场会,那曲市委书记松吉扎西等市委、市政府主要领导亲临现场并点赞。作为西藏扶贫典型案例,此项援藏成果首次被温州市委宣传部在温州道德馆展出。

援藏期间,叶建华是一个闲不住的人。他结合受援地实际,按照因人而异、因地制宜的原则,通过协调属地央企、国企及招商企业,为嘉黎县贫困群众争取就业岗位 12 人,为扶贫脱贫做出贡献。2017 年,在"六一"国际儿童节即将来临之际,叶建华积极与西藏台州商会和温州相关企业协会深度对接,筹集资金 70 万元,为嘉黎县完全小学的学生们购买了书包、文具盒、自动笔、炫彩笔等学习用品,受益学生达 2000 多人,引起主流媒体的关注和聚焦,《浙江日报》以《"浙"片真情、奉献"那"方》为题专版报道了援藏教育工作;叶建华热衷于推进教育扶贫工作,他通过与那曲市教体局的协调,与浙江热心企业共同组织了"爱回西藏、温暖浙江行"社会公益活动,选拔了 12 名品德兼优的中学生,赴浙江开展了为期 20 天的交流学习和农家体验。他协助温州市人社局组织嘉黎县招聘会,将那曲市 8 名优秀的应届大学毕业生选送到温州科技学院及民营企业工作,为助推民族团结做出贡献。

"进藏为什么,在藏干什么,离藏留什么"是叶建华时常思考的问题。在藏期间,叶建华共争取计划外援藏资金 432.6 万元,是对口援藏期间从无到有的创举。在脱贫攻坚这场硬仗中,叶建华甘当配角,协助县脱贫攻坚指挥部主要领导,科学有序地推进"两不愁""三保障"的实施方案,以年人均纯收入 2800 元为基准,借全县之力开展脱贫攻坚工作。2018 年 10 月至 11 月,嘉黎县脱贫工作分别通过那曲市扶贫办和西藏自治区扶贫办考核,比原计划提前了1年,脱贫摘帽目标正逐步成为现实。

浙江省委书记车俊看望浙江省第八批援藏干部人才时说:"人生最美好的事情,就是付出有收获。"叶建华正收获着人生的美好。

最美的年华在嘉黎

傅顺军

嘉黎，一个听上去很有诗意的地方。实则，气压低、日照强、温差大、氧气稀薄。这是一个常年喝不到沸水的地方，一个常年不脱棉衣棉裤的地方，一个常年头痛而不敢感冒的地方，一个常年摆脱不了寂寞和思乡的地方。

2016年7月，浙江省临海市涌泉镇党委书记傅顺军踏入嘉黎县，对口支援县发改委，与这片土地结下了无法割裂、深入肌理的关系。

在嘉黎县，傅顺军既担任县发改委副主任的职务，又担任温台援藏工作组项目组组长。在这片百业待兴的土地上,他深深地感受到了肩负的重任和人生的使命。傅顺军甚至有些兴奋,又有些期待,他相信只要付出足够的努力与汗水,一切美好都有可能发生。"十三五"期间嘉黎县共计划安排援藏项目 50 个,计划总投资 3.96 亿元,其中 2016—2018 年计划实施项目 32 个,总投资 2.54 亿元。作为项目组组长,傅顺军始终坚持"项目首位"理念,跟浙江省援藏指挥部温台工作组其他同志一起,全身心地扑在项目推进工作上。截至 2018 年底,32 个重点援藏项目已有 25 个全面完成,进度显著。如嘉黎县"十三五"投资最大的单体援藏项目浙江路仅用了 1 年时间就建成通车,道路两旁商铺迅速增加,直接受益群众 526 户,计 2425 人。

援藏的地方,是傅顺军书写忠诚、拼搏奉献的战场。那些倾注了他汗水的楼盘、村庄、学校、基地,是他生命里的幸福点滴,一砖一瓦如同他留在工地里的每一个脚步、每一点付出,都有着实实在在的意义。县人民医院综合楼、麦地卡小康村、林堤乡小康示范村、重点乡镇小学供暖工程、尼屋特色藏香猪基地等一批批援藏项目的建成,极大地提升了嘉黎城乡形象,促进了产业发展,推进了脱贫进程,改善了民生环境。

白云苍狗,人生如一季花开。但一个人的品质和在生活中留下的善意,会让人永远记得。援藏岁月里,傅顺军视嘉黎为"家里",视嘉黎的群众为自己的亲人,尽己所能帮助他们解决实际问题。2018 年 3 月,傅顺军协调台州团市委与 75 名贫困学生建立帮扶对象,每年学生们可以享受到 300 元的爱心捐助。2018 年 5 月,傅顺军再次协调杭州"链家网"总经理与县小学 1 名贫困学生结对,确保该学生今后上学再无经济顾虑。3 年来,傅顺军共争取计划外援藏资金 200 多万元,用于嘉黎县发展建设和民生项目。他自己也与绒多乡 11 村藏族同胞布古结对帮扶脱贫,每季度都去探望,送去 500—1000 元的慰问金,帮助布古一家搬进新房,实现脱贫。

在接近天空的世界屋脊,在洗涤心灵的大气包裹里,傅顺军能时刻感受到一种召唤、一种精神、一种使命,唤醒心中价值建构的追寻,指引着蓬勃的生命,在时代进步与生命年华的张力中,书写年华的基色,展现最美的青春。哪怕是发改委研究和布置日常工作、值班维稳、推动党建工作规范化的日子,傅顺军都觉得是生命价值的一种确认,是与信仰交织相融的整体。

一颗伟大的心,体现在平凡的时日里和点滴的付出中。傅顺军说,或许自己 3 年的付出微不足道,但经过浙江省温台援藏小组成员共同努力,援藏接力再一棒棒地交下去,不论还要经过多少艰难曲折、多少时间,嘉黎一定会变得越来越好,大同之域绝不会是一个空洞的理想。

嘉黎第一『旅游人』

高佐明

　　知道高佐明其人，是 2016 年 10 月，他牵头组织那曲市一支 50 余人的团队到浙江天台县开展了"文化走亲"活动。10 月 18 日的晚会上，藏族同胞用高亢嘹亮的歌声、节奏明快的舞蹈和富有高原雪域特色的藏族服饰，淋漓尽致地展示了深厚的民族文化底蕴，给天台县人民群众留下了深刻的印象，高佐明也因此走进公众的视线。

　　援藏前，高佐明为浙江省天台县旅游发展委员会党委副书记、常务副主任，正科级，单位法人代表。对口支援嘉黎县后，他任县旅游发展委员会主任、县旅游局局长，是浙江省第八批援藏干部人才中唯一一个担任单位一把手的援藏干部。

嘉黎县地处藏东南，平均海拔 4500 米，条件艰苦，环境恶劣，兼具森林、峡谷、草原、冰山、雪地等各类地形地貌和植被。作为县旅发委一把手，如何抓好旅游宣传、规划、创建，项目、产品开发和旅发委自身建设？这对高佐明来说，是一种严峻的考验和挑战。

"我要去西藏，我要去西藏，仰望雪域两茫茫，风光旖旎草色青青，随处都是我心灵的牧场……"这是女歌手乌兰托娅唱的歌，是高佐明最为喜爱的歌曲。对口支援嘉黎，在歌舞之中穿梭，高佐明用半个多月的时间对周边 3 个市、5 个县进行了旅游工作调研考察。在山湖之间穿梭，高佐明既看见了嘉黎县旅游发展同其他地方的差距，也看出了信心；既看到了嘉黎发展旅游的紧迫感，更看到了发展旅游的机遇。他希望能让更多人知道并喜爱上这深藏在羌塘草原之中的美丽的山川、河流、草原、花朵、山沟、清风、山坡、月色、星光、白云、冰雪、岩石、炊烟、阳光、牧道等景致。为此，高佐明通过组织编制首个高水平的景区规划、编制首份旅游折页、制作首个旅游专题片、首次在西藏旅游地图上宣传嘉黎景区等途径，推动嘉黎县首个创建国家 4A 级景区的工作。在此基础上，高佐明身体力行地到上海、杭州、天台等地宣传促销，嘉黎旅游历史性地被新华社、国家旅游局、《中国国家地理》等国家级媒体及大量地方媒体宣传报道。在高佐明的不懈努力下，嘉黎县旅游有了零突破，县旅游局在全地区旅游系统年度考核中获第一名，县旅游局的同志获自治区首届旅游形象大使比赛第一名。

事业是干出来的。在高佐明的不懈努力下,嘉黎县争取了2个各500万元的自治区旅游发展资金项目,2个各1000万元的国家资金项目,争取到了辽宁企业家捐献的总价值115万元的钱物。总投资2450万元的国家"十二五"重点旅游项目荣拉坚参大峡谷建设,已经顺利完工。4000万元的县城商业街规划、尼屋扶贫商业街项目已落地开工。

文化是一个民族也是一个地区的魂。文化交流更能促进民族间、地区间的交往、交流、交融,更能促进民族团结和区域融合。在高佐明的牵头下,天台、嘉黎两地的旅游部门结成友好合作单位,两地在全域旅游发展、旅游行业管理、高等级景区创建、旅游人才培养等方面开展紧密合作,有效促进嘉黎发展转型、农牧民就业转移,助推嘉黎精准扶贫、绿色发展。天台县县长杨胜杰表示,嘉黎县是台州市的对口支援城市,天台县与嘉黎县有着很深的情谊。为做好对口援藏工作,天台始终坚持利用现有的宣传渠道,无偿推介嘉黎县旅游资源,提高嘉黎县在长三角地区的知名度,同时支持嘉黎县旅游行业企业到台州、天台宣传促销,并提供最大便利。天台还将通过动员并组织旅游志愿者赴嘉黎县开展旅游培训、旅行社经营、酒店管理服务等方面的志愿服务活动,鼓励本地旅行社开辟赴西藏嘉黎的旅游线路,扩大双方旅游合作覆盖面。

如今,嘉黎县旅游的知名度和影响力正逐渐打开。高佐明相信,美丽的嘉黎,将来会成为更多人心目中无比神往的舒适的"家里",嘉黎的旅游事业已经向未来迈出了坚实的步伐。

张归帆
援藏经历是人生宝贵的财富

嘉黎，如今已成为张归帆内心时常牵挂的地方。

2016 年 7 月至 2017 年底，500 多个日日夜夜的援藏岁月里，"神奇嘉黎"不仅让张归帆经受了人生道路上最艰苦的考验，更让他拥有了一群患难与共的藏汉朋友，拥有了注入生命的援藏经历和宝贵的人生财富。

进藏第一天，张归帆将"特别能团结、特别能吃苦、特别能忍耐、特别能战斗、特别能奉献"的老西藏精神一字一句抄在自己的笔记本上，并深深地记在心里。随后的日子，张归帆秉持"科学援藏、真情援藏、奉献援

"的理念,深入调查研究,坚持用自己的实际行动开展医疗援助工作。

张归帆支援的嘉黎县人民医院,门诊、急诊病人单一,住院以及手术人次少,住院病人基本上以产科为主,除了往年的援藏医生开展过简单的手术,本院医生几乎未曾开展过手术。手术室内连紫外灯都没有。手术器械,是张归帆坐在地上一把一把挑出来,再自己组合打包去高压灭菌的。

张归帆的任务是全面负责该医院的麻醉工作及医疗急救工作的开展。根据当地医生基本知识、基本技能、基本操作较差及制度相对不完善的现状,上任后,张归帆吸着氧气忙了好几个通宵,把医院制度、医院规划等一一建立起来,把手术需要用的器械一一完善起来。而手术室没有层流和空调空气不流通的现状是没法解决的,在这样的状态下,在胸闷、头痛等缺氧的环境里,张归帆和他的同事们克服重重困难,开展急慢性阑尾炎、大隐静脉曲张等手术 40 余例,比历年来援藏开展的手术总和还要多。在此基础上,张归帆多次参加呼吸心脏骤停、车祸急救、高处坠落外伤等院内外急救工作,受到医院领导和藏族群众好评。

张归帆是运动爱好者,是温州市中西医结合医院足球队的主力,参加过省足球赛。到了藏区,在严重缺氧的状态下,张归帆再也没法踢足球了,他最大的运动量是下乡为农牧民开展免费体检活动。

免费体检的第一站是海拔 4860 米的措拉乡,那一次下乡,让张归帆至今刻骨铭心。他说:"那曲乡下的路况很差,是名副其实的'水泥路',除了水就是泥。一路颠簸,把车胎都颠爆了,到达目的地,前前后后用了 6 个多小时。但看到藏族同胞见到我们兴高采烈的样子,我们觉得一切辛苦奔波都值了!"

随后的日子里,张归帆马不停蹄地赶赴林堤、夏玛、藏比、尼屋等 10 多个乡,为藏族同胞免费测血压、做 B 超、化验(包括艾滋、梅毒、乙肝等各种疾病)、筛查外科手术病人等。每到一地,张归帆和同事们都详细询问农牧民们的身体状况,耐心细致地检查分析病情,讲解注意事项,解答常见病、多发病的预防及预后疑难问题,发放高血压等药品 7 万余元,受到藏族同胞欢迎。

"包括筛查包虫病,我和同事们累计下乡近 100 天。每到一地,藏族同胞都非常热情,给我们送酥油茶送哈达,跟我们合影还换不同的藏族服饰。和他们虽然在语言上无法沟通,但彼此的心里都是温暖的。"张归帆告诉我们,援藏下乡虽然很辛苦,但付出得到了回报,他们与藏族同胞建立了很高的信任度。以往牧民做大隐静脉曲张抽剥术、阑尾切除术、疝修补术、体表肿块切除术等普通外科手术,通常去那曲市人民医院,甚至奔波几百千米赶到拉萨市的大医院进行手术。如今,县人民医院门诊人次日益增多,住院病人大幅增加,基本实现了"小病不出县"的目标。据了解,张归帆所在援藏工作组每年实额报销了当地百姓 20％的自负医疗费用(医保报销 80％),1 年医疗扶贫,相当于为嘉黎县农牧民减轻了 20 余万元医疗负担,受到当地政府和群众的一致好评。

"我们援藏的每一名同志都希望改善藏族同胞的就医条

件。"张归帆说。由温台援藏指挥部援助 1500 万元,县其他资金援助 900 余万元的嘉黎县人民医院住院大楼建造项目,在张归帆等同志的努力下已正式启动。立项后,张归帆积极参与,完成了嘉黎县人民医院的布局平面设计、住院大楼的设计,对医院的布局、科室的设置做了科学的规划。同时,在援藏指挥部副指挥长、嘉黎县委副书记张崇波的帮助下,他协调温州医科大学附属眼视光医院、温州善乐慈善基金会、温州仁心公益启动"2018 世界屋脊光明行"行动,为藏区白内障患者免费开展复明手术;协调温州市卫计委向嘉黎县人民医院捐赠 10 万元;促成嘉黎县人民医院和温州市中西医结合医院签订友好协作协议;促成嘉黎县人民医院的同志赴温州交流学习。张归帆的一系列工作举措,给援藏工作交出了一份优异的成绩单。

真情援藏暖民心

胡昌辉

　　2016 年 7 月 13 日,胡昌辉以其过硬的政治素质与精良的业务水平入选浙江省第八批援藏干部人才。仙居县人民医院的欢送会上,胡昌辉表态说:"援藏工作既艰苦又光荣,到西藏后坚决服从组织安排,克服各种困难,努力工作,用专业知识为藏族同胞排忧解难,努力完成组织交予的各项任务。"

　　2016 年 7 月 24 日,胡昌辉随温台援藏小组抵达那曲市嘉黎县,开始践行他出征前重如千钧的承诺。

　　嘉黎县平均海拔 4500 米,夏日的嘉黎,风景如画,万里草原,牛肥马壮,处处焕发出勃勃生机。这是展现给胡昌辉等浙江省第八批援藏干部人才眼前的景象，但在美如天堂的景象背后，是低氧、低压、高寒、高辐射等恶劣的生存环境。在嘉黎工作的每一天，胡昌辉都在挑战极限，经受着人生道路上最艰苦的考验。

由于嘉黎县人民医院医疗条件落后，医疗人才匮乏，外科手术室一直闲置，在胡昌辉的协调下，送援单位仙居县人民医院捐赠了进口的大隐静脉曲张抽剥器、手术无影灯、取暖器、手术器械等器械。

万事俱备，但当地农牧民对县级医院医疗水平缺乏信心。像大隐静脉曲张抽剥术、阑尾切除术、疝修补术、体表肿块切除术这些在浙江医院经常开展的普通外科手术，患者往往要到那曲市人民医院甚至奔波几百千米赶到拉萨市的大医院进行手术。本来在县级医院花费五六千元就可以治疗的疾病，在拉萨治疗要花费 1.5 万元以上，而当地农医保政策规定本地治疗报销比例 80％，外地就诊报销比例最高只有 60％，这就大幅增加了当地农牧民的经济负担。

对此，胡昌辉和他的同事们，深入嘉黎县各个乡村，为农牧民开展免费体检活动，详细检查他们的身体状况，耐心地帮助分析存在病情，细致地宣教和解答各类常见病、多发病预防及预后疑难等问题，并免费发放药品帮助农牧民解决存在病症。仅 2016 年 11 月，胡昌辉一行累计发放药物计 7 万余元，有效地建立了医患者之间的信任度。1 年半时间，嘉黎县人民医院住院病人增长 2 倍多。2017 年 11 月，胡昌辉和同事们共同完成嘉黎县历史上第一台骨科手术——锁骨骨折切开复位内固定术,开创了嘉黎县卫生事业的新篇章。

在嘉黎县各乡村为农牧民体检期间,胡昌辉发现该县大隐静脉曲张发病率较高,而由于当地医疗条件和经济条件落后、患者健康意识淡薄,大部分患者没有得到及时有效治疗。对此,胡昌辉组积极协调人民医院领导,对农牧民身体状况分批分次开展免费筛查活动,义务帮助较为严重的患者进行手术治疗。在1年半的时间里,胡昌辉和他的同事们共完成了大隐静脉曲张抽剥术、肌腱修补术等急门诊手术40余例。协调温台援藏指挥部报销手术治疗费用45881.24元,得到当地农牧民群众的一致好评。

胡昌辉是个多面手。援藏期间,他多次参与车祸急救、高处坠落外伤、突发脑血管意外等抢救和指导工作。在此基础上,根据嘉黎县人民医院的"十三五"规划和发展的要求,胡昌辉还协助完成了嘉黎县人民医院住院大楼建设的立项申请报告;并根据当地医生的基本知识、基本技能、基本操作水平较差以及制度相对不完善的现状,积极协助医院整顿门急诊及病房工作秩序,完善就诊制度,规范住院、门诊病历书写制度和分科管理制度、病人随访制度、住院部制、院长分工以及医务科、护理部管理制度;制定和修改了《嘉黎县人民医院"十三五"发展规划》;规范了医院周一全院大查房、病例讨论、每周定期业务学习等,有效提高了临床医技人员基本知识、基本理论和基本技能。

为了加强技术力量的培训,提升受援地就诊能力,在常务副县长马奇华的帮助下,胡昌辉牵头嘉黎县人民医院和仙居县人民医院签订了合作帮扶协议,2017 年 6 月底,嘉黎县人民医院罗杰院长带队一行 6 人赴台州市进行学习交流,先后考察台州市仙居县人民医院、天台县人民医院、仙居县白塔医院、仙居县横溪医院。仙居县人民医院向西藏嘉黎县人民医院捐赠了10 万元办公经费,并为嘉黎县人民医院阿旺曲珍等 2 名临床医生开展为期 3 个月的培训学习。

1 年半时间,胡昌辉用自己的实际行动真情医疗援藏,得到了援藏指挥部和嘉黎县政府的肯定,2017 年,他被评为"先进工作者""嘉黎县民族团结先进个人",同时被嘉黎县卫计委和人民医院聘请为"卫生顾问"。

李慨
文人情怀

　　李慨对口支援那曲市嘉黎县中学，和我对口支援的地方相距较远。因为彼此援藏工作任务繁忙，援藏期间，只见过一面，留在我脑海里的印象是，他是个文人。

　　李慨确实是个能力极强的文人。

　　2016 年 7 月，一到嘉黎县中学，他便担任分管教学的副校长。一年后，被任命为嘉黎县教体局局长助理，分管电教。

　　李慨始终是一个心思单纯，只专注教学的文人。刚到嘉黎县时，虽被任命为副校长，但他仍坚持亲自授课，将自己的生命融入集体的生命之中，用爱、用知识赋予藏区的孩子人生的希望和向上的力量。

认真是一种可以改变自己、超越他人的力量。李慨刚到嘉黎县中学任职时，在走门串室听课中，发现教师们上课一度出现了不备课、课堂抓不住重点难点、作业不批改等现象。通过交流得知，由于学校教师缺编，很多教师专业不对口，存在跨专业教学的现象。"数学是体育老师教的"之类的玩笑话，在嘉黎县中学成了事实。

对此，李慨立足现有条件，对教师上课提出考核要求，对备课和作业每周做一次检查，督促教师做好课前备课和课后作业批改。在此基础上，李慨亲自开设公开课，示范给教师们看，用行动告诉教师们课堂交流、课堂氛围和课堂角色该有的样子。同时加强培训，李慨从课前准备、课中交流、课后作业方面，对全校教师一一剖析，逐个帮、带。教师们备课变得更加认真，学生在课堂上变得更加积极主动。在期中、期末考试上，李慨打破学校长期买卷子的历史，首次推行由本校教师自己出题、审题的考试，让教师们有了命题锻炼的机会。有针对性的题目，也提高了学生们的学习积极性。渐渐地，嘉黎县中学变成了李慨想要的模样。

文人的内在，都富有情怀，愿意为美好生活付出满腔的热忱。为更好地提升嘉黎县中学的教学环境，李慨在嘉黎县委副书记张崇波的帮助下，获得 30 万元计划外援藏资金，开通了嘉黎县首个教育援藏远程互动平台，嘉黎县中学和嘉黎县完全小学有了教育人才培养的主阵地和交流、交往、交融的主平台。现在，温州的教师可以远程为藏区的学生上课，可以开设公开课供藏区的教师远程观摩并互动,温州的教学专家可以远程观看藏区教师授课并评课,极大地助推了嘉黎县中学的教学质量。嘉黎县中学图书馆年久失修,部分地方出现裂痕,室顶渗水,需要及时维修。李慨通过协调12万元社会捐款,为嘉黎县中学捐款修缮了图书馆;并积极联系指挥部,对接公益组织"爱回西藏",为嘉黎县中学捐赠了51台全新电脑、教学设备以及配套桌椅,组建了新的电脑教室,这间电脑教室缩小了嘉黎县中学信息技术课程的硬件设施与浙江学校的差距;同时在援友高佐明的帮助协调下,引进一批全新电脑,增设了电子阅览室。

李慨对自己的援藏工作有着清晰而客观的理解,他觉得一己之力微乎其微,借助更多的力量聚沙成塔,才能带动藏区教育更多的改变。因此,李慨在帮助教师备课、亲自示范、亲自培训,抓好传、帮、带的同时,发挥学校内部优秀资源,组织以老带新,集中备课,逐步提升教师的能力素质。在此基础上,他协调温州市教师教育院、温州市教学研究院同嘉黎县教育局签订教师培训对口支援协议,搭建深度教育援藏平台;并筛选出学校学科优秀教师组成学习团队,赴温州交流学习,再由各学科教师将学习心得带回嘉黎传授,扩大学习效果。

李慨是一个有思想的人。2017年7月,他调任嘉黎县教体局局长助理,成为嘉黎县教体局7个领导班子成员之一,拥有了更大的发挥才能的舞台。跟随嘉黎县义务教育均衡发展改革的步伐,李慨在全县10个乡镇18所学校推行城域网建设,并采取"请进来,走出去"、远程互动等方式,邀请优秀教师到嘉黎县来开设讲座,组织温州优秀教师和校长为嘉黎县中小学教师及校长做远程培训，并推行"考核绩效管理"模式和奖励与惩罚等关怀措施，大力培养和激励人才为嘉黎县教育工作贡献力量。

希望，是燃烧在内心的火炬。援藏岁月，李慨给无数迷茫的头脑燃起了明亮的灯盏，指明了明确的目标。这是李慨点燃的星星之火，是嘉黎县教育的动力之源。李慨坚信，多年之后，嘉黎县的教育，一定会呈现出不一样的风景。

学生崇敬的『明星』教师

葛流芳

我最初是从周晓东口中知道葛流芳的，开始以为他是女性。后来在拉萨见了面，才知道他是个大老爷们。

葛流芳援藏地在那曲市嘉黎县，任县中学物理教师。因为相距较远，所以不常见面。

援藏期间，我跟他唯一一次见面，是在一次双休去拉萨休整中，恰巧葛流芳也来休整。这才知道，葛流芳是1967年出生的老同志。但他豁达开朗，心态年轻，如同"80后"一样单纯、活泼。他说："援藏生活可以不轻松，但面对生活的姿态，应该轻松。一个人生活的幸福指数,取决于自己对生活的态度。"

在人生的道路上,我们会在不同的时间、不同的地点,遇到不同的人,交集的时光彼此微笑、问候、拥抱、作别,之后或许会不再联络。但,一场际遇,总会给你带来些什么。葛流芳对生活的态度,实实在在地感染和启迪了我的人生。

一个人的心胸和格局,或许是被痛苦撑大的。葛流芳的援藏之路并不顺坦,但他始终以乐观的态度面对家庭的困境和高原反应带给身体的痛苦,始终以生生不息的希望和向上的力量,行走在人生的艰难道路上。葛流芳借用尼采的话告诉我,所有不能杀死他的,都会令他更坚强。

白落梅说:"背上行囊,就是过客;放下包袱,就到了故乡。"在嘉黎县,放下背包,葛流芳就将自己定位为"西藏干部人才""那曲人",开始沉下心来,主动融入当地干部群众,通过工作和八小时以外的生活接触,跟当地干部群众交朋友,在最短时间内打开了工作局面。在学校,葛流芳与师生们相处得十分融洽,如同家人。在乡镇,葛流芳将嘉黎县措多乡作为联系乡,将措多乡 3 个村作为蹲点联系村,并和该乡 11 村的 1 户贫困家庭结为帮扶对象,定期送钱送物,走访慰问,彼此有了亲人一样的感情。

不管环境如何变化,纯粹的内心不变,自己的本真不变,行走的时光一定是美好的。刚到嘉黎县中学任教时,葛流芳发现一个令他不可思议的残酷现实,整个初二年级的物理平均分竟然是 17.8 分。于是,葛流芳先把学校所有的物理教师的课听了一遍,逐个点评,一针见血地点出缺点和改进的方向,然后分层次、分批地深入学生进行提问、测试，一一查找问题。全盘掌握情况后，葛流芳先后进行了 18 次集中讨论，并不间断地听课，及时指出存在的问题，改变情况。同时，多次开设物理公开课，请全体教师观摩，手把手地教会大家怎么处理课堂教学问题，取得了非常好的效果。与此同时，葛流芳向椒江区教育局申请了 10 万元资金，给嘉黎县中学配置了理化实验药品和器材，让学生们真正有了可以动手实践的机会。葛流芳以谦谦君子的平易近人，以对教育事业的热忱和行动，赢得了众人之心。很多学生下课会当着大家的面说"喜欢葛老师、佩服葛老师"之类的话，还有学生当众向葛流芳索要照片。那段时光，令葛流芳一生难忘！

一个遵从自己内心生活态度的人，是不可复制的。坚持自己的人生理念，并坚定不移地走下去的人，终会遇到更好的自己。2016 年，优秀的葛流芳，被嘉黎县教育局聘为领导班子成员，被县委、县政府评为年度优秀教师。

我相信"能量守恒"的物理定律，一个经历苦难并奋勇前行的人，往后，一定会有一个幸福美满的余生。

生命的意义在于人生价值的实现

李 鑫

　　一个人漫长的一生，要做的事情很多很多。但对李鑫来说，只有一件事情是有意义的，那就是完成自己在这世间的使命。

　　作为一名医生，李鑫将人的命分成性命、生命和使命。相对应地，它们分别代表着生存、生活和责任。李鑫希望更多的人，因为他的存在而受益。

　　2016 年 5 月，逢浙江省第八批援藏干部人才报名，在单位领导和家人的支持下，李鑫毅然报名，顺利入选。此时，他的妻子刚好怀孕。大女儿也还小，需要照顾。岳母身体不好，经常要去医院。2018 年 3 月，李鑫轮换赴西藏执行对口支援任务时,为了李鑫无后顾之忧,妻子忍痛辞去多年从事的工作,专门在家照顾两个小孩和双方老人。

带着妻子的深情,带着人生的使命,李鑫踏上了任重道远的援藏之路,在茫茫雪域高原书写新的人生。3月的那曲,是一年当中自然条件最为恶劣的季节。李鑫一到嘉黎县人民医院,顾不上严重的高原反应,马上投入工作。黑格尔说:"信仰是完全属于一个人自己的内在的确定性。"一个内心有信仰的人,会有生生不息的希望和奋斗动力。

李鑫到岗之时,正值嘉黎县人民医院综合住院部竣工。县卫计委提出2018年县人民医院创建二级乙等医院,并以此承担起教学、科研和向各个社区提供综合医疗卫生服务的任务。在浙江省温台援藏指挥组的大力支持下,李鑫所在医院争取到65万元援藏资金。为学习兄弟医院创级评审的先进经验和医院的先进管理理念,李鑫还受领任务,先后到林周县人民医院、扎囊县人民医院、拉萨阜康医院、自治区第二人民医院等单位学习取经。那阵子,李鑫四处奔波,连睡觉做梦都在想点子、拿方案和开展演练。经过半年多的努力,嘉黎县人民医院自身医疗服务质量水平全面提升,顺利通过初审和终审,患者在技术、价格、医疗范围等方面得到了更好的服务。

救死扶伤,是一个医生的天职。2018年3月21日,医院来了一名79岁的高龄女性患者。她的名字叫德嘎,右踝骨折,年龄偏高,并患有严重的心血管疾病,医院因为医疗条件有限,担心麻醉会导致心衰,出现生命意外,按照以往60岁以上患者转上一级医院治疗的惯例，不敢接诊。李鑫得知后，凭着多年的临床经验，第一次将手术患者的年龄拓宽到了79岁，将任务揽了过来，准备为其做切开复位内钢板固定术。经过精心准备，李鑫制订了完善的治疗计划，通过控制麻醉平面，最大限度地减少对循环系统的影响，在有限的医疗资源供应条件下顺利完成手术。此类手术，虽然不大，但对高海拔地区麻醉手术事业的发展，意义非凡。李鑫因首例手术一举成名，受到医院领导和同事们的高度赞扬。

李鑫还有一例手术，成为县人民医院创建二级乙等的优秀病例范本。2018年6月21日，李鑫接到外科通知，为一名阑尾炎患者实施阑尾切除手术。李鑫本以为是普通手术，但在会诊中发现患者有心脏病，凝血功能异常，不能做常人所谓的半身麻醉，嘉黎县人民医院还没有开展过全麻手术。在高海拔地区，全身麻醉患者术后复苏会不会出现异常，全体医护人员心里都没底。此刻，患者阑尾炎伴弥漫性腹膜炎，必须手术治疗，时间拖久了只会加重病情。李鑫艺高人胆大，勇敢地承担了任务。他通过改变传统的全麻气管插管术，使用喉罩，通过减轻全身麻醉深度，为患者施行剖腹探察术，满足了手术对麻醉的需求，顺利完成了手术，引起全院轰动。

更让医院全体医护人员敬佩不已的，是一名在拉萨三甲医院医治不了的患者，通过李鑫和援友的共同努力，解除了病患。这名患者已经69岁，患有肺源性心脏病、胆囊炎，因为胆囊粘连严重，手术麻醉风险太大，跑了很多大医院，医生都建议做保守治疗。在疼痛难忍的情况下，老人抱着试试看的态度，找到县人民医院。望着那双满是期待的目光，李鑫不假思索地接下了这个危险的活。手术过程中，为了保证患者心肺功能稳定，李鑫先是采取了硬膜外麻醉复合喉罩下全身麻醉，后因患者胆囊粘连严重，肝脏裂伤，出血不止，再次采取了扩容升压调整麻醉深度，在保持患者循环系统基本稳定的情况下，保证了手术成功。

人与人，从表象上看差别不大，但内心的境界却大不相同。一个乐于为延续他人生命而奉献青春年华的人，境界高远。我由衷地为不断追寻生命的意义，实现人生价值的李鑫点赞。

闪耀在生命轨迹里的光华

翟瑾洁

爱与奉献，是生命里程里最闪耀的光华。翟瑾洁希望做一个身上有光的人。

"作为一名临床一线医生，有幸到祖国最需要的地方，为西藏人民群众解决医疗困难，提升当地医疗水平，是我人生职业生涯的升华，是此生莫大的荣光。"这是 2018 年 3 月 4 日，翟瑾洁在浙江省肿瘤医院台州院区举行的欢送会上的表态发言。

带着温岭市卫计局和浙江省肿瘤医院台州院区领导的嘱托，带着援藏的无上荣光，翟瑾洁踏上了雪域高原，迎接他的，首先是严重的高原反应的挑战。

"前3天,每天头晕、胸闷,我在宿舍吸了3天氧才觉得好一点。"翟瑾洁说,平均海拔4500米的嘉黎县条件极为艰苦、工作极为辛苦、生活极为清苦,没有不畏困难的强大勇气,没有无私奉献的精神,一天都坚持不下来。

刚来藏区半个月,翟瑾洁的血氧饱和度一直在70%左右,按照医疗标准,这是严重缺氧的症状,会危及生命。但翟瑾洁从未打退堂鼓,一边吸氧,一边开展工作,独立开展了阑尾炎、骨科等多台手术。当藏族同胞给他送来锦旗、献上哈达的那一刻,一种强烈的自豪感、使命感在他的内心油然而生。

翟瑾洁永远忘不了他来嘉黎县人民医院做的第一台手术。那是一名69岁的男性藏族同胞,叫珠杰,患有高血压、肺源性心脏病、轻度多血症等多种疾病,是医院的常客。因为右上腹部疼痛难忍,他先后到拉萨市等各大医院诊治,查出胆囊布满结石,因为年龄较大,且并发症较多,所有医院都建议他回家保守治疗。这让珠杰备受病痛的折磨。2018年9月,他因肺部感染来嘉黎县人民医院住院治疗,治疗过程中由于对浙江援藏医生的信任,提出做切除胆囊手术的要求,明确表示即使发生手术意外也不让家属追究责任。望着珠杰疼痛且期盼的眼神,翟瑾洁决定冒险一搏,为病人解除困扰多年的痛苦。翟瑾洁先是为患者进行了半个月的抗感染治疗,基本控制了肺部感染。等患者咳嗽好转、血细胞正常后,翟瑾洁组织全院会诊讨论,为其制订了周密的诊疗计划。中秋节成了翟瑾洁一生难以忘记的日子。在手术器械等经过严格的消毒后,紧张的手术开始了。开腹后,翟瑾洁先发现患者腹腔粘连明显,随后发现胆囊萎缩,内部布满结石,位置很深。这给手术带来了极大的难度。所幸,翟瑾洁医术精湛,他先是仔细地分离腹腔粘连,随后从胆囊后方打开胆囊,取出胆囊内结石,再逆行切除胆囊,取出胆囊颈内的结石。等完整取出胆囊后,时间已经过去了3个多小时。手术成功了,翟瑾洁却累倒在手术台上。2018年11月30日,老人送来锦旗:"医德高尚,医术精湛,情洒高原,妙手回春。"这是对翟瑾洁最大的褒奖。

在藏区,翟瑾洁救治过1个阑尾炎患者。"检查时发现患者阑尾化脓,同时还患有心脏疾病。"由于患者腹痛明显,腹部肌肉很紧张,考虑已有脓液进入腹腔,需要急诊手术。当时医院停电,不能坐电梯,他和医护人员将患者抬上五楼手术室,使用应急灯照明为患者切除了阑尾,然后再把患者抬回病房。在缺氧的状态下,翟瑾洁说:"治病救人、当一名好医生,一直是我人生的目标。条件越是艰苦,越能体现我人生的价值。"

在那曲市嘉黎县人民医院,翟瑾洁得到了重用,成为该院副院长、医务科科长,他肩上的担子很重。翟瑾洁刚到嘉黎县人民医院工作时,这还是一家一级甲等医院,医疗水平不高。翟瑾洁说:"医院需要升级的项目非常多,大外科、大内科、妇产科需要细分为内科、儿科、骨科、普外科、妇产科、急诊科等较完备的科目。"在翟瑾洁和同事们的共同努力下,医院医务科和护理部建立了管理制度,完成40余台手术,承担了周边乡镇社区综合医疗服务和教学任务,藏族医生在帮、带中医疗技术不断提升,实现了小病不出县的要求。2018年9月份,嘉黎县人民医院顺利获评二级乙等医院。

岁月在年轮里记载着每个人的一生一世。翟瑾洁认为,自己医疗援藏的日子,将是生命的轨迹里最闪耀的光华。

何贤赏

三尺讲台筑匠心

　　人的面貌，影射着一个人的心境、品质和精神力量。初见何贤赏，我就知道他是一个为人朴实、教学用心的人。

　　在何贤赏的心里，西藏是一片神奇的土地，高原的神秘与圣洁，曾无数次撞击着他的心扉。他希望能用他的知识和智慧，为蓝天白云下自由奔跑的藏族孩子插上知识的翅膀，给他们以无穷的力量，飞向更遥远的地方。所以，何贤赏义无反顾地踏上了雪域高原，来到嘉黎，开始为期一年半的教育援藏工作。

　　时间是让人猝不及防的东西，何贤赏希

望通过自己只争朝夕的努力,让自己和师生们在时间里显现出该有的意义。2018 年 3 月 8 日,刚到嘉黎县初级中学的何贤赏,尽管高原反应仍然折磨着他,但他依旧立即参加了与学校领导教师的见面会,并在学校领导的带领下参观了学校的教学楼、综合楼、实验室、学生食堂等,此后的 1 个星期,何贤赏每天都与学校的老师和学生座谈,了解他们的基本情况,增进彼此的感情。

每一段路,都是一种领悟,每一份付出,都会得到相应的回馈。虽然何贤赏被任命为嘉黎县初级中学的教学副校长,但他仍然主动要求进课堂上课。3 月 18 日,何贤赏如愿以偿,开始代理初三(1)班的化学课。上天不会辜负一个人的辛勤付出,5 月份学校统练,短短 2 个月的时间,何贤赏所带的班化学成绩从原来的年级第 6 跃居到第 2。因此,何贤赏赢得了学校师生们的认可,为他接下来的工作打下了基础。

用认真有趣的态度,对待枯燥无趣的工作,同样能从中收获到生活的乐趣,体悟到生命的美丽。针对嘉黎县中学没有教研组和备课组的情况,何贤赏提议成立了教研组和备课组,并启动了教研活动课堂化模式,每周固定时间对老师进行培训,何贤赏所做的"听评课的技巧""课堂教学的问题意识""如何上好一堂课""中考复习策略""如何进行分层次布置作业""复习课如何上""试卷讲评课的上法""板书的设计技巧""新教师入职培训"等 10 多次讲座,让学校的教师们受益匪浅。每周集体备课时间,何贤赏一次不落,全程参与讨论,受到老师的尊重与欢迎。每月,何贤赏还组织教师进行开课、评课活动,何贤赏上了 8 节全校性的示范课，老师们的讲课他也一次不落地去听，用教与评的实践，提升了学校的教学质量，也让何贤赏成为学校师生们最受欢迎的人。学校有个师生生态园，每当中午、下午或课间，学生们都会跑来找何贤赏问问题，何贤赏牺牲了所有的休息时间，给学生们解惑释疑，收到了良好效果，2018 年中考，学校初三学生的物理成绩平均分比 2017 年提高了 12 分，化学成绩平均分比 2017 年提高了 11 分。学校的领导和老师都说，这得归功于何贤赏，这是他牺牲休息时间给学生不厌其烦地辅导换来的。如今，这一届的学生已经毕业了，但仍会通过电话或微信联系何贤赏，感激他往昔的付出。

岁月是一场有去无回的旅行，但人的品质，特别是那些能带给他人恩惠的东西，会永远鲜活地烙印在他人的心里。作为一名教师，每当何贤赏站上讲台，看着一双双天真无邪、求知若渴的眼睛，他都感受到责任的沉重。为更好地服务师生，提升学校的教学环境，何贤赏通过努力，协调临海市政府、临海市教育局捐赠 28 万元的教育援藏资金，改善了学校的教学设备；协调嘉黎县初级中学与临海外国语学校签订了结对交流协议，促进两地教育资源的交流融合；协调嘉兴市自驾游爱好者，为学校捐赠了 3000 多元的体育用品；在援藏干部、嘉黎县常务副县长马奇华帮助下，联系浙江"春天里"公益助学团为嘉黎县 200 名贫困学生捐赠了 200 件羽绒服；何贤赏也将自己的珍贵之物——价值 4000 元的教师演示器材，捐赠给了学校。何贤赏说，他援藏不求轰轰烈烈，只求能给学校留下实实在在的帮助，给自己的人生留下无怨无悔的印迹。

何贤赏的话，质朴而真实，特别让人感动。他说："生命的计量，不仅仅在于长度，还有宽度。选择援藏，就是选择了大自然对生命的考验，就是做好了可能终身抱病的思想准备。但1年半的奉献，会是一生最壮美的时光。"

援藏，成就不一样的自己

叶 虎

一个人一生只要多做有意义的事情，便一生无悔、余世荣光。叶虎说，于他，1 年半的教育援藏，便是他生命的华章，因有了这段时光，余生会散发出深远而悠长的意义。

叶虎，原先在温州市瓯海区梧田第二中学任教。2018 年 3 月，他踏入雪域高原，任西藏自治区那曲市嘉黎县嘉黎中学副校长，主管教学工作。

一个人的成长，需要的是精神的力量。在缺氧的环境里，叶虎一直精神饱满地奉献在教学岗位上。他说，他来援藏，不仅仅代表个人，更代表着温州形象。所以他要将温州人"艰苦奋斗的创业精神、依靠自己的自主精神、闯荡天下的开拓精神、敢于创新的创造精神"，同艰苦不怕吃苦、缺氧不缺精神、与其苦熬消耗生命、不如苦干为人民服务的"那曲精神"，以及特别能吃苦、特别能战斗、特别能忍耐、特别能团结、特别能奉献的"老西藏精神"相融合，在嘉黎这片土地上，留下自己奉献的足迹，以增长生命的宽度。

在嘉黎县中学，叶虎以学生为主体开展的自主互助课堂教学示范课深受师生们的欢迎。每个班级都争相邀请叶虎去上示范课，每当叶虎站在讲台上，看着学生们求知若渴且充满崇敬的眼神，上课结束听到学生们"老师，辛苦啦"，下课后学生们的"援藏教师好""叶虎老师好"等问候，都让叶虎格外欣慰。

叶虎乐于为师生们上示范课。刚来嘉黎县中学时，叶虎发现学校的孩子基础薄弱，学习主动性不强。教师采用传统讲授方式授课，学生很少单独发言，教学效果不佳。叶虎一口气开展了有关新课改理念的 12 次示范课和 7 次讲座。"新课程下对数学的思考""新中考复习讲座""自主合作课堂模式"等讲解示范，给全校的师生们留下深刻难忘的印象。

推动课改，是提升学校教学质量的关键。经与学校领导商议，2018 年 4 月，叶虎在帮、带教师备课的基础上，带领一批青年教师进行课改实验，并组建教科室，每周二下午第三节课开展教学培训活动，每周四下午第三节课开展有主题的教研活动。经过一段时间的实践，教师们的教学水平提升了，学生们的课堂积极性提高了，学习成绩得到了明显提升，中考成绩远远超过了往年。2018 年 5 月，叶虎带领教师们申报有关课改的课题,有 7 个课题被那曲市教育局立项。

在叶虎内心,成绩只属于过去。他只基于自己的内心说话、做事。为留下一支带不走的教学队伍,叶虎用心、用情连接起嘉黎与温州教学的桥梁,嘉黎县教体局先后派出 100 多名优秀教师赴浙江温州等地学习交流,推进了嘉黎县教育事业的发展。特别是嘉黎县中学和县完全小学分别建立远程电教平台,先后与温州市龙湾区第一小学、温州市实验中学、温州市教育局电教馆对接,开展远程互动交流,开展了 6 次空中课堂,进一步提升了嘉黎县中小学教师的教学水平和教学理念。

一个人,唯有热爱某项事业,才能抗拒外在带来的困难,忍受生命经历的痛苦,抵达成功的彼岸。2018 年,是嘉黎县义务教育均衡发展创建和验收之年。3 月,学校成立均衡创建组,叶虎名列其中。无数个日子里,叶虎和他的同事们克服重重困难,用日复一日的付出,齐心协力创建,获得成功。7 月 9 日,自治区副总督学、教育厅党组成员、副厅长吴爱珍一行,对嘉黎县义务教育均衡发展工作进行督导评估验收,给出好评;9 月 23 日,嘉黎县义务教育均衡发展工作顺利通过国家督导检查组验收。叶虎为他的参与付出有了回报而欣喜!

一个人的成就,别人眼里看到的通常只有奖杯或奖章,被人忽略的往往是由无数个细节组成的过程。恰恰是那些思考和努力时刻,才是真正成就一个人的关键。叶虎相信,1 年半的援藏时光,会在他的内心、他的人生里留下深刻的印记,一定会成就不同于以往岁月的自己。

第五辑　雪域高原的援藏情感

每一个从我内心流淌出来的文字，都是援友们流下的汗滴，都是援友们滴出的心血，都是援友们生命中痛苦与欢乐、付出与收获的部分。它连接着过往不返的援藏时光，联结着援友间超越世俗的、坚固的、真挚的、深刻的援藏情义，也关联着芸芸众生，是时间洪流里永恒的精神流向。

值得尊敬的生命

　　2018 年 8 月 4 日，我开始动笔撰写《生命的力量》，用 7 个多月时间，写完全体浙江省第八批援藏干部人才的援藏事迹。对于有着多年新闻和散文写作经验的我来说，写人物事迹本来是信手拈来的事情，但我实实在在地牺牲了假期和所有的休息时间，我觉得我应该用上足够的精力写好每一个人，这是对每一个奉献的生命最好的尊重，也是对历史最好的尊重。

　　许多人对那曲并不熟悉，或者是一无所知。提及西藏的景点，大家可能只知道林芝、拉萨等地。提及英雄人物，大家只知道孔繁森曾经工作过的地方——阿里。但西藏却有这样一句话广为流传：远在阿里，苦在那曲，险在昌都。顾名思义，那曲是西藏最苦的地方，平均海拔 4500 米，恶劣的自然环境、艰苦的生活条件让许多人望而却步，根本不敢踏入这片举目苍凉且枯寂的土地。

在恶劣的自然环境下，浙江省第八批援藏干部人才的生存、生活以及工作，极其不易。了解或到过那曲的人都会说，在那曲工作，躺着都是一种贡献。但对口援藏那曲的浙江省第八批援藏干部人才没有一个人是躺着的，他们有着明晰的人生观、价值观、世界观，有着坚定的理想信念和顽强的工作作风。日复一日，他们与孤寂的时间对阵，与恶劣的环境抗衡，在脱贫攻坚一线，在各自的工作岗位上，将奉献精神化为具体实践，将每一个平凡的日子化为不平凡的业绩。他们的付出，是各自生命不可磨灭的印记，即便有一天援藏干部人才去世了，这些印记也是他们遗留在这个世界上的生命，仍会替代他们存活在漫长的时光里，就像孔繁森一样，就像孔繁森留在人们心中的英雄的光芒一样。

看过这样一句话："这世界哪有什么岁月静好，不过是有人在为你负重前行！"当下社会，凡是有意义的事情都是在付出中获得的，都不会容易。奋战在平均海拔 4500 米的雪域高原，每一位援藏干部人才都是负重前行的人，都以倍于常人的隐忍，深入高原生活的每一寸肌理，在各种各样的磨难中，坚持不懈地努力，无私无悔地奉献，以超越世俗功利的行为，凸显出不同的人生态度和生命境界。

作家席勒说:"生命不是人生最高的价值。"那些杰出的人物,之所以为人们所尊崇,是因为其价值在有限的生命里得到了极好的体现。写完浙江省第八批援藏干部人才的援藏事迹,很长时间,我都陷入在无尽的深思当中。在一个个平凡的日子里,浙江省第八批援藏干部人才用他们整个生命的力量奉献那曲,那种沉重、艰难、确切的痛感,没有亲历的人不会懂得。那些苦难中的辉煌,也没有更多的机缘,进入媒体的视线,进入世人的视线。这对他们不公平,对需要从中获得生命教益的人不公平。作为亲历者和见证者,我觉得我应该用上足够的精力,从过往不返的时间里,将他们经历和承受的人生坎坷、理想情怀、生命特质、责任担当、援藏业绩等一一打捞出来,以最为朴素的表达,真实地呈现给世人。所以,这本书写作的过程,缓慢而庄重。我觉得每一个从我内心流淌出来的文字,都是援友们流下的汗滴,都是援友们滴出的心血,都是援友们生命中痛苦与欢乐、付出与收获的部分。我必须认认真真地对每一个文字负责,对每一件事实负责,给他们的生命赋予意义,让他们进入英雄的行列。

英雄的篇章,不仅属于个人、更属于这个社会、属于我们所处的伟大的时代,属于世人口口相传、万古流芳的传奇。在平均海拔 4500 米的雪域高原,浙江省第八批援藏干部人才的付出与牺牲、忠诚与担当、业绩与美誉,是摆脱功利之心的行为,是对人生境界的拓展,是一道闪亮的光照,是一股激励人心的力量,是一种不朽的存在。我希望这本书所呈现的东西,能够留存和流传于世,并彰显出亘古不变的精神力量。

英雄

这群人，每一个人的内心都有英雄情结，都渴望破除自身局限，实现内心的图腾和远方的梦想。所以，他们来到了这片举目枯寂、遍地荒芜的土地。

在平均海拔 4500 米的土地上生存，需要足够的胆略、责任、力量，以及情怀。英雄该有的精神品质，这群人都具备。否则他们不会义无反顾地踏入这片有"生命禁区的禁区"之称的土地。

做一个英雄，需要付出许多东西才能成就。这群人奉献了 3 年的光阴，远离了亲人的陪伴，放弃了人生的享乐，承受着高原反应的折磨,牺牲了健康的身体。不曾身临其境的人,无法真正理解这样一种惊心动魄的颠沛和入骨入髓的悲喜。没有英雄梦想寄托的人,也扛不起这份人生的使命和命运的重荷。我是这群人中的一员,在那曲的每一天,我感受着每一位援友的牺牲与奉献、痛楚与坚忍。

罗曼·罗兰说:"世上只有一种英雄主义,就是在认清生活真相之后依然热爱生活。"攀缘而行的日子里,每一位援友都吃常人难吃之苦,受常人难受之罪,扛常人难扛之痛。人生该有的身累与心苦,高原该有的痛苦与伤损,每一个人都一件不落地领受着。一个英雄,要想锦衣归里,必须承受该承受的磨炼,完成该完成的使命。在生命赤诚的延伸里,每一名援友都深谙此理,大家相信,任何人生的智慧和功力,都是生命经历的转化与兑现。艰难困苦,玉汝于成。所有人都做好了应对人生幻变的准备,都咬紧牙关,以大地的胸怀接纳各种迎面而来的磨难,挺直脊梁扛起生命之重。如果说人生如戏,每一名援友都渴望在似水流年里,上演一幕幕精彩绝伦的大戏,为英雄梦想完成一场殒身不顾的前行。

关于英雄的释义,有 3 条:一是本领高强、勇武过人的人;二是具有英雄品质的人;三是无私忘我,不辞艰险,为人民利益而英勇奋斗,令人敬佩的人。光阴的淬炼里,这群人没有过人的才能,只有坚韧不拔、不畏艰难、奋勇拼搏的英雄品质,只有忠贞不贰、无私忘我、敬天爱人的赤子情怀,只有积极向上、意气风发、斗志昂扬的生命激情。秉持某种情怀而行,英雄的气度已经悄然浸入每一名同志的血脉,形成各自人生难以复制的生命图式。

丘吉尔说："你若想尝试一下勇者的滋味，一定要像个真正的勇者一样，豁出全部的力量去行动，这时你的恐惧心理将会被勇猛果敢所取代。"在这片没有血雨腥风，但伤害无时无处不在的疆场上，每一名援友都是一往无前的勇士，都无私无畏，拼尽全力地行进在生命的光阴里。

每一个英雄都有宏大的理想，都希望给自己的人生、给这个时代留下不一样的东西。这个理想，就如炽热的太阳，它就在心中，一直在心中。它时时唤醒我们内心的勇敢与坚贞，直到死，都会万丈豪情地携带着人生的全部能量，朝着希冀的方向，奔走不息。在不断探索、成长和自我更新的岁月里，浙江省第八批援藏干部人才安守朝暮，初心向晚，全神、全情、全力地投身于这片倾注着人生理想和情感的土地。在高辐射的阳光下，在肆无忌惮的风雪中，每一个人都如沧桑的老农，以坚强的意志、炽热的心，锲而不舍地破冰而行，将内心的美好，一一呈现于人世。宁静而悠远的时光里，大家的内心和高原的时光一样，纯粹而专情，原先的孤寂，那种无所依靠而萌生出来的孤寂，原先的伤害，那种低氧低压环境带来的伤害，仿若早已成为外物，早已为神圣的责任所覆盖。在忘我奉献的日子里，大家早已脱离了小我，将视域延伸向未来，延伸到消融冰河、破除困境、改变贫瘠的实际行动上。

人生的舞台上，浙江省第八批援藏干部人才都是各自领域的主角，都将希望悉数付诸行动，诚恳庄重、用情至深地雕琢着援藏的时光，雕琢着英雄的梦想。带着创痛走过人生风雪，走过沧桑岁月，每一位援友的真心都有了归处，都以坚强的意志逾越了命运的桎梏，以过人的行为超越了平庸的人群，以卓越的品质构建了英雄的形象，以辉煌的业绩赢得了那曲人民的赞扬，以全新的姿态书写了不一样的人生境界。

英

雄

天地之间有个家

人是感情动物,在一个地方和一群人朝夕相处久了,就会产生诸如家和家人一般的深入骨髓、融于血液的情感。于那曲、于浙江省第八批援藏干部人才,我就有这样的感觉。所以我决定写这个地方,写这群人。

浙江省第八批援藏干部人才最初共 55 名同志,1 年半期间轮换的人才有 17 名同志。省直和部分地市的援藏干部人才,居住在那曲市委、市政府大院内的浙江公寓里。杭州市、嘉兴市援藏工作组对口支援色尼区,宁波市、绍兴市援藏工作组对口支援比如县,温州市、台州市援藏工作组对口支援嘉黎县,他们分别集中居住在各县(区)。浙江省委、省政府关心我们的身体健康,在拉萨市给援藏干部人才购买了轮休房,这是我们共有的温馨舒适的家。平日里,援友们各自奋战在工作岗位上,交往亲而有间、疏而有密。一到拉萨休整,彼此见面就犹如久未谋面的亲人,格外亲切。开饭时间,大家聚在食堂,以茶代酒,畅饮当下,忆叙过往,更是其乐融融,让人心生暖意。这世间,一切美好的事物均诞生于人的内心深处,毫不设防的言语和真诚的笑容,就是心灵最直接的呈现。

其实,无论是拉萨市,还是那曲市,只要是在"世界屋脊"西藏,无论在哪都会因为氧气稀薄、低压干燥,让人极为痛苦。特别是平均海拔 4500 米的那曲,作为全球最高的城市,这是一片险象丛生、没有硝烟的战场。几十年来,无数人葬身在这片"生命禁区的禁区"里。浙江省第八批援藏干部人才对口支援的时光大多在这片土地上度过。艰难的日子里,氧都吸不饱、水都烧不开、鸟都不拉屎的地方,只有友情能给彼此的内心带来慰藉。工作之余,饭前饭后,援友们都爱围坐在一起闲谈,你一言,我一语,将时光拼凑成彼此喜爱的生活细节和人生温度。苦难的时光里,人性里最纯粹、最本真、最没有功利的感情在这里展露无遗。每一个细节都犹如盛开的花朵,给艰难的处境带来了别样的温情与暖意。

那曲棵树难生,绿色植被只能存活 100 天左右。更多的时候,尽收眼底的除了荒凉,便是荒凉。在这片土地上,没有比人类更坚强的动物和植物了! 最初踏上雪域高原,每一名援友都经历了高原反应的折磨,饱受痛苦。后来,即便是适应了高原恶劣的气候和环境,但低氧、低压对身体器脏的伤损时刻存在。在这样的时日里,援友们的身体每况愈下,有的心脏肥大、疼痛,有的牙齿松动、脱落,有的头发脱落、变白,有的身体抵抗力下降、各种疾病缠身……在有限的生命里,我们追寻着人生的理想前行,也承受着不为人知的痛苦与困顿。但没有一个人打退堂鼓,大家内心只有忠诚与担当,只有雪扑不灭、冰冻不死的职责。在日复一日坚守与奋斗的日子里,援友们与这片土地,以及土地上的人们有了浓厚的感情。艰难的日子里,他们写下的诗足以见其心、明其志。如金卫亮的《无题》:"江南绿,藏北雪,登高眺远方,此乡亦故乡。"如占金荣的《四月的雪》:"四月那曲雪,无花只有寒。梦中见垂柳,春色未曾看。愿倾一腔血,直为那曲梦。"……诗是内心最真切的表述。浩浩阡陌,每一名援友都把那曲当作了第二故乡,都以满腔的热忱,全身心地为雪域高原奉献生命年华,贡献聪明才智。

王尔德说:"任何一个地方,只要你爱它,它就是你的世界。"在那曲,用生命时光走过的一山一水、度过的一朝一夕,浙江省第八批援藏干部人才用上了所能用上的全部热忱。冷暖交织的时光,大家释放出来的情感和力量,衍生的是一个家的温情与幸福,体现的是一个团队的凝聚力和战斗力。这样一种本能的情感内化,实则就是缘于爱的凝聚和家的温情。不管我们愿不愿意,我们度过的最艰苦的岁月,将成为今生最难忘的回忆。我得感谢它,我们每一个经历过这段苦难与辉煌的援藏干部人才都应该感谢它,是它将怀有理想、肩负使命、历经苦难的我们紧密地结合在一起。即便走过这段时光,它仍将成为我们共同的记忆、共有的世界。我相信，这样一种情感，余生时光将亘古绵长，会让每一个援藏的兄弟常品常新，回味和受益终身。

浙江公寓

那曲浙江公寓,是我援藏3年居住的地方。它与每一名在公寓内生活过的浙江省援藏干部人才,都有着挥之不去的情感联系。决定写它,并收录进《生命的力量》,是希望这样一种连接关系在我,以及在其他援友的生命里永生存在,依旧成为最暖的陪伴。

浙江公寓,地理坐标在那曲市委、市政府的大院内。它在浙江省援藏干部人才的心里,是一生难忘的记忆坐标。援藏岁月,在每一个与命运素面相对的日子里,这是可以安放身心的地方,是27位浙江省第八批援藏干部人才的家。饭前饭后，援友们毫不顾忌氧气的稀薄，会心有灵犀地或聚在阳光大棚内谈天说地，或各自组局回房间打牌下棋，或去台球室拼杀球技。休息的日子里，援友们相处在一起，不掩饰、不设防，放开心情，恣意而为。在这方天地里，我们就像西藏炽热奔放的阳光一样，毫无保留地洒下了生命里最真实的爱。

阳光，对，就是阳光。在雪域高原，因为氧气稀薄，阳光照射没有任何阻挠，形成高强度的紫外线，日复一日，它在每一位援藏干部人才的脸上都留下了特殊的印记——高原红，这是融入高原的标志，没人拒绝它，每天我们仍乐此不疲地聚集在阳光下，苦中求乐，寒中取暖。阳光，看似虚无缥缈，抓不住、握不着，但它们是苦难生活里温暖的部分，是可以给内心带来希望的动因，没有人会拒绝它。食堂前的阳光大棚，是援藏干部人才的舞台，空闲的时候，爱吹牛的在这里直管吹，爱散讲的在这里尽管讲，爱吃零食的在这里放开吃，我们将人类最真实的情感，恣意置放在这片光明的视域里，以真诚换真诚，以温暖求温暖。我们的生命，因阳光而格外灿烂，因阳光大棚而激情洋溢。

阳光大棚内植被茂密，含氧量高，不光援藏干部人才爱聚在这里，还吸引了几只麻雀来安了家。在"生命禁区的禁区"那曲，这个连鸡都养不活的地方，麻雀绝对是稀有动物。有"世界屋脊的屋脊"之称的那曲，除了公寓的阳光大棚，市区的天空除了鹰和秃鹫，我就没见过飞鸟存在。听常年为援藏干部人才做饭的龙哥说，这几只麻雀在那曲的时间比我们浙江省第八批援藏干部人才的还长，阳光大棚造好不久就飞来了。我想，人与人、动物、植物之间,其实也存在着一定的心灵连接和善意关联,存在着相互依存、相互照拂的关系。否则,棵树不长的那曲市区,3 米冻土层之上的温室大棚,不会有草木葳蕤、飞鸟眷顾、快乐和谐的景象存在。人与人、人与自然之间形成的默契,源于我们在本质上有相通之处。

浙江公寓,始终有一种气氛上微妙的契合,援藏人才在哪遇上都能站着聊上几句。有时还会互相串门,房间内,大片的时光,所聊内容有价值的或许所占无几,但足以让我们被人情的暖流包裹,一些并无意义的话题,实则充盈着温暖的生活旨趣。岁月赐予援藏干部人才相聚的时光是 3 年,这天涯海角的朝朝暮暮,天长地久的日夜相陪,是缘分所在,是情义所在。每一个人都非常珍惜相处的时光,都尽可能地给对方足够的温情。真实的生命状态里,浙江公寓散发着人性之美,燃烧着一生不灭的情感火焰。

生命由一段段的时光构建而成,不管我们愿意不愿意,新的生命时光会取代另一段时光,新的生活经历会取代另一段经历。时光过而不返,往事渐而淡忘,是自然规律。但我相信,浙江公寓,以及聚拢在浙江公寓内的友情岁月,不管时光怎样流逝,它经纬纵横的每一寸光阴,都能让我们在回想起它的时候,牵动内心至深的情感,勾起我们千丝万缕的眷恋。

龙哥龙嫂

　　《生命的力量》这本书里，不能缺了龙哥、龙嫂。绝大多数浙江省第八批援藏干部人才都视他俩为援藏队伍中的成员，是亲密的战友。所以，我决定在书中呈现他们的好、他们的善、他们的隐忍、他们的奉献。他们是日夜精心为援友们服务的普通人，我们不应该忘记他们！

　　浙江省援藏干部人才从第三批开始，龙哥、龙嫂，是每一位居住过那曲浙江公寓的同志都熟悉且不可能忘记的一对夫妻。

　　龙哥、龙嫂是公寓里的厨师。在恶劣的高原环境里，1000 多个日日夜夜的朝夕相伴，每天享受龙哥、龙嫂的美食和体贴入微的服务，数届援藏干部人才更不应该将龙哥、龙嫂从记忆中剥离出去。

要赞美龙哥、龙嫂，必须赞美他们的厨艺。夫妻俩都是无辣不欢的重庆人，因为服务的对象是浙江省援藏干部人才，所以龙哥、龙嫂善于学习，各类菜品都有研究，无论是江、浙、沪口味，还是川菜、藏餐，无论是海鲜、河鲜，还是山珍、野味，样样都拿得出手，且都不是随便烧烧的大锅菜，每道菜品都很好地融合了各地的风味，色香味俱全。比如牦牛肉，许多援藏干部人才尝惯了龙哥的厨艺，春节休假买了带回浙江，却怎么也烧不出香嫩有味的口感。援友叶慧锋 2019 年休假回到那曲，找龙哥拜师学艺，才知道烧牦牛肉工序特别烦琐，配料和火候有着特别的讲究。

在高原，受气压影响，我们的肚子每天都被气胀得鼓鼓的，完全没有饥饿感，每天吃饭就像是必须要完成的任务。为了让大家有胃口，龙哥、龙嫂变着法子给大家烧各种菜，且不怕麻烦。一次周日，我去厨房拿饮用的纯净水，那时还不到上午 10 时，离吃饭的时间尚早，龙哥早已在厨房里忙碌开了。见他正杀鱼，我便饶有兴致地站在边上看。闲时，我和援友们爱和龙哥、龙嫂待在一起吹牛拉瓜。龙哥边和我聊天，边利索地去鱼鳞、除内脏、宰杀、洗净后，并没有罢手，而是非常娴熟地横竖开刀，在鱼身上打出漂亮的花刀，随后放盐、料酒、酱油、醋、姜末等调料腌制，而后放入干淀粉……龙哥说："只有做到色香味俱全，大家才会有胃口，才能多吃点，才不会因为饮食而影响身体健康。"所以，在那曲浙江公寓，无论是早餐还是中餐、晚餐，总能见到一桌品种、花样、口味各具特色的美食。

　　龙哥、龙嫂是一对纯朴善良的夫妻。我的胃一直不好，因为高原缺氧的缘故，吃米饭很难消化，时常绞痛。后来每顿饭，龙哥、龙嫂都会单独给我准备一个馒头，再忙再累，从未嫌过麻烦。对援友们的要求，龙哥、龙嫂同样有求必应。无论哪位援友说想吃羊肉、小笼包之类的食物，第二天在餐桌上准能见到。援友们与龙哥、龙嫂的感情很深，很信任他俩，平常无论出差或是调休，宿舍里无论有多么贵重的物品，钥匙都会交给他们保管。这是亲人间才具有的感情！

　　龙哥、龙嫂的年龄其实并不大，比很多援藏干部人才都小，但大家平时都以哥嫂相称。人与人，身份、地位有差别，但人格、尊严是平等的。在氧气吸不饱的恶劣环境里，龙哥、龙嫂每年最早来那曲，最晚时间回乡。每天起早贪黑、不辞辛劳地为大家做饭烧菜、打扫卫生、浇灌花草、看家护院……日复一日，我们从中看到了奉献与牺牲，看到了美好与高尚，看到了大写的爱。亲切地叫他们哥嫂，是大家发自内心的感谢和尊称。

　　铁打的龙哥、龙嫂，流水的援藏干部人才。龙哥、龙嫂于2000年到那曲工作，那时龙哥还是小伙子，龙嫂还是小姑娘，如今，龙哥、龙嫂已经在海拔4500米的那曲浙江公寓为浙江省援藏干部人才服务了19个年头。他们和一家老小一年只相聚1个多月，儿子因为疏于教育，17岁提前进入社会打工，女儿还在老家重庆市潼南区上小学。我想，龙哥、龙嫂应该肩负着家庭全部的经济重担，否则不会在看似平静实则险象环生的高原工作。在龙嫂的脸上，每天都是一幅习以为常的平静与微笑，我喜欢这份平静中的达观,它能让我看到生命的本质。龙哥在一个人的时候,时常会沉默不语地坐着,点燃的香烟如同生命在一点一点地消耗着、消耗着……

雪域高原,给我们的带来太多肉体上的损伤与精神上的创痛,但龙哥、龙嫂对于每一位相处过的援藏干部人才来说,一定是今生美好的回忆。

援藏时日有限,但感情深厚绵长。龙向明、阳小容,愿你们夫妻一生恩爱,家庭幸福美满。

致我们的援藏时光

　　《龙哥龙嫂》一文在微信公众平台"风声月影"发布后，收到许多浙江省往届援藏干部人才的信息。他们诚如我的内心一样，与龙哥、龙嫂有着深厚的感情，与援藏时光有着难以割舍的情结。

　　援藏前辈们从"风声月影"中找到我的微信，络绎不绝地发来添加请求，很多人我并不熟悉。岁月辗转，时光流去，唯有共有的援藏时光，能够唤起曾有的援藏情感。与他们有一句没一句地聊着，话语不言自明，我能够感知到他们对援藏时光的怀念。一句那曲的现状，一张公寓的图片，对他们来说都有意义,有着血脉相牵的意味。

我理解援藏前辈们。那曲,是我们用生命战斗过的地方,这里的一山一水、一草一木、一人一事,似乎已经与我们的生活紧密地焊接在一起,是不可能从脑海中淡忘的记忆。不久的将来,我们浙江省第八批援藏干部人才也将离开这片土地,也会通过各种渠道做精神的寻根,与后来的援藏干部人才通联时也会有亲人般的亲近。在人生的追思当中,那曲和在那曲的岁月一定会是每一个援藏人最难忘的一段时光。这一生,生活可以拉开彼此的距离,光华可以消磨大家的风华,年轮可以苍老年轻的容貌,但援藏的时光不会老去,我们对那曲深厚且真挚的情感不会老去,援藏情义会是一世的坚守、永生的珍藏。长长的日子里,这样一种深厚情谊,会一直如花般开放在漫无边际的时空里。

岁月无声,人生有痕。人的一生,有些人、有些地方,一旦进入生命,便会如钉子般嵌入记忆,成为一世念念不忘的过往。浙江省第八批援藏干部人才,前前后后,共有72名同志。漫长的援藏时光里,与低氧、低压做伴,与高寒、高辐射为友,每一个人对生存、对生命、对情义都有了别样的理解。艰苦的援藏时光里,这样一种缘分,是不期而遇、不染风尘的一份美好。彼此间产生的友情,是精神和灵魂的一种依偎。

尘世烟火袅袅,阡陌几许深深。孤寂的援藏时光里,志同道合的奋斗历程,让我们的情感一点一点地聚拢,一天一天地浓郁,直到浸淫在血脉、植入于骨髓,成为一种肝胆相照的人间情义。在经历生死考验的日子里,"生死兄弟!"这是一句刻在浙江省第八批援藏干部人才心里的话。

望向窗外，时光依旧安宁清静。穿窗而入的阳光，依旧暖心，如同注入给生命的援藏情义。公寓楼下的阳光大棚，援友们依旧谈笑风生，持续着静美旖旎的时光。或许大家的心里都明白，再过些日子，我们将各自散场，过去的时光将成为难以重现的弹指一挥间。当下，我们不求光阴停留，只愿彼此珍惜。往后余生，我们不求赴汤蹈火，只求情义长存。

微信里，援藏前辈们与我的联系还在继续。浙江省纪委的一位援藏干部曾给我发来一句话："愿好人一生平安！""平安"或"健康"之类的祝福语，是我们援藏干部人才互相之间说得最多的一句话。在曲终人散之时，唯愿我们余生安好、友谊永在。

本文收尾之时，正值日落时分，高原大地在流霞的光辉里显现出无限的韵味，如同我们即将散场的援藏岁月里永生不散的友情。不一会，夜色一统河山，月光下的那曲静谧而温馨，这是援藏前辈们人生的远方，也终将是我们浙江省第八批援藏干部人才日夜牵念的地方。凝望着即将离别的土地，我默然肃立，无限感伤。泪眼婆娑中，想起一句曾经流行的句子：不在乎天长地久，只在乎曾经拥有！

谨以此文，向我们即将散场的援藏时光致敬！

生生不息的《生命的力量》

布罗茨基说:"归根结底,每个作家都追求同样的东西:重获过去或阻止现在的流逝。"著述《生命的力量》时,我对此话有了深刻的理解与体会。写完所有浙江省第八批援藏干部人才的援藏事迹后,情感难却,所以决定增加一辑,给融入血液并奔流不息的情感以流淌的渠道,让业已成为我情感归属的援藏时光和浙江省第八批援藏干部人才的援藏经历,能永远地定格在浩渺无际的时空里,成为生生不息的精神存在。

我的第一本书《生命的姿态》出版后,我所喜爱的一位非常资深的作家曾经有心地指导我写作技巧，我很感谢她，她所传授的经验，一字一句我都记在心里了。但动笔著写《生命的力量》时，我仿佛忘却了一切技法，我的脑中、我的笔下只有一个主题：意义！时间总是步履不停，流逝的时间里，唯有意义是永恒的存在，这是创作的终极价值，也是人生的终极价值！

著写《生命的力量》最后一辑时，内心无限感伤。人世间，天地万物平等共存于同一条历史长河，但命运却截然不同。我们——浙江省第八批援藏干部人才，吸的氧气比常人少，付出的心血与汗水比常人多；承受的气压比常人低，肩负的责任与担当比常人重；身体器脏的损伤比常人多，享受的人生时光和家庭幸福比常人少。在险象环生的雪域高原，我们以对组织的无限忠诚、对那曲的刻骨之爱，压上生命的时光，以实际行动诠释牺牲、诠释奉献、诠释奋斗、诠释生命的价值与意义。

阿拉伯诗人纪伯伦说："和你一同笑过的人，你可能把他忘掉，但是和你一同哭过的人，你却永远不忘。"在自然环境恶劣的雪域高原，浙江省第八批援藏干部人才或因组织需要，或因人生理想，或因事业发展，相聚在一起。在那曲，我们见证过生死，也经历了艰难，开心地笑过，也无泪地痛过，有友情的慰藉，也有心思的抵牾，建立了人生理想，也书写了人间大爱。往后余生，我们可以在悠长的岁月里豪迈地回忆援藏过往，可以骄傲地告诉世人：我为那曲贡献过，我拥有过一段终生难忘的援藏时光，更拥有着一群患难与共的援藏战友。这是人生的财富和意义所在！

作为一名作家，不仅要反映生活，更要照亮生活。在这个物欲横流的时代，许多人都渴望结识正能量的人、阅读正能量的文字，以此提升境界，吸纳光源，强大内在，让自己变得更好。人生处处都有启迪，充溢着正气、底色和激情的《生命的力量》，一定可以让你领略到不一样的人生情怀和文字张力，感受到不一样的人生深度和生命高度，获得不一样的人生力量和生命教益。我希望承载着我们浙江省第八批援藏干部人才苦难与辉煌的生命历程，能够成为崇高的精神坐标和信仰召唤。

这是《生命的力量》最后一篇后记，随同文字收尾，内心渐渐感伤。以往文章收官都会如释重负，而此刻只想一直写下去、写下去，写援友们的宽广胸怀，写援友们的崇高理想，写援友们的敬业奉献，写援友们的赤子情怀，写援友们的精神苦痛，写援友们的无上荣光，写援友们的深厚情谊……我想任文字自由挥洒，恣意写下援藏种种；我想任文字万马奔腾，尽情展现援友英姿。这些与我生命脉动同在的文字，于我的意义终生不散。它连接着过往不返的援藏时光，联结着援友间超越世俗的、坚固的、真挚的、深刻的援藏情义。意义，是书稿流淌的血脉，时间洪流里，它也无处不在地关联着泱泱众生，成为岁月里永恒的精神流向。

茫茫天地，悠悠岁月，此情绵绵永无绝期。

我的『家人』们

之所以写这篇文章，并将其放进《生命的力量》，是因为在漫长的 3 年援藏时日里，命运中相遇的这群人，确实如家人般，给予了我无限的温情暖意，让我对生命的艰辛、对情义的理解，有了别样的体悟与定位，真爱真情真义永生铭记。

2019 年 3 月 3 日，我再次进藏，也再次感受到了一直以来注入生命的温暖。

进藏前，西藏自治区科技厅厅长赤来旺杰在微信里嘱咐，到拉萨后休整适应几天再去那曲，让我有事和他联系。因为浙江省援藏指挥部是集体行动，规定时间开会、规定时间赴那曲,时间有限,我就没打扰领导的工作和休息。倒是见到了还在拉萨养病的那曲市科技局局长多吉。因为长期在高原工作,2018 年冬天,他差点倒在工作岗位上。这个季节,是高原自然环境最恶劣的时候,时隔数月,他回到工作岗位,依旧力不从心,再次返回拉萨医治。工作中,我们有时会因意见不合而产生激烈的争执,忙完工作,我们就是很好的兄弟。近3 年时间,多吉一直很关心我、照顾我。这次见面也是一样,他劝我在拉萨多适应调整一阵子。见我执意要去那曲,他隔着车窗玻璃喊,如果感觉身体不舒服,赶紧到拉萨休整。

近 3 年时间,我与那曲市科技局的每一位同事,包括厨师、司机等编外工作人员,都处出了亲人一般的感情,共事和相处的每一刻,都能感受到融融的亲情,这是俗世里的美好。得知我即将返岗,次吉等同志早早地将我的宿舍打扫得干干净净,还洗晒了被子,买了饮用的纯净水和水果,每个细节都考虑到了。亲人般的细心与体贴,让我非常感动。

生命纷繁,川流不息的岁月之河,可以冲淡和带走很多东西,但留给人生的美好记忆永远挥之不去,留在体内的温度会永生存在,它们会永远地徘徊在心间,随同生命一同行进。前往那曲的那天,下午近 5 时,刚下火车,巴桑卓嘎掐准点似的发来语音:"局长,欢迎回家!""家"这个带有温度的字,令我感到无比亲切。

当晚 9 时,次吉在微信里问:"局长,还好吧?"我知道,她是担心我的身体,这是发自内心的关心与牵念。虽然刚进高原,头痛、胸闷,但亲情般的问候,确有着一种慰藉人心的力量。电话里，我向朱仲元书记报告已经到了那曲，他一个劲地让我多休息，保重身体。人与人相处，一点一滴的细节，可见人心的良善和人性的光芒，并汇聚成幸福的精神概念，建构出烟火生活中的缕缕馨香。

巴桑曲珍副局长在北京中央党校学习 1 年，在那曲并肩战斗的日子里，我们结下了深厚的工作情谊，我要是生病或有其他事情，她比我还着急、还要上心。她知道我胃一直不好，说如果我去北京，请我吃最好的面条。她得知我的心脏躺着每分钟也跳动 100 次以上，让我一定别扛着，请假去拉萨休整。

我一直相信，在人与人、人与自然的关系牵连中，一切安排都有定数，有些会立竿见影地呈现，有些则有着深远的意义，但跳不出命定的范畴。我与科技局办公室主任张鹏就是，我的工作和生活保障由办公室直接负责，2016 年进藏的第一个电话是他打给我的。去年我将孩子的户口迁移到西藏那曲，也是挂在他的户头下，自此，这份亲情的连接会是永远的存在。

打开手机，决定写这篇文章的时候，我一直在想，我的人生是幸运的，总能遇上许许多多真切关心我的领导、同事和朋友。恍惚间，许多入了心的援藏过往一一飘过。自 2016 年 7 月踏上雪域高原，到那曲执行对口支援任务以来，每当我遇有工作上的困难或病痛，总会引来许多人的关心关爱。2018 年 12 月 4 日，一次极为严重的高原反应，让我胸闷疼痛、头痛欲裂、呕吐不已，心跳站立时每分钟 180 次以上、躺着每分钟 120 次左右，时间久了，出现了呼吸衰竭的症状。在承受痛苦的日子里，浙江省政协副主席周国辉，浙江省科技厅党组书记何杏仁、厅长高鹰忠、副厅长章一文、副巡视员叶翠萍，以及厅里的许多同事，通过各种方式给予我关心。看过这样一句话："人生最好的幸福是，有事做，有人爱。"这句话正适合我。我的生命虽承受着常人无法想象和体验的痛苦，但也在流淌的时间里收受着无限的幸福。文字是永恒的载体，无论岁月怎样变迁，它会留下生命里程中收受的爱与善、冷与暖、痛与乐。

人生轨迹里，我相信生命中遇到的一切，都是上天安排的宿命。我所能做的，就是像父母种庄稼一样，在已有的人生秩序里，遵循自然规律，种好自己每一季的田地，稻谷飘香、瓜果成熟，就是回报"家人"们关爱最好的方式。

格桑花开的日子

又到了格桑花烂漫的日子，3年前，你就是在这样的季节来到那曲的。而今天，你来同它们道别。群山之间，你和它们一样寂寞。

平均海拔4500米的雪域高原，年平均气温在0摄氏度以下，恶劣的自然环境，让很多人望而生畏，少有人问津这片土地。时至今日，城市之外的土地依旧以原始古朴的生命形态，向人们展示大自然最初始的面目。

你是带着使命来到这片土地上的，你希望能够征服生死线之内的雪域高原，希望融入这片土地。多年的军旅生涯，让你的体内流淌着炙热的激情。心怀深情，你四处奔走,很快将足迹遍及各县(区)和乡村。自此,生命里多了许多亲人般的藏族同胞。这是一群淳朴善良的人,他们的眼神一尘不染,和土地一样纯净。

四季积雪覆盖山巅的日子里,你喜欢住在烧牛粪的牧民家里。以前微有洁癖的你丝毫不觉得脏乱,相较于他们干净的灵魂,你倒时常觉得自惭形秽。你的性格和藏族汉子一样豪爽、正直、善良,你希望自己在本质上和他们无异。

酥油茶是西藏的特色饮品,是藏族同胞交流感情的媒介。坐上铺着厚毯子的炕,主人二话不说会先给你倒上一碗,你一口气喝下去,奶的味道、酥油的味道、茶的味道、盐的味道搅拌在一起,构成一种难以忍耐的膻味,充盈周身。第一次喝,你差点吐了出来。但看着倒茶的卓玛一脸询问的表情,你连忙笑着点头说"好喝、好喝"。这才让主人放下心来,于是又添了第二碗、第三碗……喝着喝着,你品尝出了浓浓的醇香,如你们之间的友谊,后来你便喜欢上了这种味道。

很多藏族同胞不会讲汉语,你藏语的词汇量也极其有限,每次都是司机充当你的翻译。但更多的时候你不需要翻译,彼此的表情、一举手一投足都是极好的语言。许多时候的交流,互相用手比画一下,就会知道对方表达的意思。

锅庄舞,是藏族民间特色舞蹈。高兴起来,藏族同胞会拉上你一起跳。从出生至今,你没学过,也没跳过任何舞蹈,根本就不知道从哪出脚,如何舞动。但置身在热情似火的氛围当中,会和不会也已经不再是个问题。盛情难却,你加入他们舞蹈的圈子,自右而左,边舞边应和着他们的歌声。你听不懂他们在唱什么,但在舒展身体的瞬间,你放松了自己的心情,顺达自然地融入热情奔放的状态当中。从那时起,你将自己彻底地交给了藏族同胞,任友谊交融汇合,难分彼此。

那些美好的日子,宛若藏族同胞溪流般灵动的歌声。歌是牧民的灵魂,他们放牧的时候唱,喝酒的时候唱,会客的时候也唱。天籁之音无时不在、无处不在,驱散了哀愁,融化了寂寞,滋润了生活。

在这样的时光里,你希望能为藏族同胞多做些事情,除了自掏腰包外,你从市里、从自治区、从浙江省申请到了不少的科技项目,你希望通过自己的努力,让这片土地变得更加美好。但 3 年光阴转瞬即逝,很快接近了尾声。和藏族同胞相处的日子,你领受到了很多东西,有些记在心里,融入了生命;有些你写在纸上,变成了一篇篇文字优美的散文、诗歌。临别之际,你结集成册,希望变成稿费,逐一捐献给深爱的藏族同胞,这些文字是你发自肺腑的感情,你希望它们成为一种价值体现,留存给这片土地。

格桑花正艳,到了你作别的时刻。你无法做到一家家地告别,你不想把泪水留给藏族同胞,你只希望他们能永远地记着你的笑脸,希望他们的日子和你的笑容一样灿烂。缓步行走在千里碧色的藏北草原上,你没有说话,任思想自由地和自然交流,细细地体味着山峦间每一个颤动和声音。你觉得,温暖的日头下,这些生生不息的绿色生命,就是坚韧、善良、本分的藏族同胞。一朵朵美丽的格桑花,就是美丽、恬静、委婉的卓玛。微风里,它们轻轻柔柔地摇曳着,如同舞动的锅庄,如同一场美好的夙愿。

《生命的姿态》，您值得拥有！

给我前一本反映西藏和援藏生活的散文诗歌集《生命的姿态》做个宣传。

《生命的姿态》是我在完成援藏工作之余，牺牲所有休息时间，在缺氧的状态下，躺在床上用手机一个字一个字码出来的，书中所有的文章，都是我想要告诉你们的西藏和援藏生活。

那曲，平均海拔 4500 米，是西藏环境最艰苦、条件最恶劣的地方，被外界称为"世界屋脊的屋脊""生命禁区的禁区"。作为浙江省第八批援藏干部人才，3 年援藏生活，是我人生中最刻骨铭心的一段时光。在漫长的生活磨砺、力量积蓄与思想酝酿中，这些倾注着我人生情感、心血和赤诚的文字，实则已经成了我生命的部分，是我的精神和力量之源。我希望将所经历的、所思考的，那些最真实的、最值得表达的，掺和着悲喜交织的援藏经历分享给你们。讲述生活与内心，表达思想与境界，让文章更有价值和意义，传播给更多人，是一个作家的使命所在。我希望每一个人都能了解这片鲜为人知的土地，希望充满正能量的文字，能让更多的人在无可奈何的生活和环境面前，变得无所畏惧、所向披靡。

散文的本质是对现实生活的描绘与深挖，作为一个喜爱文字的人，我希望能从每一寸苦难的生活中找出诗意，找出力量，找到爱和温暖，并用一笔一纸诉说生活感受，描绘世间万物，完成现实生活与灵魂世界的融合与呈现。我书中的文章大多是深夜时分完成的，在万物静寂的时刻写作，心境完全不同于白日，灵魂仿若进入另外一片时空，重生出另外一个自我。在这样的状态下，援藏岁月里的事、援藏岁月里的思、援藏岁月里的诗，完全是流水般情感的自然流露，否则不会有 24 万余字的作品出现。所呈现的每一个文字，都是从我内心孕育出的崭新生命，是我在西藏所见所闻、所思所想最真实的情感表述。

浙江省政协副主席周国辉，坊间知名度极高。他在序言中说："在《孤独的时日》里，我见到了'潜心修行，获得生存力量'的必胜；在《融入高原》里，我见到了'获得高原气质，高原秉性'的必胜；在《写在立冬之夜》里，我见到了'尽管岁月落满霜雪，内心盛满泪水，但依旧保持着仰望天空的姿态，心怀执念，努力奔跑'的必胜……每个人的一生都会经历许多沧海桑田，生命存在的意义,不在于你经受了多少,而在于你从中悟得和收获到了多少。我想,必胜经受过的和感悟到的,是对等的,这将会是他一生的财富。""必胜所写的文章和他对待工作的态度一样,有感情、有激情、有才情。文章记录的援藏工作、生活经历和内心世界,是他切身的生活体验,是对人生、对工作深度的思想挖掘。一字一句都糅入了他喜怒哀乐的个人情感,点点滴滴不仅展现了他积极向上的生命姿态,更折射了时代的潮流和印记……"

文化部中国书画院副院长雷鸣东在序言中说:"必胜援藏后,写的每一篇文章我都会认真仔细地读完。他的文字自然,唯美,充满灵性。从一篇篇真诚而动人的文章里,可以看到他的精神光芒、情感特质和心路历程,这是一本能激励人、鼓舞人的好书。从中可以让人更好地了解西藏,感受梦想、热血、奋斗,让人看到更远的世界。"

书写《生命的姿态》的过程,实则也是我寻找内心声音、解读生活细节、说出生命感受的过程,是人生淬炼、精神成长、灵魂升华、生命涅槃的过程,这个过程漫长而艰辛,是精神世界在现实生活中缓慢生长和反复磨炼的历程。在无休止地寻找、诘问的过程中,文字蘸满了热泪与心血,待写完《我会怀念》,我觉得自己在西藏这片圣洁的土地上,完成了对人生的沉淀与升华,完成了对生命的确认与超越,找到了诗意与前行的永生力量。

我希望滋养我心性与人生、给我注入生命激情与展示生命姿态的文字,能成为更多人的生命力量和精神归属,这是我撰写《生命的姿态》希望达成的心愿。我更希望可以收获到更多的稿酬，以支持西藏教育公益事业，让更多的儿童感知这个世界的美好，抵达更好的未来。这也是《生命的姿态》希望达到的另一种意义。

《生命的姿态》，您值得拥有！

感念每一位喜爱《生命的姿态》的人

爱，是人世间最温暖的词。广为推销散文诗歌集《生命的姿态》，是希望收到更多的稿酬，捐献给藏区的部分贫困学生，让他们在领受爱心当中，感知这个社会的美好，并在将来得以看到更远更美的世界。

善良，是一个人根植在内心的素养。得知《生命的姿态》的稿酬是用作公益活动的，西藏臻蓝生物科技有限公司总经理毛爱武，第一时间发来微信，要求订购 200 本，她从事冬虫夏草为主的西藏特产行业，一直诚信为商，友善待人，卖给朋友的价格都是薄利，所以我断然拒绝了，只限卖 30 本。于我而言,购买 30 本也好,300 本也罢,都是一份强大的共情能力。我一向认为,一个富有仁善之心的人,在扩散光源的同时,也会吸纳相应的能量,日积月累,形成独具魅力的磁场,映射出不同的未来。我相信,生命的轮回里,这样一个有爱心的人,必被更多的人所认可和推崇。

生活是一场忙乱的舞台,很多故事和情节都会渐渐地淹没在时光深处,唯有爱会在人性中留下璀璨的光芒,唯有付出会在生命中留下永恒的刻度,唯有感动会伴随人生始终。杭州"一种味道"和"中国新餐饮商业联盟"创始人卢智是一个重情重义的人,他结合新餐饮商业联盟活动,给我组织了一场《生命的姿态》宣传和签售会,购买的人络绎不绝。从事水产、海鲜等服务行业的王氏集团在全国拥有 80 多家连锁门店,总裁王志强是一个有爱心的人,他在听完我演讲后,当即举手要求购买了 300 本。这是爱的付出和善的举措,是人性中美好的部分,是这个社会坚定的精神和力量。

爱,是生命之基,是联系万物的媒介,是人与人之间互通共达的伟大精神。来自龙井之乡,从事茶叶生意的孙杰,从未卖过我茶叶,我俩平常联系也不多,见我在朋友圈推销《生命的姿态》,说"买 30 本",我开玩笑说"拿龙井茶换",他说"不换茶叶,为西藏公益必须要现金"。虽只是 1260 元钱,但心性深处是善的无价与高贵。

在义卖《生命的姿态》过程中,还有许许多多令我感动的事例,魏辛树是我的老师——浙江省委党校、浙江行政学院副院长吕清民的朋友。他,以及我的好友周信、胡建华认为《生命的姿态》是充满正能量的书籍,觉得对学生有一定的激励作用,纷纷团购送给寒门学子。人活一世,其实最终什么也带不走,但在每一个不期而遇的时刻,能够给别人带去美好、希望、勇气和力量的人,一定值得敬崇,让人深记。

善行,其实是点在受助人内心的灯盏。唐维克、李建军、叶东华、陈樱之、应晓红、叶杭玲、颜倩、龚瑛、石强、姚文明、张盛冬、陈胜武、陈胜文、刘俊、黄君兴、蒋庆锋、郑侠、唐小云、温晓岳、郑仕吕、颜福明、吴立锋、徐森胤、刘焕生、崔学德、鲁日一、陆体超、虞晓东、虞艳慧等一大批熟悉的亲朋好友,有日常往来和感情积累,在我需要的时候,在能力范围之内,通过购书的方式表达支持的态度,本在情理之中。潘华素、黄利军、曾斌、姚源平、龚胜东、王回利、许增多、郭卉、陈敏、莫泽群、李玉霞、倪海、杨俊松、韩笑、丁文杰、李云娇等仅一面之缘或完全陌生的人的购买,则完全出于善心,也乎我的意料。更让我感动的是沙洋、叶慧锋等一大批援友和崔鑫、何飘飘等一些朋友,不仅自己购买,还广泛发动他人团购。近 4000 本的销售量,购买的名单 3 张纸也打不完,这里就不一一点名感谢了,但我会铭记每一个人的深情与爱心。

往后的日子,大量的订单接踵而来,我理解,这其中既有大家对文章的喜爱,也蕴含着感情的重量和爱心的力量。我们小区邻里和睦,邻居之间一直互帮互受。微信公众号文章《〈生命的姿态〉面世了!》发到小区群里后,一时间热闹非凡,在刘俊霞、汪琳等好邻居的组织下,大家接龙购买,排出了一串很长的名单,仿佛向天下告示,一个万物复苏、春暖花开的季节已然来临。楼啸先生的团购数量多，转账给我，我拒收，他甚至说要提钱到我家里买。还有些邻居反复地找我购买，让我非常感动。人生，不是一场物质的盛宴，而是一次灵魂的凝聚，我们内心感知到的良善，会让我们从日常的生活里超拔出来，进入一个丰富、浓烈、遥远的美好世界。

文字是寻访和辨认的路径，我习惯于记下感动，以照亮记忆，召唤精神，成为感恩的凭证。在大量的团购订单里，我看到了一颗颗心存善念的心，看到人性的纯粹、爱人的性情、生命对生命的仁爱与善意，正源源不绝地汇聚而来。这样一种信任与爱的力量让我感动，对接一颗颗真诚善良的爱心，我竟找不出准确的词汇形容和表述内心的感谢与感动，在浩荡宏大的情感里，唯有一点更加清晰明朗起来：我会化爱为责任，让每一个人的情怀，通过我的文字，通过我的稿酬，连接更多人的内心，照亮更多人生的去路，与更多生命生生不息地往来，以成为更多人的光亮。

这是《生命的姿态》希望抵达的意义

公益售卖散文诗歌集《生命的姿态》过程中，微信公众号"风声月影"的后台收到一位名叫平措的藏族同胞的留言，一段不长的表达感谢的话语，有错别字，且不顺畅，但字里行间，我能够感知到激荡在他内心深处的那份感动，那种由爱给养的情感，与我共有，潮汐般涌漾着无限的温情。

文字和公益，都是可以感染和影响人的一种行为方式。之所以著写《生命的姿态》，并决定将稿酬收益捐献给西藏部分贫困学生，不是一时的冲动，我希望做一些体现人生意义的事情。正能量的文章，可以超拔一个人的思想，改变其人生观、价值观、世界观。公益的行为，可以培养和塑造人的悲悯情怀，让更多人的心灵世界和现实生活变得更加美好。我希望我的文字和行为，能够照射和温暖到更多更多的人。在络绎不绝的订单和无数读者发来的留言当中，我感受到了价值的实现。

浙江工商大学出版社编辑唐慧慧说："看了《生命的姿态》，让我感动，感动于西藏孤傲的美，感动于援藏干部艰辛的生活、无私的奉献，感动于人与人之间真诚的关系，最感动于作者的一颗赤子之心。在看书之前，我对西藏、对援藏生活，只有一种模糊的感觉——苦。看了书之后，又增加了多重感觉，抽象地说就是从平面变为立体，酸甜苦辣咸，人生百味，都在文字当中。"

来自部队的读者说："在《生命的姿态》里，我感受到西藏圣洁天地和灿烂星光的同时，更领略到了援藏干部的奉献精神和大爱情怀。这些充满正能量的文字，是对人生、对生命极好的诠释，有着极好的教育意义。"

来自江苏的读者说："很多年前，有人问我：'什么是幸福？'看到作者在无数个黑夜，用孤独的灵魂写出了时而温暖，时而孤独的文字，洋洋洒洒写书、出书，用稿费援助藏区贫困儿童，我觉得在给予别人幸福的同时，自己也是幸福的！"

邻居陈怡说："本想借费兄温润而有力量的文字让自己学着佛系一些。但这本书呈现的是一种勇于拼搏、积极奋进、乐于奉献的生命的姿态。我特别喜欢在夜深人静的时候翻阅这本书，为生命注入能量，并与这位令人敬仰的援藏干部进行精神上的对话。我们有着共同的精神诉求、专业执念和服务地方的理想与情怀。今后我将一如既往地遵从内心，应命而为，努力做一个有自我价值的人——是为生命怒放的姿态。"

邻居林辉洪说："《生命的姿态》文字优美，字里行间溢出的是情怀，正能量满满，令人不忍释卷。"邻居袁德芳说："《生命的姿态》让我了解了浙江援藏干部艰辛的工作与生活，喜爱上淳朴耿直的藏族同胞以及那曲的山水、小草，甚至是飞扬的尘埃。全书情感朴实，语言生动优美，传递着一种积极向上的能量，让我很有感触。"北京的读者莫泽群说："《生命的姿态》文字唯美、自然、灵性，富有真情实感，非常励志，满足了我对西藏所有神秘的幻想！"

网友"知足就快乐"通过微信群加我为好友，也是一位热心公益的同志，为了第一时间得到《生命的姿态》，2019年1月13日，她从杭州半山转了好几班公交车找到我。阅书后，她说："《生命的姿态》每一篇文章都感人，都深深地影响了我。虽然我从单位里退休了，但我会将公益坚持到底！"

作家伊家河说："必胜兄弟书里的每一个文字，都是用生命书写出来的，让我感动，值得珍惜。文中说'此生无法掌控自己的命运，但可以选择以怎样的方式生活、怎样的姿态直面人生，活出生命的骄傲'，是一个人该有的生命的姿态！"

2019年3月1日，我收到浙江工商大学出版社开出的第一笔稿酬35255.91元，凑个整数，首批拟捐出36000元。钱虽少，但我尽力了，《生命的姿态》实现了该有的价值和意义，只是光照的范围还不够辽远。

春天里的希望

春天，是一个美丽而温暖的季节。在冰雪未融的西藏，那曲市色尼区的 2 名贫困学生和双湖县的 6 名贫困学生，一定可以在严寒坚硬的土地上，感受到人间的春意正破土而出，扑面而来。

每个孩子都如一株绿色的植物，即便土地再贫瘠，环境再严酷，生存再艰辛，总会在人生的蛰伏里，携带与生俱来的生命本能，寂静而努力地成长。这是我在 2019 年 3 月 21 日，再一次见到色尼区达前乡小学学生扎西和次旺拉姆时的感受。2018 年 7 月 18 日，我与他俩结下人生之缘，撰文《希望社会有更多幸运的人》，收录在散文诗歌集《生命的姿态》当中。近1年光景，扎西和次旺拉姆都长高了不少。我从商场给他俩分别买了线帽、围巾、羽绒服、羊毛衫、裤子、鞋子、袜子和书包等物品，衣服尺寸在原有数据上增大了好几码，竟然正好合身。次旺拉姆的衣服，是善良的老乡唐小云付的款，去年她俩经我牵线，成了结对帮扶的"亲戚"。扎西是个孤儿，和去年一样，我慰问了2000元帮扶资金，其中1000元是我的邻居献的爱心。她是一名不愿意透露姓名的退休工人，得知《生命的姿态》的稿酬会用来做公益，远在异地就托另一位邻居买了书。我们至今未曾谋面，但我必须向这份伟大的爱心致敬！在缺氧的状态下，我还要感谢同事次吉、白措陪我购物，感谢援友王世美再一次陪同慰问，感谢援友凌佳豪给我们留下了珍贵的影像资料。

我要感谢的人，还有很多很多。每一位购买《生命的姿态》的人，都是我感谢的对象。已得的35255.91元稿酬，汇聚着大家的爱心与信任，我要让每一分钱都有最好的归处，让它们以一种美好的方式，在似水流年的岁月里，成为世间真正温煦的春色。

人世温润。世界上海拔最高、人口最少、最年轻、最荒凉的县——双湖县，因地处人类的生存极限区，当地的孩子远在人们关注的视线之外。当他们遇上中石油援藏干部，那曲市人民政府副秘书长，双湖县委常委、常务副县长梁楠郁，便迎来了春天。为了解决教学质量不高、升学率太低的状况，梁楠郁在提升当地师资力量和教育质量的同时，选送25名成绩相对优秀的学生到拉萨市的学校就读，希望实现内地西藏班零的突破。

天地间，万事万物都不会独立存在，皆在一环一环的联系当中,这是宇宙的根本定律。我与双湖县背井离乡求学的孩子、与梁楠郁之间的关系,也遵循这个定律。2016年底,我和梁楠郁相识,第一次见面,他就向我要经费,想开展"卤虫卵资源调查及深度开发利用"项目,以此助推双湖县经济社会发展,改善藏族同胞生活。那一刻,我就认定这是一个与我人生情怀、社会理想和生命本性相近,磁场相吸的人。我知道双湖县的卤虫卵,在极其恶劣的高原环境里,它具有坚不可摧的特质,无论暴晒还是冷冻,都不会夺去它的生命。只要条件具备,它就可以复活,对医药研究极具价值。于是,我当即表示协调20万元经费给他,先将项目做起来。后来在西藏自治区科技厅赤来旺杰厅长的具体关心和支持下,申请到200万元科研经费,实现了我俩的愿景。经中国海洋大学、烟台大学联合科研攻关,用卤虫卵制作的保健食品——"高原海灵虾",具有调血脂、降血糖、辅助睡眠、增强记忆和保肝护肝等功效,已经具备产业化生产条件,正寻求有实力的企业投资。我们在聊卤虫卵产业阶段性成果的同时,聊到双湖县医疗援藏和旅游产业取得的成绩,也聊到双湖县教育援藏的步伐与困境。我为梁楠郁在短短3年时间内取得诸多成绩而欣喜,更希望梁楠郁的善心善行能够成为凡尘俗世里繁盛的春景,希望最需要帮助的孩子在人生的渺茫中看到希望,所以我将《生命的姿态》已得的有限的稿酬全部捐出,并凑齐整数36000元,用以资助远离父母、在拉萨市北京小学就读的六年级贫困学生珠龙、斯曲卓玛、曲尼措姆、索朗次仁、多吉扎巴和五年级贫困学生扎西旺姆。

爱,是人心间传递的温暖。在《生命的姿态》公益售书活动中，爱如春风，以氤氲般的形状弥漫，无数熟悉和陌生的人纷纷以团购的方式，在世俗的洪流里，展现出纯净而宏大的力量。2019年3月21日，一名与我在微信群里相识，仅一面之缘的退休工人得知我结对帮扶学生，当即给我转账，请求参与。我知道她生活并不富裕，狠心地拒绝了她。我的朋友——西藏臻蓝生物科技有限公司总经理毛爱武以不容商量的实际行动另行认领帮扶了贫困学生。她俩，都让我感动。我对接受帮扶的学生说："我捐献出来的稿酬虽然不多，但它们凝聚着无数人内心的温度，我将一份份汇集的爱心，帮扶到你们身上，不求回报，但求传递。我希望你们将来在有能力的时候，也能力所能及地帮助更多的人。生而为人，懂得感恩，最好的方式是将外界赐予的爱与温暖，毫无保留地回馈社会，如同四季巡回、昼夜潜更一样，循环连续，让美好与希望穿越时空，无疆无界，成为世间绵延不绝的力量。"

我让他们记下了这段话。当下他们或许并不能完全理解，但将来，一颗颗懵懂的心或许会在爱的滋润里渐渐复苏，并遵从自己的心做利人的事。

我本是一个一无所有、一贫如洗的农家子弟，如今我能够拥有光鲜的生活，除了自身努力，一路成长中也得到了太多太多贵人的相助，我的内心深记着每一个人每一点每一滴的帮助与扶持。岁月山河里，我希望他们能像我一样，将人心善意所激发的爱，内化为精神创造的核心元素，然后在辗转变幻的岁月里起承转合，让爱的心愿和行动，成为一种渗透纸背的天地精神。